全国高等院校旅游服务与管理专业创新系列精品教材
安徽省"十三五"省级规划教材、省高校优秀人才项目成果

旅 游 文 学

葛成飞　编　著
张　浩　副主编
陈清清　参　编
夏芳莉　参　编

中国商业出版社

图书在版编目(CIP)数据

旅游文学/ 葛成飞编著. ——北京:中国商业出版社,2020.9
ISBN 978-7-5208-1211-5

Ⅰ.①旅… Ⅱ.①葛… Ⅲ.①旅游-文学-中国-高等职业教育-教材 Ⅳ.①I206

中国版本图书馆 CIP 数据核字(2020)第 135518 号

责任编辑:李 飞 蔡 凯

中国商业出版社出版发行
010-63180647   www.c-cbook.com
(100053 北京广安门内报国寺 1 号)
新华书店经销
炫彩(天津)印刷有限责任公司印刷

*

787 毫米×1092 毫米 16 开 11 印张 260 千字
2020 年 9 月第 1 版 2020 年 9 月第 1 次印刷
定价:58.00 元

* * *
(如有印装质量问题可更换)

前　言

　　中国是世界上旅游资源最丰富的国家之一，山水自然、亭台楼阁、民俗风情等，种类繁多，类型多样。"江山如此多娇，引无数英雄竞折腰"，在漫长的岁月里，旅游始终是人们活动的一大主题乃至追求。黄帝"披山通道，未尝宁居"，舜巡游各地，"崩于苍梧之野"。正如孔子所云"仁者乐山，智者乐水"，中国古代文人士子在乐山乐水中亲近自然、修身养性，旅游之风盛行。如今，随着生活节奏的加快，生活水平的提高，人们更不满足于单纯的物质生活，越来越多的是对精神生活的追求，游山玩水、赏物咏怀、寻觅古人足迹、感受风俗民情。这，不仅仅是眼睛的旅游，更是精神的一种升华。

　　文学来源于生活，"旅游者在其旅游活动中，以旅游资源为对象，记述自己的旅游生活感受和感物咏怀，即景抒情"；于是产生了旅游文学。如果说旅游造就了旅游文学，旅游文学则极大地促进、推动了旅游业的发展，成为旅游资源中重要的人文资源。"山水借文章以显""江山也要文人捧，堤柳而今尚姓苏"的经典诗句，以及"山中观花"公案中"你未看花时，花与汝心同归于寂；你看花时，此花颜色一时明白起来"，无不彰显着文学给自然景物等旅游资源带来的魅力。"山不在高，有仙则名；水不在深，有龙则灵"，有了文学，山水、建筑、花草等就有了名气，不至于"养在深闺人未识"；有了文学，自然景物就多了审美、价值及品味，旅游者的感受更趋于博大与深沉；有了文学，自然山水也就有了人文内涵，旅游者在欣赏外在形态自然美的同时，有了对历史和文化的了解，爱国之情就得以激发。

　　我国的旅游文学源远流长，先秦以来几千年间，其经历了从无到有，从萌芽到成熟。改革开放以来，随着我国旅游业的蓬勃发展，旅游文化日益引起人们的普遍关注，旅游文学作为文化的一个重要载体，成为人们研究的热点。旅游文学作为文学大系的一个分支，正在传统的文学肥沃土壤上蓬勃生长，而对于发展旅游业来说，旅游文学的重要作用已不言而喻。在高等学校，旅游文学是旅游专业学生不可少的一门专业基础课，也是其他文科专业普遍开设的一门人文素质选修课。但是，本书编者发现，目前旅游文学教材相比较其他课程教材数量偏少，而且体例单一、作品雷同，特别是适合高等职业教育的旅游文学教材数量、质量都有待提高。有的简单以文学课视角按照不同体裁进行课文选排，有的按照旅游对象简单进行理论与知识的整合，其教材或者强调旅游的知识性，或者强调作品的文学性，忽视了旅游与文学二者的交融与契合，忽视了学生在此交融、契合中具体能力的培养，忽视了作品对学生人文素养的培养。

根据《国务院关于大力发展职业教育的决定》，强调培养出来的学生应当具有正确的理想和坚定的信念；具有良好的职业道德和职业素质；具有熟练的职业技能和扎实、系统的专业应用知识，能够充分发挥自我的个性潜质，获得职业所需的持续发展的能力。基于此，本教材编写组在广泛吸取专家学者研究成果的基础上，进行创新，使教材的工具性与人文性有机统一，并集中体现高职教育特色。具体如下：

一是理念的前瞻性。本教材以当前高职教育培养高素质技能型人才培养目标为宗旨，丰富学生的旅游文学知识，培养鉴赏旅游文学作品的能力，提升人文综合素质，培养旅游兴趣，促进文化旅游发展。

二是体例的鲜活性。本教材在章节的编排上，注重从知识到作品、到技能、到拓展的递进与迁移，精简例文。本教材避免文学史样式，不以作品产生的时间顺序，而是设置了山水自然、景观建筑、生物奇趣、人物游记、民俗风情和随想感悟六大板块，辅以阅读链接、技能训练和相关精美图片，突出了"工具性与人文性相统一"的编排主旨，注重学生言语与旅游技能的培养。

三是使用对象的广泛性。本教材在编写上考虑了广泛性、实用性等因素，不仅是高职高专旅游专业的教材，也适合其他专业选用，对旅游从业人员、旅游爱好者和大中专学生来说，都有一定的学习参考价值。

本教材是安徽省高校优秀青年人才支持计划项目（gxyq2018249）的成果之一，安徽工商职业学院葛成飞老师担任该书主编，负责全书的整体设计及修改定稿，并编写第一、第六单元；安徽工商职业学院的张浩老师担任副主编，并编写第四、第五单元，陈清清老师编写第二单元，夏芳莉老师编写第三单元。

本书在编写的过程中，参考了一些文献资料，引用了一些图片（均选自网络，因作者无法确定，也无法一一联系，在此注明）和研究成果，在此一并表示谢忱。由于编写时间仓促，不足之处在所难免，恳请各位专家、同行和读者批评指正，以期日臻完善。

编者

2020 年 6 月

目 录

- 绪论 .... (1)
- 一、山水自然篇 .... (7)
  - 1. 曹操《观沧海》 .... (7)
  - 2. 吴均《与朱元思书》 .... (8)
  - 3. 张若虚《春江花月夜》 .... (10)
  - 4. 王维《山居秋暝》 .... (12)
  - 5. 孟浩然诗二首 .... (13)
  - 6. 李白《蜀道难》 .... (14)
  - 7. 杜甫《曲江二首》 .... (16)
  - 8. 柳宗元《小石潭记》 .... (18)
  - 9. 柳永《望海潮》 .... (20)
  - 10. 苏轼词二首 .... (21)
  - 11. 张孝祥《念奴娇·过洞庭》 .... (23)
  - 12. 胡适《庐山游记》 .... (24)
- 二、景观建筑篇 .... (31)
  - 1. 崔颢《黄鹤楼》 .... (32)
  - 2. 张继《枫桥夜泊》 .... (34)
  - 3. 欧阳修《醉翁亭记》 .... (35)
  - 4. 陶渊明《桃花源记》 .... (37)
  - 5. 曹雪芹《大观园试才题对额·荣国府归省庆元宵》 .... (39)
  - 6. 余秋雨《风雨天一阁》 .... (44)
  - 7. 苏轼《题西林壁》 .... (51)
  - 8. 杜牧《泊秦淮》 .... (54)
- 三、生物奇趣篇 .... (59)
  - 1. 史达祖《双双燕·咏燕》 .... (59)
  - 2. 张炎《解连环·孤雁》 .... (61)
  - 3. 骆宾王《在狱咏蝉》 .... (64)

4. 杜甫《房兵曹胡马诗》 (66)
5. 屈原《橘颂》 (67)
6. 苏轼《水龙吟·次韵章质夫杨花词》 (69)
7. 周密《观潮》 (70)
8. 林景熙《蜃说》 (73)
9. 岑参《白雪歌送武判官归京》 (75)
10. 李贺《李凭箜篌引》 (76)
11. 韩愈《祭鳄鱼文》 (78)
12. 钟惺《夏梅说》 (81)

四、人物游记篇 (87)
1. 马第伯《封禅仪记》 (87)
2. 孟元老《东京梦华录序》 (89)
3. 班固《张骞传》 (91)
4. 钱谦益《徐霞客传》 (93)
5. 李白《春夜宴从弟桃花园序》 (96)
6. 鲍照《登大雷岸与妹书》 (98)

五、民俗风情篇 (103)
1. 汪曾祺《胡同文化》 (104)
2. 余秋雨《贵池傩》 (107)
3. 洪昇《寒食》 (112)
4. 王羲之《兰亭集序》 (114)
5. 黄裳《喜迁莺》 (118)
6. 张岱《西湖七月半》 (119)
7. 舒婷《惠安女子》 (123)
8. 史小溪《陕北八月天》 (124)

六、随想感悟篇 (133)
1. 《左传·晋公子重耳之亡》 (134)
2. 陶渊明《归去来兮辞》 (138)
3. 苏轼《前赤壁赋》 (141)
4. 史铁生《我与地坛》 (142)
5. 王小波《一只特立独行的猪》 (149)
6. 余华《十八岁出门远行》 (151)
7. 陈方《是什么让我们失去了"晃荡"的青春》 (156)

附录：中国古代名胜楹联 (161)
1. 阮元《杭州西湖平湖秋月联》 (161)

2. 杨慎《昆明西山华亭寺联》……………………………………………………（161）
3. 刘凤浩《济南大明湖小沧浪园联》……………………………………………（162）
4. 李振钧《安庆大观楼联》………………………………………………………（162）
5. 黄琴士《采石太白楼联》………………………………………………………（162）
6. 松江女史《杭州岳飞墓联》……………………………………………………（163）
7. 佚名《颐和园谐趣园涵远堂联》………………………………………………（163）
8. 佚名《浙江天台山方广寺联》…………………………………………………（164）
9. 李渔《庐山绝顶联》……………………………………………………………（164）
10. 薛时雨《南京秦淮河水阁联》…………………………………………………（164）
11. 陶澍《上海豫园得月楼联》……………………………………………………（165）
12. 常明《成都杜甫草堂前厅堂联》………………………………………………（165）
13. 徐渭《绍兴青藤书屋联》………………………………………………………（165）

参考文献………………………………………………………………………………（167）

绪　论

　　旅游的作用就是用现实来约束想象:不是去想事情会是怎样的,而是去看它们实际上是怎样的。

——约翰逊(美国第 36 任总统)

学习导入

　　1.能力目标:通过学习提高学生的文学素养及对旅游美的欣赏能力,能够更好地进行旅游讲解,能为旅游事业服务出谋献策。

　　2.情感目标:提高学生学习旅游文学的兴趣,使学生更加热爱中国博大的旅游文化。

　　3.知识目标:了解中国旅游文学的缘起、发展的基本线索,理解旅游文学的特征,熟悉旅游文学的类型。

　　旅游,是一项集政治、经济、文化等多种因素于一体的综合性社会活动。它不仅是一种物质生活,更主要的是一种精神文化活动。人们在旅游活动中,通过对自然美和社会美的亲身感受,达到陶冶情操、愉悦精神的目的。旅游作为人类的一种文化现象,自出现后就和文学有着密切的关系:一方面,旅游活动为文学创作提供了丰富的素材,促进了文学的发展;另一方面,旅游也离不开文学,文学成了旅游的号角,是旅游者手中一杯香浓的醇酒。

一、旅游文学的性质

(一)旅游文学的概念

　　旅游文学是反映旅游生活的文学。它主要通过对山川风物等自然景观以及文物古迹、风俗民情等人文景观的描绘,抒写旅游者及旅游工作者的思想、情感和审美情趣。它是旅游文化中一个不可或缺的部分,占据重要地位。

(二)旅游文学的特征

　　1.旅游性。旅游文学创作反映的对象是"旅游生活"。旅游是旅游文学创作的基础,没有现实存在的旅游生活,也就没有旅游文学。

　　2.文学性。旅游文学不是对"旅游生活"的简单记录,而是抒发旅游者在旅游过程中的思想、情绪和审美情趣,是对旅游生活的艺术反映,这就决定了旅游文学的"文学性"。

　　3.地理性。反映旅游者游历见闻的旅游文学,因精心描写旅游特有的风土人情而具备地理性,它既强调地质地貌的游览特殊性,也突出民俗风情的独特性,还展示古今建筑的民族与地方特色。

4.知识性。旅游文学作品中容纳大量有关旅游地的知识信息,包括名声知识、历史知识、民俗风情知识、自然科学知识以及名人生活逸事,等等。我们在享受"美"的同时得到"知"的启迪,也能充实自己。

二、旅游文学的发展

在我国漫长的文学发展历史中,旅游文学和其他文学体裁一样,有其孕育、产生和发展的过程。中国旅游文学的发展依其发展水平和历史贡献大体可以分为五个时期:萌芽期(先秦),发展期(两汉、魏晋南北朝),繁荣期(唐朝),衍化期(宋元明清),辉煌期(现代)。

1.先秦时期。先秦旅游文学的起源可以追溯到上古漫长的岁月。当时以审美观赏为内容,完整的旅游文学还没有产生,但含有旅游因素的神话传说已在民间口口相传。

旅游文学的萌芽时期,其主要形式是诗歌。先秦旅游诗歌主要见于《诗经》与《楚辞》。《诗经》是我国第一部诗歌总集,其中旅游诗内容丰富,反映了多种多样的旅游生活。

2.两汉时期。两汉旅游文学最引人瞩目的题材是旅游赋,司马相如的《子虚赋》《上林赋》就是这方面的代表作。两汉的旅游散文传世不多,有一篇却不可不读——马第伯的《封禅仪记》,它是第一篇游记散文,被文学界誉为"单篇登山游记的开山之作"。

3.魏晋南北朝。魏晋南北朝时期,尽管政治上动荡不安,却是文学的兴旺时期,旅游诗、赋、散文大量涌现,适应了当时旅游生活的需要。王粲的《登楼赋》开启了旅游赋的先河;曹操的《观沧海》情景交融,表现了登山观海的主题,标志着中国旅游诗的成熟;东晋谢灵运专写山水游览,成为中国山水旅游诗的鼻祖;文士鲍照、吴均、陶弘景等分别写出了《登大雷岸与妹书》《与朱元思书》《答谢中书书》等文采瑰丽、景色优美的散文;当时还有北朝郦道元所写的《水经注》,虽是一部地理专著,然而其中有描写雄奇秀丽山水的内容,甚为精美,所以也是一部优美的游记散文,流传至今,堪称佳作。

4.唐朝。唐朝是中国古代诗歌最为灿烂夺目的时代,也是中国旅游文学辉煌耀眼的时代,唐朝从"贞观之治"到"开元盛世"曾有100多年的时间以最强大帝国的身份崛起和矗立于世界东方。国力强盛,版图辽阔,政治开明,交通发达,中外文化自由交融,各种旅游活动络绎不绝,无疑也促进了旅游文学向更高的领域发展。

盛唐是旅游散文和旅游诗歌的巅峰期。在游记散文方面,柳宗元更有其特殊地位。他的《永州八记》是我国古代游记的代表作,后世广为传诵。还有元结的《右溪记》也颇著名,可说是柳体游记的先河。在诗歌方面,除了出现了王维、孟浩然等田园山水诗人,高适、岑参等边塞诗人外,更是出现了李白、杜甫、白居易等有世界声誉的大诗人,他们也创作了不少描绘自然风光的传世佳作。

5.宋代。宋代的旅游文学在唐代的基础上又有了一定的发展,具体表现在以下几个方面:首先,题材和内容上有了进一步的扩展;其次,宋人在创作旅游作品时又能赋予其景以更多的主观感受，融入个人、国家和民族的遭际、命运或人生哲理，从而丰富了旅游文学的内涵；最后，就艺术来说，宋代的旅游文学较唐代也有了发展，宋人以"议论为诗"，"以才学为诗"，也是宋诗的一个重要特点。宋代诗歌方面也有许多的写景佳作。反映社会生活与山川风物的面也较广，写景状物尤富传神风致，闻名遐迩之作如北宋欧阳修的《丰乐亭游春三首》，王安石的《书湖阴先生壁二首》，王令的《金山寺》，苏轼的《游金山寺》《登州海市》《百步洪》，杨万里的《晓出净慈寺送林子方》，陆游的《醉中下瞿塘峡中流观石壁飞泉》，文天祥的《扬子江》等。

6.元代。在元代旅游文学中，除了诗文以外还有不少散曲作品。这些散曲在写景抒怀方面都有自己的特色，如关汉卿的《南吕·一枝花·杭州景》、张养浩的《山坡羊·潼关怀古》、徐再思的《中吕·朝天子·西湖》、周德清的《塞鸿秋·浔阳即景》，以《天净沙·秋思》闻名的散曲作家马致远的一些写景之作更是形象鲜明，语言简练流畅，很有特色。

7.明代。明代旅游文学较前代有了很大的发展，主要是作家众多，作品繁盛，并涌现出一批专写旅游文学的作家，在写作上也有了创新。这一时期出现了以旅行为毕生事业的中国第一个旅游家徐霞客和游记专集《徐霞客游记》；还有在游记文学创作上有突出成就的袁宏道，他的《虎丘记》《晚游六桥待月记》等别具一格，在当时有很大影响。汤显祖的写景诗作《石门泉》《白沙海口出沓磊》也颇为情致。张岱也写出了《西湖七月半》《白洋潮》等绝妙散文。

8.清代。清代是中国古代旅游文学大发展的时期，多样的思潮、多彩的旅游生活在作品中得到了反映，涌现了大批艺术精品。它们各展其长，各具风格。清代涌现的记游文学英华甚多。方苞的《游雁荡记》以理见长，袁枚的《峡江寺飞泉亭记》给人以清新活泼的感受，姚鼐的《登泰山记》堪称笔力绝妙，恽敬的《游庐山记》以文字简约、画意诡异著称，龚自珍的《己亥六月重过扬州记》《病梅馆记》《天寿山说》被人誉为纵横奇诡的妙品。这些都显示出我国旅游文学在艺术上日趋完美。

清代旅游文学的兴盛还有一个标志就是名胜楹联有了很大的发展。目前我们在各风景名胜所见的楹联大多写于清代。

"五四"以后，我国的现代文学家郭沫若、郁达夫、朱自清、叶圣陶、老舍、巴金等在繁荣旅游文学方面都有建树。新中国成立后，特别是党的十一届三中全会后，随着我国政治、经济、文化等诸方面的蓬勃发展，我国旅游事业也在大步迈进，旅游文学也是五彩缤纷，作品具有鲜明的时代精神。改革开放的不断深入和发展，人们观察大自然的景象和各处社会风土习俗的视角进一步扩大，旅游文学创作在内容与形式上更是丰富多彩，创作队伍壮大，写出了大量颇有影响的佳作。

三、旅游文学的类型

旅游文学是旅游文化的一个重要组成部分。它是旅游过程中主体旅游者对客体（自然景观与人文景观）的反映所作的文学描绘，即旅游者以文学形式吟咏、记述游览、旅途生活中的所见、所闻、所感,着重描绘壮美河山、名胜古迹、风土人情、社会风貌方面的内容。旅游文学按体裁大致可分成:旅游散文、旅游诗、旅游词曲、对联和碑文。

1.旅游散文。旅游散文,是以散文的形式反映旅游生活的作品。古代写山水的散文,在先秦时就已经出现,但多半还是一些片段。魏晋南北朝时期,从欣赏角度来写景的游记应运而生。鲍照的《登大雷岸与妹书》被誉为"游记文学之正宗";郦道元的《水经注》在山川景物的描写上,取得了值得珍视的成就。唐代山水游记最为突出的代表为柳宗元,以《永州八记》著称于世。宋代的山水游记在描写山水景物的同时,更重于抒情议论,如欧阳修的《醉翁亭记》等。明清时期的旅游散文达到鼎盛,《徐霞客游记》《登泰山记》等都是其中的代表作。

2.旅游诗。旅游诗,是以诗的形式反映旅游生活的作品。诗是我国古代运用最广的一种韵文,按其形式可大致分为古体诗与近体诗两大类。按内容可以有赞颂祖国大好河山的山水诗,有咏叹淳朴怡静农家生活的田园诗,有描绘塞外大漠风光的边塞诗,还有历代文人登临揽胜凭吊古迹时发思古之幽情的怀古诗。旅游诗的作者往往从自然山水中抽象出美的线条、美的色彩,运用词句创造出美的意境,同时融入作者的情绪,将对自然景物的描述延伸到对人生、社会的认识和议论。我国历史上涌现出一大批优秀的诗人和数不胜数的诗歌佳作。

3.旅游词曲。旅游词曲,是以词和散曲的形式反映旅游生活的作品。通过这些词曲可以歌颂大好河山,描绘自然风光,特别是城市风物词的大量涌现,不仅反映了城市经济的发展,也代表了城市旅游的进一步繁荣。如柳永的《望海潮》,咏扬州的《临江仙》等。此外,借助于旅游词曲,可抒发游览中的感叹,且加入人间世事,使旅游词曲包含更多的历史和社会意义。如辛弃疾的《菩萨蛮·书江西造口壁》、苏轼的《念奴娇·赤壁怀古》等。

4.人物传记。人物传记通过对代表性旅游人物的生平、生活、精神等领域进行系统描述、介绍,以达到对人物特征和深层精神"真、信、活、美"的表达和反映。人物传记是人物或人物资料的有效记录形式,对人文和自然历史的变迁等方面进行了有益的注解和阐释,加深了学习者对自然景观和人文精神的理解和贯通。

5.对联和碑文。作为一种文学形式,对联是我国所独有的文学样式。许多山水名胜的对联,或写景抒情,或咏史怀古,内容丰富多彩。在形式上,则长短不一,只要上下联对仗工整即可。这些对联不只是一种点缀,更是风物景观的点睛之笔,可令山川生色,名胜增辉。此外,我国还有众多的碑铭石刻,它们是年代久远的历史文物,我国现存的碑文石刻中,以泰山刻石、西安碑林等地的最为有名,旅游者在游览山水名胜时,可以从中获得相应的文史知识。

四、学习旅游文学的意义

1.激发爱国情感,提升旅游文学修养。我国是有着五千年历史的文明古国,旅游资源非常丰富。长城、古运河、敦煌石窟、曲阜孔林、北京故宫等,无与匹俦;桂林山水、黄山奇景、三峡风光等天然景致，稀世胜境。这些奇山丽水、名胜古迹，通过旅游文学作品的描写、介绍，其一景一物、一山一水，无不熔铸于作品的咫幅寸土之中。我国有许多旅游文学作品，都采用了移步换形的写法，作者边走边看，边看边写，一篇作品即可把人们带到大自然中去，指示美景，教人去欣赏、去领略、去体验。人们通过品赏这些作品，了解祖国的壮丽山河、悠久历史，从而激起人们爱祖国、爱乡土的感情，对陶冶理想情操，培育高尚品德有巨大的作用。特别是那些身居国外的华人，读了这些作品，更是思潮起伏，浮想联翩，感到身为炎黄子孙的骄傲，对祖国产生眷恋之情，更欲亲临其境、一饱眼福为快。

2.客观美的描绘，景观名胜的宣传。旅游活动是捕捉美感的高级精神活动，而"美"是一种气象万千的诗意、画意和理想交融的境界。美感的捕获主要靠山水名胜的优美度，同时也要靠旅游文学对这些山水名胜的诗情画意描写。单纯的介绍固然也能领略部分美，但是在运用旅游文学的艺术手法后，会使人们得到的美更趋本底性、原始性，使美能够升华，能够回味无穷。这个审美过程实质上就是导游、兴游的过程。在旅游史上，一两篇诗文名作使一座山峰、一条河流、一座寺庙，乃至一个城市声名远扬的实例不胜枚举。不言而喻，如果没有欧阳修的《醉翁亭记》，很难想象今天会有这么多的人去安徽琅琊山。

3.多元化风俗习惯，素养提升与完善。旅游活动从本质上来说，从旅游者的角度看，就是文化性活动。食、住、行、游、购五个环节是物质的消费，但本质还是文化消费。人们通过旅游这种特殊的生活方式，满足自己求新、求知、求乐、求美的欲望。由此而形成了综合性现代文化现象和大规模的文化交流活动。游客不仅吸收游览地的文化，同时把所在国所在地的文化带来，形成了相互交流和渗透的局面。这种文化交流除了直接观察了解外，还要借助一些书籍加以实现。其中大量的描写旅游资源的文学作品，就有着独特的作用了。我们祖国幅员辽阔，山河锦绣，风土人情各异，通过学习旅游文学，慢慢地接触异地文化的熏陶，自身素养也一定有所提高。旅游工作者学习旅游文学可以全面提高修养，可以促进工作，其意义就更为重要了。

一、山水自然篇

人之所以爱旅行,不是为了抵达目的地,而是为了享受旅途中的种种乐趣。

——歌德(德国著名思想家、作家)

学习导入

"山川之美,古来共谈。"我们伟大的祖国,从南到北分布着姿态万千的崇山峻岭,从东到西贯穿着许多蜿蜒曲折的长川大河。美丽富饶的土地和丰沛充足的水源,养育着勤劳而勇敢的华夏儿女,滋润着繁荣发达的中华民族,浇灌出绚丽多彩的五千年文明之花。

自然山水像慈祥的母亲一样关爱、呵护着我们,我们以自己的聪明才智装扮回馈着自然的恩赐,人们在自然山水的审美活动中,不仅发掘了自然美的资源,也在其中畅其精神,激其心志,具有宗教、审美、科学等多重价值。

江山如此多娇,引无数骚人墨客吟诗作文,为今人留下了众多脍炙人口的山水佳作。本单元选取的诗文、游记,从不同侧面记录了山川自然乃至田园家舍的风光意蕴,为我们展现了于游中赏、在赏中悟的多彩画卷,温暖丰润,引人入胜。

学习目标

通过本单元学习,了解我国丰富的山水资源、景观特点,以及山水自然作品概况,能够欣赏山水诗词、山水游记等,熟记并背诵其中经典作品片段或名句。

1. 曹操《观沧海》

观沧海

东临碣石[1],以观沧海[2]。

水何澹澹[3],山岛竦峙[4]。

树木丛生,百草丰茂。

秋风萧瑟,洪波涌起。

日月之行,若出其中;

星汉灿烂,若出其里。

幸甚至哉,歌以咏志[5]。

注释：

[1]碣(jié)石：原渤海边的一座山名，在今河北省昌黎县北。大约在公元6世纪中叶以后，碣石山前的近岸成为陆地而离渤海较远，使碣石山不再成为观海的胜地。

[2]沧海：大海。海水苍青色，因此称沧海。

[3]澹澹(dàn)：水波动荡的样子。

[4]竦(sǒng)峙：挺立。"竦"：通"耸"。

[5]幸甚至哉，歌以咏志：这两句是为配合音乐的节律而附加的，每一章后面都有。

作者简介：

曹操(155年~220年)，字孟德，一名吉利，小字阿瞒，沛国谯人(今安徽亳州)。东汉末年著名政治家、军事家、文学家、书法家。曹操一生以汉朝大将军、丞相的名义征讨四方割据政权，为统一中国北方做出重要贡献。曹操的诗作具有创新精神，开启并繁荣了建安文学，给后人留下了宝贵的精神财富，史称建安风骨，鲁迅评价其为"改造文章的祖师"。在书法方面，曹操尤工章草，雄逸绝伦，唐朝张怀瓘在《书断》中评其为汉末章草五大家之一。本文是曹操在建安十二年(207年)北征乌桓时所作的组诗《步出夏门行》中的一首。这组诗共分五部分，开头是序曲"艳"，其余分别为《观沧海》《冬十月》《土不同》《龟虽寿》。从音乐曲调上说，五个部分是一个整体；从歌词内容上看，四篇则可以独立成篇。

赏析：

这首四言诗借诗人登山望海所见到的自然景物，描绘了祖国河山的雄伟壮丽，既刻画了高山大海的动人形象，更表达了诗人豪迈乐观的进取精神，是建安时代描写自然景物的名篇，也是我国古典写景诗中出现较早的名作之一。

2.吴均《与朱元思书》

(富春江)

与朱元思书

　　风烟俱净,天山共色。从流飘荡[1],任意东西。自富阳至桐庐[2]一百许里,奇山异水,天下独绝。

　　水皆缥碧,千丈见底。游鱼细石,直视无碍。急湍甚箭[3],猛浪若奔。

　　夹岸高山,皆生寒树,负势竞上,互相轩邈[4],争高直指,千百成峰。泉水激石,泠泠作响[5];好鸟相鸣,嘤嘤成韵。蝉则千转不穷,猿则百叫无绝。鸢飞戾天[6]者,望峰息心;经纶世务者[7],窥谷忘反[8]。横柯上蔽[9],在昼犹昏;疏条交映,有时见日。

注释:

[1]从流飘荡:(乘船)随着江流漂浮移动。从:顺,沿。

[2]自富阳至桐庐:此句中的富阳与桐庐都在杭州境内,富阳在富春江下游,桐庐在富阳的西南中游。自:从。至:到。

[3]甚箭:即"甚于箭",比箭还快(胜过箭)。甚:胜过。为了字数整齐,中间的"于"字省略了。

[4]轩邈(miǎo):意思是这些山峦仿佛都在争着往高处和远处伸展。轩:高。邈:远。这两个词在这里作动词用。

[5]泠(líng)泠作响:泠泠地发出声响。泠泠:拟声词,形容水声的清越。

[6]鸢(yuān)飞戾(lì)天:出自《诗经·大雅·旱麓》。老鹰高飞入天,这里比喻在政治上追求高位。鸢:俗称老鹰,善高飞。戾:到达。

[7]经纶世务者:处理政史事,这里指在仕途上苦心经营。经纶:筹划、治理。

[8]窥谷忘反:看到(这些幽美的)山谷,(就)流连忘返。窥:看。反:通"返",返回。

[9]横柯上蔽:横斜的树木在上边遮蔽着。柯:树木的枝干。蔽:遮蔽。

作者简介:

　　吴均(469年~520年),字叔庠,南朝文学家、史学家,吴兴故鄣(今浙江安吉县)人。其出身寒微,仕途不畅,曾撰《齐春秋》,忠于史实,被梁武帝焚书罢官。不久,奉诏修《通史》,起三皇迄齐代,未成而卒。文章工于写景,尤以小品书札见称。文词清拔有古气,人称"吴均体"。亦能诗,今存诗一百三十余首。本文为作者写给朱元思讲述行旅所见的信。书:信函。

赏析:

　　"山川之美,古来共谈",江山如此多娇,引无数骚人墨客吟诗作文,为今人留下了众多脍炙人口的山水佳作。其中,南朝梁代著名骈文家吴均的《与朱元思书》,仅用一百四十四字便生动逼真地描绘出富春江沿途的绮丽风光,被称为骈文中写景的精品。吟诵此文,但觉景美、情美、辞美、章美,如此短的篇幅,却给人以美不胜收之感,令人叹为观止。

3.张若虚《春江花月夜》

春江花月夜

春江潮水连海平，海上明月共潮生[1]。
滟滟[2]随波千万里，何处春江无月明。
江流宛转绕芳甸，月照花林皆似霰[3]。
空里流霜不觉飞，汀上白沙看不见[4]。
江天一色无纤尘，皎皎空中孤月轮[5]。
江畔何人初见月，江月何年初照人[6]。
人生代代无穷已，江月年年只相似[7]。
不知江月待何人，但见[8]长江送流水。
白云一片去悠悠，青枫浦上不胜愁[9]。
谁家今夜扁舟子，何处相思明月楼[10]。
可怜楼上月徘徊，应照离人妆镜台[11]。
玉户帘中卷不去，捣衣砧上拂还来[12]。
此时相望不相闻，愿逐月华流照君[13]。
鸿雁长飞光不度，鱼龙潜跃水成文[14]。
昨夜闲潭[15]梦落花，可怜春半不还家。
江水流春去欲尽，江潭落月复西斜[16]。
斜月沉沉藏海雾，碣石潇湘无限路[17]。
不知乘月几人归，落月摇情满江树[18]。

注释：

[1]海:指长江下游宽阔的江面。连海平:江潮与大海连成一片。共潮生:随着潮水的上涨,也同时升起。

[2]滟滟:水波闪光的样子。

[3]宛转:曲折。芳甸:长满花草的原野。霰(xiàn):细密的雪珠。形容月光下春花晶莹洁白。

[4]流霜:飞霜,古人以为霜和雪一样,是从空中落下来的,所以叫流霜。在这里比喻月光皎洁,月色朦胧、流荡。汀(tīng):江边沙滩。

[5]纤尘:细小的尘埃。皎(jiǎo)皎:明亮的样子。孤月轮:一轮孤月。

[6]"江畔"二句:不知何人最先见到月亮,不知月光何年开始照耀人间？探讨人与月的初始因缘。

[7]穷已:穷尽。江月年年只相似:另一种版本为"江月年年望相似"。

[8]但见:只见、仅见。

[9]青枫浦上:又名双枫浦,故址在今湖南浏阳县境内。浦:原指大江、大河与其支流的交汇处,此指离别。这里暗用《楚辞·招魂》:"湛湛江水兮上有枫,目极千里兮伤春心。"浦上:水边。《九歌·河伯》:"送美人兮南浦。"因而此句隐含离别之意。

[10]扁舟子:飘荡江湖的游子。扁舟:小舟。明月楼:月夜下的闺楼。这里指闺中思妇。曹植《七哀诗》:"明月照高楼,流光正徘徊。上有愁思妇,悲叹有余哀。"

[11]月徘徊:指月光偏照闺楼,徘徊不去,令人不胜其相思之苦。离人:此处指思妇。妆镜台:梳妆台。

[12]玉户:形容楼阁华丽,以玉石镶嵌。捣衣砧(zhēn):捣衣石、捶布石。

[13]相闻:互通音信。逐:追随。月华:月光。

[14]文:同"纹"。

[15]闲潭:幽静的水潭。

[16]复西斜:此中"斜"应为押韵读作"xiá"(洛阳方言是当时的标准国语,斜在洛阳方言中就读作"xiá")。

[17]潇湘:湘江与潇水。碣(jié)石、潇湘:一南一北,暗指路途遥远,相聚无望。无限路:极言离人相距之远。

[18]乘月:趁着月光。摇情:激荡情思,犹言牵情。

作者简介:

张若虚(约670年～约730年),唐代诗人。扬州(今属江苏)人。曾任兖州兵曹,生卒年、字号均不详。事迹略见于《旧唐书·贺知章传》。中宗神龙(705年～707年)中,与贺知章、贺朝、万齐融、邢巨、包融俱以文词俊秀驰名于京都,与贺知章、张旭、包融并称"吴中四士"。玄宗开元时尚在世。张若虚的诗仅存两首于《全唐诗》中。其中《春江花月夜》是一篇脍炙人口的名作,它沿用陈隋乐府旧题,抒写真挚动人的离情别绪及富有哲理意味的人生感慨,语言清新优美,韵律婉转悠扬,洗去了宫体诗的浓脂艳粉,给人以澄澈空明、清丽自然的感觉。

赏析:

这首诗被闻一多先生誉为"诗中的诗,顶峰上的顶峰"(《宫体诗的自赎》),一千多年来使无数读者为之倾倒。而作者张若虚,虽然一生仅有两首诗传世,却因为这首诗"孤篇横绝,竟为大家"。全诗紧扣春、江、花、月、夜的背景来写,而又以月为主体。"月"是诗中情景兼融之物,它跳动着诗人的脉搏,在全诗中犹如一条生命纽带,通贯上下,触处生神,诗情随着月轮的升落而起伏曲折。月在一夜之间经历了升起—高悬—西斜—落下的过程。在月的照耀下,江水、沙滩、天空、原野、枫树、花林、飞霜、白沙、扁舟、高楼、镜台、砧石、长飞的鸿雁、潜跃的鱼龙、不眠的思妇以及漂泊的游子,组成了完整的诗歌形象,展现出一幅充满人生哲理与生活情趣的画卷。这幅画卷在色调上是以淡寓浓,虽用水墨勾勒点染,但"墨分五彩",从黑白相辅、虚实相生中显出绚烂多彩的艺术效果,宛如一幅淡雅的中国水墨画,体现出春江花月夜清幽的意境美。全诗在思想与艺术上超越了那些单纯模山范水的景物诗,超越了"羡宇宙之无穷,哀吾生之须臾"的哲理诗,也超越了抒发儿女离情别绪的爱情诗。

4.王维《山居秋暝》

(国画《山居秋暝》)

山居秋暝[1]

空山新雨后,天气晚来秋。明月松间照,清泉石上流。

竹喧归浣女[2],莲动下渔舟。随意春芳[3]歇[4],王孙[5]自可留。

注释:

[1]暝:夜色。

[2]浣女:洗衣服的女子。

[3]春芳:春草。

[4]歇:干枯。

[5]王孙:出自《楚辞·招隐士》。"招隐士"本是劝人出世为官,王维在此却反其道而行之,表达还是不出世而是做隐士好。而前面描写的景物在此便是说明这个地方适合隐居。

作者简介:

王维(701?～761年),字摩诘,盛唐时期著名诗人,官至尚书右丞,原籍祁(今山西祁县),他是唐代山水田园派的代表。开元进士。任过大乐丞、右拾遗等官,安禄山叛乱时,曾被迫出任伪职。其诗、画成就都很高,苏东坡赞他"诗中有画,画中有诗",尤以山水田园诗成就为最,与孟浩然合称"王孟",晚年无心仕途,专诚奉佛,故后世人称其为"诗佛"。

赏析:

《山居秋暝》是王维晚年闲居蓝田辋川时写的一首五言律诗,他在南山下建造了别墅,过着半官半隐的生活。该诗也是山水田园诗的代表作之一,它唱出了隐居者的恋歌。全诗描绘了秋雨初晴后傍晚时分山村的旖旎风光和山居村民的淳朴风尚,表现了诗人寄情山水田园,对隐居生活怡然自得的心情。

5.孟浩然诗二首

与诸子登岘山[1]

人事有代谢[2],往来[3]成古今。
江山留胜迹,我辈复登临[4]。
水落鱼梁[5]浅,天寒梦泽[6]深。
羊公碑字[7]在,读罢泪沾襟[8]。

注释:

[1]岘(xiàn)山:一名岘首山,在今湖北襄阳城以南。诸子:指诗人的几个朋友。

[2]代谢:交替变化。

[3]往来:旧的去,新的来。

[4]复登临:对羊祜曾登岘山而言。登临:登山观看。

[5]鱼梁:沙洲名,在襄阳鹿门山的沔水中。

[6]梦泽:云梦泽,古大泽,即今江汉平原。

[7]字:一作"尚"。

[8]羊公碑:后人为纪念西晋名将羊祜(hù)而建。羊祜镇守襄阳时,常与友人到岘山饮酒诗赋,有过江山依旧人事短暂的感伤。

作者简介:

孟浩然(689年~740年),唐代诗人。本名浩,字浩然。襄州襄阳人,世称孟襄阳。因他未曾入仕,又被称为孟山人。早年有志用世,在仕途困顿、痛苦失望后,尚能自重,不媚俗世,以隐士终身。曾隐居鹿门山。40岁游长安,应进士举不第。曾在太学赋诗,名动公卿,一座倾服。其诗歌创作绝大部分为五言短篇,多写山水田园和隐逸、行旅等内容。与王维并称"王孟",虽不如王诗境界广阔,但在艺术上有独特的造诣。有《孟浩然集》三卷,今编诗二卷。

赏析:

本文是诗人孟浩然创作的一首吊古伤今的山水诗。所谓吊古,是凭吊岘首山的羊公碑。据《晋书·羊祜传》,羊祜镇荆襄时,常到此山置酒言咏。有一次,他对同游者喟然叹曰:"自有宇宙,便有此山,由来贤达胜士,湮此远望如我与卿者多矣,皆湮灭无闻,使人悲伤!"《与诸子登岘山》是作者因求仕不遇心情苦闷而作,诗人登临岘山,凭吊羊公碑,怀古伤今,抒发感慨,想到自己空有抱负,不觉分外悲伤,泪湿衣襟。全诗借古抒怀,融写景、抒情和说理于一体,感情真挚深沉,平淡中见深远。

过故人庄[1]

故人具鸡黍[2],邀我至田家。
绿树村边合,青山郭外斜[3]。
开轩[4]面场圃,把酒话桑麻[5]。
待到重阳日,还来就菊花[6]。

注释:

[1]过:访问。故人:老朋友。庄:村庄。

[2]具:备办。鸡黍:指农家待客的丰盛饭食。黍(shǔ):黍子,去皮称黄黏米。

[3]郭:古代城墙有内外两重,内为城,外为郭。斜(xiá):倾斜。

[4]轩:这里指窗户。

[5]话桑麻:闲谈农事。桑麻:这里指农事。

[6]还(huán):回到原处或恢复原状;返。就菊花:指饮酒赏菊。古人有重阳节饮酒赏菊的风俗。就:接近,靠近。

赏析:

这首诗是作者隐居鹿门山时到一位山村友人家做客所写。一、二句从应邀写起,"故人"说明不是第一次做客。三、四句是描写山村风光的名句,绿树环绕,青山横斜,犹如一幅清淡的水墨画。五、六句写山村生活情趣。面对场院菜圃,把酒谈论庄稼,亲切自然,富有生活气息。结尾两句以重阳节还来相聚写出友情之深,言有尽而意无穷。全诗描绘了美丽的山村风光和平静的田园生活,用语平淡无奇,叙事自然流畅,没有渲染雕琢的痕迹,然而感情真挚,诗意醇厚,有"清水出芙蓉,天然去雕饰"的美学情趣,从而成为自唐代以来田园诗中的佳作。

6.李白《蜀道难》

蜀道难

噫吁嚱[1],危乎高哉!蜀道之难,难于上青天!
蚕丛及鱼凫[2],开国何茫然!
尔来四万八千岁[3],不与秦塞通人烟。
西当太白[4]有鸟道[5],可以横绝峨眉巅。
地崩山摧壮士死,然后天梯石栈相钩连[6]。
上有六龙回日之高标,下有冲波逆折之回川[7]。
黄鹤之飞尚不得过,猿猱欲度愁攀援。
青泥何盘盘,百步九折萦岩峦[8]。
扪参历井仰胁息,以手抚膺坐长叹[9]。

问君西游何时还？畏途巉岩不可攀。

　　但见悲鸟号古木，雄飞雌从绕林间。

　　又闻子规[10]啼夜月，愁空山。

　　蜀道之难，难于上青天，使人听此凋朱颜！

　　连峰去天不盈尺，枯松倒挂倚绝壁。

　　飞湍瀑流争喧豗，砯崖转石万壑雷[11]。

　　其险也如此，嗟尔远道之人胡为乎来哉！

　　剑阁峥嵘而崔嵬，一夫当关，万夫莫开[12]。

　　所守或匪亲，化为狼与豺。朝避猛虎，夕避长蛇；磨牙吮血，杀人如麻。

　　锦城[13]虽云乐，不如早还家。

　　蜀道之难，难于上青天，侧身西望长咨嗟[14]！

注解：

[1]噫(yī)吁(xū)嚱(xī)：惊叹声，蜀方言，表示惊讶的声音。宋庠《宋景文公笔记》卷上："蜀人见物惊异，辄曰'噫吁嚱'。"

[2]蚕丛、鱼凫：都是传说中古蜀国国王。据西汉扬雄《蜀本王纪》记载："蜀王之先，名蚕丛、柏灌、鱼凫、蒲泽、开明。……从开明上至蚕丛，积三万四千岁。"

[3]尔来：从那时以来。四万八千岁：极言时间之漫长。

[4]太白：山名，又名太乙山，秦岭主峰，在今陕西周至、太白县一带。旧说因其冬夏积雪，故名。太白山在当进京城长安之西，故云西当太白。

[5]鸟道：极言山路险窄，仅能容鸟飞过。

[6]《华阳国志·蜀志》：相传秦惠王想征服蜀国，知道蜀王好色，答应送给他五个美女。蜀王派五位壮士去接人。回到梓潼（今四川剑阁之南）的时候，看见一条大蛇进入穴中，一位壮士抓住了它的尾巴，其余四人也来相助，用力往外拽。不多时，山崩地裂，壮士和美女都被压死。山分为五岭，入蜀之路遂通。这便是有名的"五丁开山"的故事。摧：倒塌。天梯：非常陡峭的山路。石栈：栈道。

[7]六龙回日：《淮南子》注云："日乘车，驾以六龙。羲和御之。日至此面而薄于虞渊，羲和至此而回六螭。"螭即龙。高标：指蜀山中可作一方之标识的最高峰。冲波：水流冲击腾起的波浪，这里指激流。逆折：水流回旋。回川：有漩涡的河流。

[8]青泥：青泥岭，在今甘肃徽县南，陕西略阳县北。《元和郡县志》卷二十二："青泥岭，在县西北五十三里，接溪山东，即今通路也。悬崖万仞，山多云雨，行者屡逢泥淖，故号青泥岭。"盘盘：曲折回旋的样子。百步九折：百步之内拐九道弯。

[9]扪参历井：参(shēn)、井是二星宿名。古人把天上的星宿分别指配于地上的州国，叫作"分野"，以便通过观察天象来占卜地上所配州国的吉凶。参星为蜀之分野，井星为秦之分野。扪(mén)：用手摸。历：经过。胁息：屏气不敢呼吸。膺：胸。坐：徒，空。

[10]子规：即杜鹃鸟，蜀地最多，鸣声悲哀，若云"不如归去"。《蜀记》曰："昔有人姓杜

名宇,王蜀,号曰望帝。宇死,俗说杜宇化为子规。子规,鸟名也。蜀人闻子规鸣,皆曰望帝也。"这两句也有断为"又闻子规啼,夜月愁空山"的,但不如此文这种断法顺。

[11]飞湍(tuān):飞奔而下的急流。喧豗(huī):喧闹声,这里指急流和瀑布发出的巨大响声。砯(pīng)崖:水撞石之声。砯,水冲击石壁发出的响声,这里作动词用,冲击的意思。

[12]剑阁:又名剑门关,在四川剑阁县北,是大、小剑山之间的一条栈道,长约三十余里。峥嵘、崔嵬:都是形容山势高大雄峻的样子。"一夫"两句:《文选》卷四左思《蜀都赋》:"一人守隘,万夫莫向。"《文选》卷五十六张载《剑阁铭》:"一人荷戟,万夫趑趄。形胜之地,匪亲勿居。"一夫:一人。当关:守关。莫开:不能打开。

[13]锦城:成都古代以产棉闻名,朝廷曾经设官于此,专收棉织品,故称锦城或锦官城。《元和郡县志》卷三十一剑南道成都府成都县:"锦城在县南十里,故锦官城也。"今四川成都市。

[14]咨嗟:叹息。

作者简介:

李白(701年~762年),字太白,号青莲居士,唐朝浪漫主义诗人,有"诗仙"之称存世诗文千余篇,代表作有《蜀道难》《将进酒》等诗篇,有《李太白集》传世。762年病逝于当涂,享年61岁。其墓在今安徽当涂,四川江油、湖北安陆有纪念馆。

赏析:

这首诗,大约是唐玄宗天宝初年,李白第一次到长安时写的。《蜀道难》是魏晋时代早就有的歌曲,它属于《相和歌辞》中的瑟调曲。作者袭用乐府古题,展开丰富的想象,着力描绘了秦蜀道路上奇丽惊险的山川,以浪漫主义的手法,艺术地再现了蜀道峥嵘、突兀、强悍、崎岖等奇丽惊险和不可凌越的磅礴气势,借以歌咏蜀地山川的壮秀,显示出祖国山河的雄伟壮丽,并从中透露了对社会的某些忧虑与关切。至于本诗是否有更深的寓意,历代有各种不同看法。然而就诗论诗,不一定强析有寓意。但从诗中,"所守或匪亲,化为狼与豺"看,却是在写蜀地山川峻美的同时,告诫当局,蜀地险要,应好好用人防守。李白的作品,以乐府和歌行最为著名,他的豪迈狂放的风格,在这些作品中表现得特别淋漓痛快。本诗采用律体与散文间杂,文句参差,笔意纵横,豪放洒脱。全诗感情强烈,一唱三叹,回环反复,读来令人心潮激荡。

7.杜甫《曲江二首》

曲江二首[1]

其一

一片花飞减却春,风飘万点正愁人[2]。
且看欲尽花经眼,莫厌伤多酒入唇[3]。
江上小堂巢翡翠,花边高冢卧麒麟[4]。
细推物理须行乐,何用浮名绊此身[5]。

注释:

[1]曲江又名曲江池,故址在今西安城南五公里处,原为汉武帝时所造。唐玄宗开元年间大加整修,池水澄明,花卉环列。其南有紫云楼、芙蓉苑,西有杏园、慈恩寺。是著名游览胜地。

[2]减却春:减掉春色。万点:形容落花之多。

[3]且:暂且。经眼:从眼前经过。伤:伤感,忧伤。

[4]巢翡翠:翡翠鸟筑巢。花:指曲江胜境之一芙蓉花。冢:坟墓。

[5]推:推究。物理:事物的道理。浮名:虚名。

其二

朝回日日典春衣,每日江头尽醉归[1]。
酒债寻常行处有,人生七十古来稀[2]。
穿花蛱蝶深深见,点水蜻蜓款款飞[3]。
传语风光共流转,暂时相赏莫相违[4]。

注释:

[1]朝回:上朝回来。典:押当。

[2]债:欠人的钱。行处:到处。

[3]深深:在花丛深处。见:现。款款:缓慢地。传语:传话给。

[4]风光:春光。共流转:在一起逗留的盘桓。违:违背,错过。

作者简介:

杜甫(712年~770年),字子美,自号少陵野老,世称杜少陵。生于河南巩县(今河南省巩义市)。天宝中到长安,仕进无门,困顿十年,才获得右卫率府胄曹参军的小职。安史之乱开始,他流亡颠沛,为叛军所俘;脱险后授官左拾遗。后弃官西行,入蜀定居成都,一度在剑南节度使严武幕中任检校工部员外郎,故又有杜拾遗、杜工部、杜少陵之称。晚年举家东迁,途中留滞夔州二年,出三峡,漂泊鄂、湘一带,贫病而卒。杜甫生活在唐朝由盛转衰的历史时期,其诗多涉笔社会动荡、政治黑暗、人民疾苦,被誉为"诗史";其人忧国忧民,人格高尚,诗艺精湛,被奉为"诗圣"。他善于运用古典诗歌的许多体制,并加以创造性地发展。他是新乐府诗体的开路人。他的乐府诗,促成了中唐时期新乐府运动的发展。他的五七古长篇,亦诗亦史,展开铺叙,而又着力于全篇的回旋往复,标志着诗歌艺术的高度成就。他在五七律上也表现出显著的创造性,积累了关于声律、对仗、炼字炼句等完整的艺术经验,使这一体裁达到完全成熟的阶段。杜甫是唐代最伟大的现实主义诗人,与李白并称"李杜/大李杜"。存诗1400多首,有《杜工部集》传世。

赏析:

《曲江二首》写于乾元元年(758年)暮春,杜甫时任"左拾遗",此时安史之乱还在继续。作为左拾遗的谏官,杜甫几乎天天给皇帝上奏疏提忠告,不久就受到了冷落。正是在这个时候,他写下了《曲江二首》,两个月后,在乾元元年的五六月间,他就和房琯、严武等人被贬出长安。因而,《曲江二首》并不是纯粹的伤时感怀,这里面包含了他年华的消逝、理想的失落、人生的无望等种种愁绪。这两首诗总的特点,用我国传统的美学术语说,就是"含蓄",就是有"神韵"。所谓"含蓄",所谓"神韵",就是留有余地。抒写最典型最有特征性的东西,从而使读者通过已抒之情和已写之景去玩味未抒之情,想象未写之景。"一片花飞""风飘万点",写景并不工细。然而"一片花飞",最足以表现春减;"风飘万点",也最足以表现春暮。一切与春减、春暮有关的景色,都可以从"一片花飞""风飘万点"中去冥观默想。就抒情方面说,"何用浮荣绊此身","朝回日日典春衣",其"仕不得志"是依稀可见的。但如何不得志,为何不得志,却秘而不宣,只是通过描写暮春之景抒发惜春、留春之情;而惜春、留春的表现方式,也只是吃酒,只是赏花玩景,只是及时行乐。诗中的抒情主人公"每日江头尽醉归",从"一片花飞"到"风飘万点",已经目睹了、感受了春减、春暮的全过程,还"传语风光共流转,暂时相赏莫相违",真可谓乐此不疲了!然而仔细探索,就发现言外有意,味外有味,弦外有音,景外有景,情外有情,"测之而益深,究之而益来",真正体现了"神余象外"的艺术特点。(霍松林)

8.柳宗元《小石潭记》

小石潭记

从小丘[1]西行百二十步,隔篁竹[2],闻水声,如鸣佩环[3],心乐之。伐竹取道[4],下见小潭,水尤清冽[5]。全石以为底[6],近岸,卷石底以出[7],为坻,为屿,为嵁[8],为岩。青树翠蔓,蒙络摇缀,参差披拂[9]。

潭中鱼可百许头,皆若空游无所依。日光下澈,影布石上,佁然不动[10],俶尔远逝[11],往来翕忽[12],似与游者相乐。

潭西南而望,斗折蛇行,明灭可见。其岸势犬牙差互[13],不可知其源。

坐潭上,四面竹树环合,寂寥无人,凄神寒骨,悄怆幽邃[14]。以其境过清,不可久居,乃记之而去。

同游者:吴武陵[15],龚古[16],余弟宗玄[17]。隶而从者,崔氏二小生:曰恕己,曰奉壹。

注释:

[1]小丘:小山,在小石潭东面。

[2]篁(huáng)竹:竹林。篁:竹林,泛指竹子。

[3]如鸣佩环:好像人身上佩戴的玉佩玉环相碰发出的声音。佩:通"珮",玉石。

[4]伐:砍伐。取:这里指开辟。

[5]水尤清冽(liè):潭水格外清凉,清澈。尤:格外,特别。清冽:清凉。清:清澈。冽:凉。

[6]全石以为底:(潭)以整块石头为底。以为:把……当作(此句为倒装句"以全石为

底")。以:用。为:作为。

[7]卷石底以出:石底有部分翻卷过来,露出水面。卷:弯曲。以:相当于连词"而",表承接。

[8]坻(chí):水中高地。屿(yǔ):小岛。嵁(kān):不平的岩石。

[9]参差(cēn cī)披拂:参差不齐,随风飘动。

[10]佁然不动:(鱼影)静止呆呆地一动不动。佁(yǐ)然,呆呆的样子。

[11]俶尔远逝:忽然向远处游去了。俶(chù)尔:忽然。远:遥远,空间距离大。

[12]往来翕(xī)忽:来来往往轻快敏捷。翕忽:轻快敏捷的样子。翕:迅疾。

[13]势:形势。犬牙:像狗牙一样。差:交错。其:那。

[14]凄:(使动用法)使……感到凄凉。寒:(使动用法)使……感到寒冷。悄怆(qiǎo chuàng):忧伤的样子。邃:深远。

[15]吴武陵:信州(今重庆奉节一带)人,唐宪宗元和初进士,因罪贬官永州,与作者友善。

[16]龚(gōng)古:作者朋友。

[17]宗玄:作者的堂弟。

作者简介:

柳宗元(773年~819年),字子厚,唐代河东郡(今山西永济县)人,杰出诗人、哲学家、儒学家,唐宋八大家之一。著名作品有《永州八记》等六百多篇文章,经后人辑为三十卷,名为《柳河东集》。因为他是河东人,人称柳河东,又因卒于柳州刺史任上,又称柳柳州。柳宗元与韩愈同为中唐古文运动的领导人物,并称"韩柳"。

赏析:

柳宗元的山水游记在中国文学史上具有独特的地位。其中最著名的,是他被贬谪到永州以后写的《始得西山宴游记》《钴鉧潭记》《钴鉧潭西小丘记》《至小丘西小石潭记》《袁家渴记》《石渠记》《石涧记》《小石城山记》,这就是为人称道的《永州八记》。这些作品,画廊式展现了湘桂之交一幅幅山水胜景,继承了郦道元《水经注》的传统而有所发展。《水经注》是地理书,对景物多客观描写,少主观感情的流露。而柳宗元的山水游记则把自己的身世遭遇、思想感情融合于自然风景的描绘中,投入作者本人的身影,借被遗弃于荒远地区的美好风物,寄寓自己的不幸遭遇,倾注怨愤抑郁的心情。本文是其中的第四篇,保持了《永州八记》一贯的风格,观察入微,描摹细致。文章先写所见景物,后以特写镜头描绘游鱼和潭水,再写潭上景物和自己的感受,写出了小石潭及其周围幽深冷寂的景色和气氛,传达出作者贬居生活中孤凄悲凉的心境,是一篇情景交融的佳作。

柳宗元因参加王叔文革新集团,于唐宪宗元和元年(805年)被贬到永州担任司马。他到永州后,母亲病故,王叔文被处死,自己也不断受到统治者的诽谤和攻击,心情是压抑的。这期间他写了一组很有名的山水游记,被后人称为《永州八记》,本文是其中的第四篇。文中所描写的小石潭,人迹罕至,凄清幽静。作者以简练的文笔,按游览观察的顺序,抓住景物特点生动细致地写景状物,文字充满着诗情画意情景交融,寄托了他凄苦忧伤的感情。文章写小石潭,由远而近,循声而入,先总写潭的全貌,再写潭中的游鱼和潭的水源,然后又写了潭的环境与游者的感受。文章写得情真意切,字里行间洋溢着佳山秀水的灵气,也浸透着作者凄凉悲苦的感情。

9.柳永《望海潮》

望海潮

东南形胜,三吴[1]都会,钱塘自古繁华。烟柳画桥,风帘翠幕,参差十万人家[2]。云树绕堤沙,怒涛卷霜雪,天堑[3]无涯。市列珠玑,户盈罗绮,竞豪奢。

重湖叠巘[4]清嘉,有三秋桂子,十里荷花。羌管弄晴,菱歌泛夜,嬉嬉钓叟莲娃。千骑拥高牙[5],乘醉听箫鼓,吟赏烟霞。异日图将好景,归去凤池夸[6]。

注释:

[1]三吴:也作江吴。《水经注·浙江水》谓吴兴郡、吴郡、会稽郡"世号三吴"。钱塘位置在钱塘江北岸,旧属吴国,隋唐时为杭州治所,五代吴越建都于此,故云三吴都会。

[2]参差:形容楼阁高低不齐。《西湖老人繁盛录》:"回头看城内山上,人家层层叠叠,观宇楼台参差如花落仙宫。"十万人家:吴自牧《梦粱录》卷十九:"柳永《咏钱塘》词曰'十万人家。'此元丰前语也。自高庙(宋高宗)车驾自建康幸杭驻跸,几近两百余年,户口蕃息,近百万余家。"

[3]天堑(qiàn):天然的壕沟。堑,坑。古代偏安南方的国家以长江为阻挡北方敌人的天堑。《南史·孔范传》:"隋师将济江,群官请为备防……范奏曰:'长江天堑,古来限隔,虏军岂能飞度?'"

[4]重湖:西湖以白堤为界,分为外湖、里湖,故云。叠巘(yǎn):重叠的山峰。

[5]千骑:汉乐府《陌上桑》:"东方千余骑,夫婿居上头。"宋朝州郡长官兼知州军务,故以千骑为言。牙:牙旗,将军用的旗帜,因旗上以象牙装饰,故云。

[6]凤池:即凤凰池。本指皇帝禁苑中池沼。中书省地在禁近,掌握政治机要,故以凤凰池为其代称,此处凤凰池代指朝廷。

作者简介:

柳永(约984年~约1053年),原名三变,字景庄。因排行第七,又称柳七。后改名永,字耆卿。崇安(今属福建)人。北宋词人,婉约派创始人。宋仁宗朝进士,官至屯田员外郎,故世称柳屯田。由于仕途坎坷、生活潦倒,他由追求功名转而厌倦官场,耽溺于旖旎繁华的都市生活,在"倚红偎翠""浅斟低唱"中寻找寄托。作为北宋第一个专力作词的词人,他不仅开拓了词的题材内容,而且制作了大量的慢词,发展了铺叙手法,促进了词的通俗化、口语化,在词史上产生了较大的影响。为人放荡不羁,终身潦倒,死时靠妓女捐钱安葬。其词多描绘城市风光和歌妓生活,尤长于抒写羁旅行役之情。词作流传极广,"凡有井水饮处,皆能歌柳词"。

赏析:

钱塘江畔的杭州自古以来就是著名的大都市,此地风景秀丽,人文荟萃,经济繁荣,生活富足。虽然柳永向来以婉约派词人著称,但这首词一反柳永惯常的风格,以大开大阖、波澜起伏的笔法,浓墨重彩的铺叙展现了杭州的繁荣、壮丽景象,可谓"承平气象,形容曲尽"(见陈振孙《直斋书录解题》)。这首词慢声长调和所抒之情起伏相应,音律协调,情致婉转,是柳永的一首传世佳作。

10.苏轼词二首

行香子·过七里滩[1]

一叶[2]舟轻,双桨鸿惊。水天清、影湛波平。鱼翻藻鉴[3],鹭点烟汀[4]。过沙溪急,霜溪冷,月溪明。

重重似画,曲曲如屏。算当年、虚老严陵[5]。君臣一梦,今古虚名[6]。但远山长,云山乱,晓山青。

注释:

[1]行香子:据宋人程大昌《演繁露》考证,"行香"即佛教徒行道烧香。调名本此。平韵双调,六十六字,始见《东坡词》。七里滩:又名七里濑、七里泷,在今浙江省桐庐县城南三十里。钱塘江两岸山峦夹峙,水流湍急,连绵七里,故名七里滩。滩,沙石上流过的急水。

[2]一叶:舟轻小如叶,故称"一叶"。

[3]藻鉴:亦称藻镜,指背面刻有鱼、藻之类纹饰的铜镜,这里比喻像镜子一样平的水面。藻,生活在水中的一种隐花植物。鉴,镜子。

[4]鹭:一种水鸟。汀(tīng):水中或水边的平地,小洲。

[5]严陵:即严光,字子陵,东汉人,曾与刘秀同学,并帮助刘秀打天下。刘秀称帝后,他改名隐居。刘秀三次派人才把他召到京师。授谏议大夫,他不肯接受,归隐富春江,终日钓鱼。

[6]虚名:世人多认为严光钓鱼是假,"钓名"是真。这里指刘秀称帝和严光的垂钓都不过是梦一般的空名而已。

作者简介:

苏轼(1037年~1101年),字子瞻,又字和仲[苏轼按排行位居第二(老大夭折),故曰"仲",至于取字"和仲",则是苏洵希望儿子性格和缓,后来父亲另给他取字子瞻,则与他的名"轼"相关],号"东坡居士",世称"苏东坡";汉族,眉州眉山(今四川眉山)人,北宋散文家、书画家、文学家、词人、政治家、诗人,是豪放派词人的主要代表。

赏析:

这首词是宋神宗熙宁六年(1073年)二月,在杭州任通判的苏轼,巡查富阳、新城,放桐庐,过七里滩而作。词中在对大自然美景的赞叹中,寄寓了因缘自适、看透名利、返璞归真的人生态度,发出了人生如梦的浩叹。从这首词可以看出,苏轼因与朝廷掌权者意见不合而被贬谪杭州任通判期间,尽管仕途不顺,却仍然生活得轻松闲适。他好佛老而不溺于佛老,看透生活而不厌倦生活,善于将沉重的荣辱得失化为过眼云烟,在大自然的美景中找回内心的宁静与安慰。词中那生意盎然、活泼清灵的景色中,融注着词人深沉的人生感慨和哲理思考。

定风波[1]

三月七日,沙湖[2]道中遇雨。雨具先去,同行皆狼狈[3],余独不觉。已而遂晴,故作此词。

莫听穿林打叶声,何妨吟啸[4]且徐行。竹杖芒鞋[5]轻胜马,谁怕?一蓑烟雨任平生[6]。

料峭[7]春风吹酒醒,微冷,山头斜照却相迎。回首向来萧瑟处,归去,也无风雨也无晴[8]。

注释:

[1]定风波:为唐玄宗时教坊曲名,后用为词调。按敦煌曲子词《定风波》中有"问儒士,谁人敢去定风波"语,可见此调取名的本义为平定变乱的意思。此词为宋神宗元丰五年(1082年)苏轼在黄州(治所在今湖北省黄冈县)作。

[2]沙湖:《东坡志林》卷一《游沙湖》:"黄州东南三十里为沙湖,亦曰螺师店。"

[3]狼狈:进退都感觉困难。

[4]吟啸:吟诗、长啸。表示意态闲适。陶渊明《归去来兮辞》:"登东皋以舒啸,临清流而赋诗。"

[5]芒鞋:即草鞋。

[6]任平生:谓自己对披蓑衣、冒风雨的生活,向来处之泰然。

[7]料峭:形容风寒。

[8]回首句:表示心境平淡、闲适。作者在其《独觉》诗中亦有"回首向来萧瑟处,也无风雨也无晴"语。萧瑟处:指遇雨的处所。萧瑟:风雨吹打树林的声音。

赏析:

全词紧扣途中遇雨这样一件生活中的小事,来写自己当时的内心感受。篇中的"风雨""竹杖芒鞋""斜照"等词语,既是眼前景物的实写,又不乏比兴象征的意味,是词人的人生境遇和情感体验的外化。旷达—顿悟—感伤,是苏轼文学作品中所特有的一种情感模式。他一生屡遇艰危而不悔,身处逆境而泰然,但内心深处的感伤却总是难以排遣。这种感伤有时很浓,有时又很淡,并常常隐藏在他爽朗或自嘲的笑声的背后。他的《蝶恋花》(花褪残红青杏小)一词的下片:"墙里秋千墙外道。墙外行人,墙里佳人笑。笑渐不闻声渐悄,多情却被无情恼。"佳人之"无情",乃因不知有墙外"多情"行人的存在,而世间带有普遍性与必然性"人世多错连"之事,又何止此一件呢?苏轼一生忠而见疑,直而见谤,此际落得个远谪岭南的下场,不也正是"多情却被无情恼"吗?他嘲笑自己的多情,也就是在嘲笑那些加在自己身上的不公的命运,在笑一切悲剧啊!此词即景抒情,语言自然流畅,蕴含着深刻的人生哲理,体现了东坡词独特的审美风格。

11.张孝祥《念奴娇·过洞庭》

念奴娇·过洞庭

洞庭青草[1],近中秋、更无一点风色。玉鉴琼田[2]三万顷,著我扁舟一叶。素月分辉,明河共影,表里俱澄澈。悠然心会,妙处难与君说。

应念岭表经年[3],孤光[4]自照,肝胆皆冰雪。短发萧骚[5]襟袖冷,稳泛沧溟空阔。尽挹西江,细斟北斗,万象为宾客[6]。扣舷独啸,不知今夕何夕!

注释:

[1]洞庭青草:青草湖与洞庭湖相通,故并称。

[2]玉鉴琼田:指洞庭湖洁净如玉。

[3]岭表经年:指作者在岭南任职一年多。

[4]孤光:指月光。

[5]萧骚:指头发稀疏。

[6]"尽挹"三句:舀尽长江的水,以北斗为酒器,邀请宇宙万物为宾客,细斟豪饮。

作者简介:

张孝祥(1132年~1169年),字安国,别号于湖居士,南宋词人,书法家。历阳乌江(今安徽省和县)人,少年时阖家迁居芜湖(今安徽省芜湖市)。绍兴二十四年(1154年)廷试,高宗(赵构)亲擢为进士第一。授承事郎,签书镇东军节度判官。由于上书为岳飞辩冤,为当时权相秦桧所忌,诬陷其父张祁谋反,并将其父下狱。次年秦桧死,授秘书省正字。历任秘书郎,著作郎,集英殿修撰,中书舍人等职。后病死芜湖,葬南京江浦老山。年三十八岁。有《于湖居士文集》《于湖词》传世。《全宋词》辑录其223首词。

赏析:

人们比较熟悉辛弃疾与苏轼之间的继承和发展关系,但却较少有人注意张孝祥在苏、辛之间所起到的过渡性作用。张孝祥实际上是南宋豪放词派重要的奠基人之一。这首《念奴娇》就是广泛传诵的张孝祥的代表作。宋孝宗乾道二年(1166年),张孝祥因受政敌谗害而被免职。他从桂林北归,途经洞庭湖,即景生情,写下这首词。这是一首寓情于景的抒情诗。它以生动的笔墨,描绘了中秋节前夕洞庭湖雄伟壮阔、晴明澄澈的绚丽画面,抒写了作者光明磊落、冰肝雪胆般纯洁高尚的情操,反映了作者对投降派的蔑视。词的上片写湖上美景,下片回忆"岭表经年"的为宦生涯,表明自我"孤光自照,肝胆皆冰雪"的纯正无私和洁身自好。

12.胡适《庐山游记》

(冬日庐山)

庐山游记(节选)

昨夜大雨,终夜听见松涛声与雨声,初不能分别,听久了才分得出有雨时的松涛与雨止时的松涛,声势皆很够震动人心,使我终夜睡眠甚少。

早起雨已止了,我们就出发。从海会寺到白鹿洞的路上,树木很多,雨后清翠可爱。满山满谷都是杜鹃花,有两种颜色,红的和青紫的,后者更鲜艳可喜。去年过日本时,樱花已过,正值杜鹃花盛开,颜色种类很多,但多在公园及私人家宅中见之,不如今日满山满谷的气象更可爱。因作绝句记之:

长松鼓吹寻常事,最喜山花满眼开。

嫩紫鲜红都可爱,此行应为杜鹃来。

到白鹿洞。书院旧址前清时用作江西高等农业学校,添有校舍,建筑简陋潦草,真不成个样子。农校已迁去,现设习林事务所。附近大松树都钉有木片,写明保存古松第几号。此地建筑虽极不堪,然洞外风景尚好。有小溪,浅水急流,铮淙可听;溪名贯道溪,上有石桥,即使道桥,楷朱子起的名字。桥上望见洞后诸松中一松有紫藤花,直上到树杪,藤花正盛开,艳丽可喜。

白鹿洞本无洞,正德中,南康守王溱开后山作洞,知府何凿石鹿置洞中。这两人真是大笨伯!

白鹿洞在历史上占一个特殊地位,有两个原因。第一,因为白鹿洞书院是最早一个书院。南唐升元中(937年~942年)建为庐山国学,置田聚徒,以李善道为洞主。宋初因置为书院,与睢阳石鼓岳麓三书院落并称为"四大书院",为书院的四个祖宗。第二,因为朱子重建白鹿洞书院,明定学远规,遂成后世几百年"讲学式"的书院的规模。宋末以至清初的书院皆属于这一种。到乾隆以后,朴学之风气已成,方才有一种新式的书院起来;阮元所创的诂经精舍、学海堂,可算是这种新式书院的代表。南宋的书院祀北宋周邵和诸先生;元明的书院祀和朱;晚明的书院多祀阳明;王学衰后,书院多祀和朱。乾嘉以后的书院乃不祀理学家而改祀许慎郑玄等。所祀的不同便是这两大派书院的根本不同。

朱子立白鹿洞书院在淳熙己亥(1178年),他极看重此事,曾札上丞相说:

愿得比祠官例,为白鹿洞主,假之稍廪,使得终与诸生讲习其中,犹愈于崇奉异教香火,无事而食也。

他明明指斥宋代为道教宫观设祀官的制度,想从白鹿洞开一个儒门创例来抵制道教。他后来奏对孝宗,申说请赐书院额,并赐书的事,说:

今老佛之宫布满天下,大都逾百,小邑亦不下数十,而公私增益势犹未已。至于学校,则一郡一邑仅置一区,附廓之县又不复有。盛衰多寡相悬如此!

这都可见他当日的用心。他定的《白鹿洞规》,简要明白,遂成为后世七百年的教育宗旨。

庐山有三处史迹代表三大趋势:(一)慧远的东林,代表中国"佛教化"与佛教"中国化"的大趋势。(二)白鹿洞,代表中国近世七百年的宋学大趋势。(三)牯岭,代表西方文化侵入中国的趋势。

从白鹿洞到万杉寺。古为庆去庵,为"律"居,宋景德中有大超和尚手种杉树万株,天圣中赐名万杉。后禅学盛行,遂成"禅寺"。南宋张孝祥有诗云:

老干参天一万株,庐山佳处浮着图。只因买断山中景,破费神龙百斛珠。

今所见杉树,粗又如瘦碗,皆近两年种的。有几株大樟树,其一为"五爪樟",大概有三四百年的生命了;《指南》(编者按指《庐山指南》)说"皆宋时物",似无据。

从万杉寺西地约二三里,到秀峰寺。吴氏旧《志》无秀峰寺,只有开光寺。毛德琦《庐山新起》(康熙五十九年成书。我在海会寺买得一部,有同治十年,宣统二年,民国四年补版。我的日记内注的卷页数,皆指此书。)说:

康熙丁亥(1707年)寺僧超渊往淮迎驾,御书秀峰寺赐额,改今名。

明光寺起于南唐中主李璟。李主年少好文学,读书于庐山;后来先主代杨氏而建国,李璟为世子,遂嗣位。他想念庐山书堂,遂于其地立寺,因有开国之祥,故名开先寺,以绍宗和尚主之。宋初赐名开先华藏;后有善暹,为禅门大师,有众数百人。至行瑛,有治事才,黄山谷称"其材器能立事,任人役物如转石于千仞之溪,无不如意"。行瑛发愿重新此寺。

开先之屋无虑四百楹,成于瑛世者十之六,穷壮极丽,迄九年乃即功。

此是开先极盛时。康熙间改名时,皇帝赐额,赐御书《心经》,其时"世之人无不知有秀峰"。(郎廷极《秀峰寺记》,《志》五,页六至七。)其时也可称是盛世。到了今日,当时所谓"穷壮极丽"的规模只剩败屋十几间,其余只是颓垣废址了。读书台上有康熙帝临米芾书碑,尚完好;其下有石刻黄山谷书《七佛偈》,及王阳明正德庚辰(1520年)三月《纪功题名碑》,皆略有损坏。

寺中虽颓废令人感叹,然寺外风景则绝佳。为山南诸处的最好风景。寺址在鹤鸣峰下,其西为龟背峰,又西为黄石岩,又西为又剑峰,又西南为香炉峰,都奇可喜。鹤鸣与龟背之间有马尾泉瀑布,双剑之左有瀑布水;两个瀑泉遥遥相对,平行齐下,下流入壑,汇合为一水,迸出山峡中,遂成最著蛐青玉峡奇景。水流出峡,入于龙潭。昆山与祖望先到青玉峡,徘徊不肯去,叫人来催我们去看。我同梦旦到了赤边,也徘徊不肯离去。峡上石刻甚多,有米帝书"第一山"大字,今钩摹作寺门题榜。

徐凝诗"今古长如白练飞,一条界破青山色",即是咏瀑布的。李白《瀑布泉》诗也是指此瀑。旧《志》载瀑布水的诗甚多,但总没有能使人满意的。

由秀峰往西约十二里,到归宗寺。我们在此午餐,时已下午三点多钟,饿的不得了。归宗寺为庐山大寺,也很衰落了。我向寺中借得《归宗寺志》四卷,是民国甲寅先勤本坤重修的,用活字排印,错误不少,然可供我的参考。

我们吃了饭,往游温泉。温泉在柴桑桥附近,离归宗寺约五六里,在一田沟里。雨后沟水浑浊,微见有两处起水泡,即是温泉。我们下手去试探,一处颇热,一处稍减。向农家买得三个鸡蛋,放在两处,约七八分钟,因天下雨了,取出鸡蛋,内里已温而未熟。日陇间有新碑,我去看,乃是星子县的告示,署民国十二年,中说,接康南海先生函述在此买田十亩,立界碑为记的事。康先生去年死了。他若不死,也许能在此建立一所浴室,他买的地横跨温泉的两岸。今地为康氏私产,而业归海会寺管理,那班和尚未必有此见识作此事了。

此地离栗里不远,但雨已来了,我们要赶回归宗,不能去寻访陶渊明的故里了。道上见一石碑,有"柴桑桥"大字。旧《志》已说,"渊明故居,今不知处"。桑乔疏说,去柴桑桥一里许有渊明的醉石。旧《志》又说,醉石谷中有五柳馆,归去来馆。归去来馆是朱子建的,即在醉石之侧。朱子为手书颜真卿《醉石诗》,并作长跋,皆刻石上,其年月为淳熙辛丑(1181年)七月。此二馆今皆不存,醉石也不知去向了。庄百俞先生《庐山游记》说他曾访醉石,乡人皆不知。记之以告后来的游者。

今早轿上读旧《志》所载周必大《庐山后录》,其中说他访栗里,求醉石,上人直云,"此去有陶公祠,无栗里也。"(十四,页十八乙。)南宋时已如此,我们在七百年后更不易寻此地了,不如阙疑为上。《后录》有云:尝记前人题诗云:

五字高吟酒一瓢,庐山千古想风标。

至今门外青青柳,不为东风肯折腰。

惜乎不记其姓名。

我读此诗,忽起一感想:陶渊明不肯折腰,为什么却爱那最会折腰的柳树?今日从温泉回来,戏用此意作一首诗:

陶渊明同他的五柳

当年有个陶渊明，不惜性命只贪酒。
骨硬不能深折腰，弃官回来空两手。
瓮中无米琴无弦，老妻娇儿赤脚走。
先生吟诗自嘲讽，笑指篱边五株柳：
"看他风里尽低昂！这样腰肢我无有。"
晚上在归宗寺过夜。

作者简介：

胡适(1891年12月～1962年2月)，汉族，安徽绩溪人。原名嗣穈，学名洪骍，字希疆，后改名胡适，字适之，笔名天风、藏晖等。现代著名学者、诗人、历史学家、文学家、哲学家。因提倡文学改良而成为新文化运动的领袖之一。胡适是第一位提倡白话文、新诗的学者，致力于推翻两千多年的文言文，与陈独秀同为五四运动的轴心人物，对中国近代史产生了较为深远的影响。曾担任国立北京大学校长、台湾中央研究院院长、中华民国驻美大使等职。胡适兴趣广泛，著述丰富，在文学、哲学、史学、考据学、教育学、伦理学、红学等诸多领域都有深入的研究。1939年还获得诺贝尔文学奖的提名。

赏析：

胡适曾两次来庐山，第一次是1928年4月，第二次是1937年7月。1928年4月7日，胡适带着儿子祖望，与商务印书馆出版部部长高梦旦、东南大学校长蒋维乔、光华大学教授沈昆三人结伴而行，从上海乘船来庐山，住胡金芳旅馆(今云天饭店)。4月8日游览了仙人洞、大天池、五老峰等名胜，4月9日到山南白鹿洞书院游览后，到栗里探访陶渊明的故里。胡适游山三日，所写的《庐山游记》当年6月由新月出版，后由商务印书馆多次再版，因其对庐山名胜作了大量的考证，故被列入胡适的学术著作中。这篇《庐山游记》，不循古人登览寄慨的旧格，指陈故史，也不深藏什么典据，只是随记着山行的零札，似无用心而游山之乐却久含在字句里。书院和佛寺，为庐山文化的两大宗，也正是胡先生在文章中最用力的地方。笔笔皆从浅处写来，把中国书院的源流和禅家的大略说得简要明白。不入艰深，在他这样一位鸿儒看，自有道理。身临风景，他的兴味多在满山满谷的杜鹃花，深峡间的瀑布水。胡适1937年来庐山，是应邀参加国民政府举办的商讨抗日国事的"庐山谈话会"，这次他住在仙岩旅馆。在谈话会上，他多次发言，主张积极对日作战。曾有与会者写打油诗调侃他："溽暑匡庐胜会开，八方名士溯江来。吾家博士真堪道，慷慨陈词又一回。"胡适也戏答一首云："哪有猫儿不叫春？哪有蝉儿不鸣夏？哪有蛤蟆不夜鸣？哪有先生不说话？"这也算是胡适留在庐山的一段趣闻。

单元阅读链接：

1.张云飞.天人合一——儒学与生态环境.四川人民出版社，1995.

2.蒙培元.人与自然：中国哲学生态观.人民出版社，2004.

3.武蠡甫主编.山水与美学.上海文艺出版社，1985.

4.李尊进，沈松勤.风景美欣赏——旅游美学.上海人民出版社，1987.

5.张必功.中国旅游史.云南人民出版社,1992.

6.胡晓明.万川之月——中国山水诗的心灵境界.生活·读书·新知三联书店,1992.

7.王成组.中国地理学史.商务印书馆,1982.

8.任常泰.中国园林史.燕山出版社,1995.

9.章尚正.中国山水文学研究.学林出版社,1997.

10.李文初等.中国山水文化.广东高等教育出版社,1996.

11.陈峰著.中国社会生活丛书·旅游篇——万水千山总关情.三秦出版社,1999.

12.徐英槐.中国山水画史略.浙江大学出版社,2003.

13.韩玉奎.山水游记探美.中国旅游出版社,1987.

14.中国国家地理杂志官网:http://www.dili360.com.

15.旅行家杂志官网:http://www.traveler.com.cn.

单元技能训练:

1.请同学演唱张雨生的《大海》或者电视剧《三国演义》片头曲《滚滚长江东逝水》,并比较所唱歌曲与曹操《观沧海》诗的异同。

2 请分组协作,搜集历代以富春江为题材的诗文,并按年代先后将诗人进行顺序排列,比较这些诗人是在什么情况下游历富春江的。

3.我国历史上有一幅以富春江为题材的著名画作《富春山居图》,请问它的作者是谁?生活在什么时代?而当下也有一部以该画作为题材的电影《天机·富春山居图》,请就该部电影写一篇影评或发表一下自己的观后感。

4.在我国,以"春江花月夜"为题目的艺术样式不仅有诗歌,还有音乐、绘画、舞蹈。请搜集相关材料,分别赏析音乐、绘画、舞蹈版的"春江花月夜",交流心得和体会,并尝试模仿和表演。

5.尝试把《春江花月夜》一诗改写为现代诗歌。或者以"多情的月亮""浩渺的时空""惹人的春花"为话题,创作一首诗。要求:(1)要注意韵律;(2)要选择鲜活的意象;(3)要意蕴丰富;(4)要有充沛的感情。

6.假如王维生活于改革开放、人尽其才的现代社会,他除了作诗外,最适合参与哪一项经济活动?请分组协作,分别为王维人生进行职业规划,并相互交流展示。

7.请进一步发挥想象和联想,分组讨论并协作,模拟孟浩然两首诗中的情景进行角色扮演:与众人登岘山、与故人开轩把酒。

8.蜀道,即蜀地的道路。蜀地被群山环绕,古时交通不便,道路难以行走,因此蜀道常成为难以行走的代名词。查看有关地图,了解四川的地理位置和地理风貌,与自己的家乡作一对比,谈一谈自己对"蜀道难"的理解。

9.分组协作,搜集资料,整理总结出李白一生大致的路线图(行程图),看一看哪组做得又快又好。

10.余光中《寻李白》诗说道:"酒入豪肠,七分酿成了月光。剩下的三分啸成剑气,绣口一吐，就是半个盛唐。"请找到余光中这首诗进行赏析，并结合自己了解的李白的诗文等资料，以"我心目中的李白"为题进行主旨交流。

11.分组协作，搜集资料，整理总结出杜甫一生游历、仕宦的路线图（行程图），看一看哪组做得又快又好。

12.作为唐代长安城最大的名胜风景区，曲江的变迁可以说见证了唐王朝的兴衰。而历史兴衰中，期间的历史人物起到至关重要的作用，故而有人说唐王朝发生"安史之乱"由盛转衰，其主要原因是杨贵妃及其家族的荒淫腐败所导致。请以"红颜祸水"为题，搜集相关材料，开展一场班级辩论。

13.2012年3月，杜甫突然在网络爆红，关于杜甫的涂鸦图片在微博上疯转。在这些对语文课本图片的"再创作"里，杜甫时而手扛机枪，时而挥刀切瓜，时而身骑白马，时而脚踏摩托，甚至有的游戏公司开发出了"杜甫很忙"的网络游戏……这种网络恶搞现象被网友戏称为"杜甫很忙"，也引起了杜甫草堂、杜甫故里、杜甫研究会、教育专家等社会群体的广泛争论。请你就此现象发表自己的看法，要求观点鲜明，有理有据。

14.俗话说"上有天堂，下有苏杭"，江南胜景自古就令人魂牵梦绕，素有天堂美誉的杭州不仅有晴空排浪、怒涛卷霜雪的钱塘大潮，更有三秋桂子、十里荷花的西湖美景，特别是流连其间、往来穿梭的文人墨客，他们的活动更是增添了杭州的风采与意蕴。回想、搜集有关杭州、西湖的诗句或与杭州有关的历史人物和故事，组织开展一场以杭州为主题的赛诗会或故事会。

15.建中靖国元年正月，苏轼病逝前两个月，遇赦北返的苏轼游览金山寺，住持拿出来自己保存的李公麟为东坡画的坐像。苏轼看着自己的这幅坐像，心里百感交集，写下了《自题金山画像》，对他的后半生作一总结："心似已灰之木，身如不系之舟。问汝平生功业，黄州惠州儋州。"请结合苏轼这首诗，搜集资料，整理总结苏轼一生游历、仕宦的路线图（行程图）。

16.有一则中学生的作文开头是这样写的："看了太多穿越小说，也会整天想象着回到有苏轼的那个朝代。与他相遇，做他的红颜，倾听他的豪情与豁达，呼吸着和他一样的空气，如果有那么一天的话，我希望我用十年的时光去换，可否？"假如可以穿越，你愿意陪苏轼做些什么？或者你有些什么话要跟苏轼说？

17.安徽和县乌江不仅出过唐代大诗人张籍、南宋诗人张孝祥、南宋书法家张即之等历史文化名人，此地还是西楚霸王项羽兵败自刎之地，有着深厚的历史文化积淀。请查找资料，补充完善上述有关信息，讲一讲其中的故事。

18.中国的五大淡水湖分别是：鄱阳湖、洞庭湖、太湖、洪泽湖、巢湖，请分组合作，分别搜集整理五大淡水湖的有关资料，并派出代表进行介绍展示，老师进行点评。

19.查找资料，总结整理庐山的主要景点和特色，搜集历代文人墨客关于庐山的代表性诗文。

20.查找资料，总结整理黄山的主要景点和特色，搜集历代文人墨客关于黄山的代表性诗文。

21.一般而言,黄山旅游包含两大内涵,一是自然内涵。二是文化内涵。自然内涵主要包括黄山天下绝美的天然景观,文化内涵主要包括古徽州文化的厚重及历史延续。当地人通俗地把两种旅游资源概括为"山上看风景,山下看文化"。请你搜集有关徽州的文化故事,开展一次"说长道短话徽州"的主题活动。

22.古代的文人墨客在遭遇人生挫折与困顿的时候,大多会选择寄情山水,在山水自然中寻求心灵的宁静与安慰。反顾自身,当你遇到人生挫折时,你是如何自我调节的?请相互交流自己的心得体会,并与古人比较一下调节方法的差异,想一想为什么。

二、景观建筑篇

世界是一本书,而不旅行的人们只读了其中的一页。

——奥古斯狄尼斯(古罗马帝国时期基督教思想家)

学习导入

1.能力目标:体会作者观察黄鹤楼的角度,联想一下,作者看到的景象。

2.情感目标:体会文中作者借景抒情,寓情于景的手法。

3.知识目标:总结《大观园》一文中的旅游顺序,并体现作者这样安排的妙处。

旅游文学中把旅游资源的概念定义为:凡能吸引旅游者产生旅游动机,并可能被利用来开展旅游活动的各种自然、人文客体或其他因素。而旅游资源中的景观建筑,如亭台楼阁、故居宗祠、历史纪念地等,与旅游文学作品融合后,就会产生出更多的文化沉淀和人文内涵,甚至会出现"文比景大"的现象。唐代柳宗元就说"夫美不自美,因人而彰。兰亭也,不遭右军,则清湍修竹,芜没于空山矣"。意思是说美的东西不是因为自己美,而是因为人的发现才得以彰显。因而这些旅游文学作品或独立成景,或作为陪衬与景观交相辉映,大大增加了旅游景观的吸引力。

本章共选取八篇颇具代表性的文学作品,阐释旅游文学对于景观的重要性。分别为世上本有景,又出佳文,文借景而显,相会倚重,相得益彰的《黄鹤楼》(崔颢)、《枫桥夜泊》(张继)、《醉翁亭记》(欧阳修);世上本无此景,由名家名篇幻想染出此景,后人再依葫芦画瓢造出来的某处景物,如《桃花源记》(陶渊明)、《红楼梦》(节选)(曹雪芹);世上之景,经文人发现后,人文感怀与景色结合后,让人更关注的是景观背后的文化内涵与人文气息,如《风雨天一阁》(余秋雨);将景物的诗情画意与哲理内涵结合,文学作品与景物结合后,增强景物的精神与厚重,如《题西林壁》(苏轼)、《泊秦淮》(杜牧)。

学习目标

通过本单元学习,了解景观建筑特点,以及此类作品概况,能够理解我国建筑景观的艺术文化,关注景观背后的文化内涵,熟记并背诵其中经典作品片段或名句。

1.崔颢《黄鹤楼》

(黄鹤楼)

黄鹤楼

昔人已乘黄鹤去,此地空余黄鹤楼[1]。
黄鹤一去不复返,白云千载空悠悠[2]。
晴川历历汉阳树[3],芳草萋萋鹦鹉洲[4]。
日暮乡关何处是[5],烟波江上使人愁。

注释:

[1]黄鹤楼:旧址在今湖北省武汉长江大桥边武昌黄鹤矶头。相传创建于三国吴黄武二年(223年),后各代屡毁屡修,近年新建黄鹤楼位于蛇山之巅。黄鹤楼为古人登临咏唱的胜地,并附会许多神话,如仙人王子安乘鹤由此经过,三国费文祎驾鹤,由此登仙而去,等等。昔人:指传说中的仙人王子安、费文祎等。

[2]悠悠:飘忽之状,亦可解作久远。

[3]晴:天色晴朗。历历:清晰可见。汉阳:今属湖北省武汉市,位于汉水南岸,东与武昌隔江而望。

[4]萋萋:草木茂盛貌。鹦鹉洲:本在汉阳西南长江中,后沉没。相传东汉末江夏太守黄祖长子射在此大会宾客,有人献鹦鹉,祢衡作赋,故名。

[5]乡关:家乡。

作者简介：

崔颢(hào)(约704年～754年)，汉族，唐朝汴州(今河南开封市)人，诗人，唐玄宗开元十一年(723年)进士。《旧唐书·文苑传》把他和王昌龄、高适、孟浩然并提，但他宦海浮沉，终不得志。

他秉性耿直，才思敏捷，其作品激昂豪放，气势宏伟，著有《崔颢集》。天宝中为尚书司勋员外郎。少年为诗，意浮艳，多陷轻薄；晚节忽变常体，风骨凛然。一窥塞垣，状极戎旅，往往并驱江、鲍。后游武昌，登黄鹤楼，感慨赋诗。及李白来，曰："眼前有景道不得，崔颢题诗在上头。"无作而去，为哲匠敛手云。然行履稍劣，好(蒱)博，嗜酒，娶妻择美者，稍不惬即弃之，凡易三四。初李邕闻其名，虚舍邀之。颢至献诗，首章云："十五嫁王昌。"邕叱曰："小儿无礼！不与接而入。"颢苦吟咏，当病起清虚，友人戏之曰："非子病如此，乃苦吟诗瘦耳！"遂为口实。天宝十三年卒。有诗一卷，今行。(元代辛文房《唐才子传》卷一) 他诗名很大，但事迹流传甚少，现存诗仅四十几首。

赏析：

首联："昔人已乘黄鹤去，此地空余黄鹤楼。"诗人起笔从黄鹤楼远古的传说写起，昔日的仙人子安早已经乘着黄鹤离去，只留下了这座空空荡荡的黄鹤楼。这远古传说的追溯，既令读者想知道黄鹤楼的来历，也无疑为黄鹤楼罩上了一层神奇虚幻的神秘色彩。

颔联："黄鹤一去不复返，白云千载空悠悠。"无论从律诗的格律还是从意思上看都是承首联而来，仙人乘鹤而去了，而且再也没有回来过，在这漫长的年月里，黄鹤楼有什么变化吗？没有。"白云千载空悠悠"是在说天空的白云千百年来依然在空中飘来荡去，并没有因黄鹤一去不返而有所改变。在诗人的笔下，"白云"也仿佛有了情感，有了灵魂，千百年来朝来夕往，与黄鹤楼相伴。

颈联："晴川历历汉阳树，芳草萋萋鹦鹉洲。"两句笔锋一转，由写传说中的仙人、黄鹤及黄鹤楼，转而写诗人眼前登黄鹤楼所见，由写虚幻的传说转为实写眼前的所见景物，晴空里，隔水相望的汉阳城清晰可见的树木，鹦鹉洲上长势茂盛的芳草，描绘了一个空明、悠远的画面，为引发诗人的乡愁设置了铺垫。

尾联："日暮乡关何处是，烟波江上使人愁。"时已黄昏，何处是我的家乡？烟波缥缈的大江令人生起无限的乡愁！这是写诗人所感，感叹人生，感叹乡愁。至此，诗人的真正意图才显现出来，吊古是为了伤今，抒发人生之失意，抒发思乡之情怀。

全篇起、承、转、合自然流畅，没有一丝斧凿痕迹。诗的前四句是叙仙人乘鹤的传说，写的是想象，是传说，是虚幻的；而后四句则是写实，写眼前所见、所感，抒发个人情怀。将神话与眼前事物巧妙融为一体，目睹景物，吊古伤今，尽抒胸臆，富含情韵，飘逸清新，一气贯通。

2.张继《枫桥夜泊》

(枫桥夜泊)

枫桥夜泊[1]

月落乌啼霜满天,江枫渔火对愁眠[2]。
姑苏城外寒山寺[3],夜半钟声到客船。

注释:

[1]枫桥:在江苏省苏州市阊门外,创建于唐代。原名封桥,因张继此诗改名"枫桥"。

[2]江枫:江边的枫树。渔火:渔船上的灯火。

[3]姑苏:即苏州,因市西南有姑苏山而得名。寒山寺:在枫桥附近,始建于南朝梁代,初名妙利普明塔院,相传唐代高僧寒山、拾得曾在这里主持,故名寒山寺。

作者简介:

张继,字懿孙,襄州(州治在今湖北省襄阳县)人。生卒年均不详,约公元715至779年(大历末年)在世。有诗集《张祠部诗集》一部流传后世,为文不事雕琢,其中以《枫桥夜泊》一首最著名。

赏析:

本诗是一篇七绝,题为"夜泊",实际上只写"夜半"时分的景象与感受。诗的首句,写了午夜时分三种有密切关联的景象:月落、乌啼、霜满天。上弦月升起得早,半夜时便已沉落下去,整个天宇只剩下一片灰蒙蒙的光影。树上的栖乌大约是因为月落前后光线明暗的变化,被惊醒后发出几声啼鸣。月落夜深,繁霜暗凝。在幽暗静谧的环境中,人对夜凉的感觉变得格外锐敏。"霜满天"的描写,并不符合自然景观的实际(霜华在地而不在天),却完全切合诗人的感受:深夜侵肌砭骨的寒意,从四面八方围向诗人夜泊的小舟,使他感到身外的茫茫夜气中弥漫着满天霜华。整个诗句,月落写所见,乌啼写所闻,霜满天写所感,层次分明地体现出一个先后承接的时间过程和感觉过程。而这一切,又都和谐地统一于水乡秋夜的幽寂清冷氛围和羁旅者的孤孑清寥感受中。从这里可以看出诗人运思的细密。

诗的第二句接着描绘"枫桥夜泊"的特征景象和旅人的感受。在朦胧夜色中,江边的树只能看到一个模糊的轮廓,之所以称"江枫",也许是因枫桥这个地名引起的一种推想,或者是选用"江枫"这个意象给读者以秋色秋意和离情羁思的暗示。"湛湛江水兮上有枫,目极千里兮伤春心","青枫浦上不胜愁",这些前人的诗句可以说明"江枫"这个词语中所沉积的感情内容和它给予人的联想。透过雾气茫茫的江面,可以看到星星点点的几处"渔火",由于周围昏暗迷蒙背景的衬托,显得特别引人注目,动人遐想。"江枫"与"渔火",一静一动,一暗一明,一江边,一江上,景物的配搭组合颇见用心。写到这里,才正面点出泊舟枫桥的旅人。"愁眠",当指怀着旅愁躺在船上的旅人。"对愁眠"的"对"字包含了"伴"的意蕴,不过不像"伴"字外露。这里确有孤孑的旅人面对霜夜江枫渔火时萦绕的缕缕轻愁,但同时又隐含着对旅途幽美风物的新鲜感受。我们从那个仿佛很客观的"对"字当中,似乎可以感觉到舟中的旅人和舟外的景物之间一种无言的交融和契合。

诗的前幅布景密度很大,十四个字写了六种景象,后幅却特别疏朗,两句诗只写了一件事:卧闻山寺夜钟。这是因为,诗人在枫桥夜泊中所得到的最鲜明、最具诗意美的感觉印象,就是这寒山寺的夜半钟声。月落乌啼、霜天寒夜、江枫渔火、孤舟客子等景象,固然已从各方面显示出枫桥夜泊的特征,但还不足以尽传它的神韵。在暗夜中,人的听觉升居对外界事物景象感受的首位。而静夜钟声,给予人的印象又特别强烈。这样,"夜半钟声"就不但衬托出了夜的静谧,而且揭示了夜的深永和清寥,而诗人卧听疏钟时的种种难以言传的感受也就尽在不言中了。

这里似乎不能忽略"姑苏城外寒山寺"。寒山寺在枫桥西一里,初建于梁代,唐初诗僧寒山曾住于此,因而得名。枫桥的诗意美,有了这所古刹,便带上了历史文化的色泽,而显得更加丰富,动人遐想。因此,这寒山寺的"夜半钟声"也就仿佛回荡着历史的回声,渗透着宗教的情思,而给人以一种古雅庄严之感了。诗人之所以用一句诗来点明钟声的出处,看来不为无因。有了寒山寺的夜半钟声这一笔,"枫桥夜泊"之神韵才得到最完美的表现,这首诗便不再停留在单纯的枫桥秋夜景物画的水平上,而是创造出了情景交融的典型化艺术意境。夜半钟的风习,虽早在《南史》中即有记载,但把它写进诗里,成为诗歌意境的点眼,却是张继的创造。在张继同时或以后,虽也有不少诗人描写过夜半钟,却再也没有达到过张继的水平,更不用说借以创造出完整的艺术意境了。

3.欧阳修《醉翁亭记》

醉翁亭记[1]

环滁皆山也[2]。其西南诸峰,林壑尤美。望之蔚然而深秀者,琅琊也[3]。山行六七里，渐闻水声潺潺而泻出于两峰之间者，酿泉也。峰回路转，有亭翼然临于泉上者[4]，醉翁亭也，作亭者谁？山之僧智仙也。名之者谁？太守自谓也。太守与客来饮于此，饮少辄醉，而年又最高，故自号曰醉翁也。醉翁之意不在酒，在乎山水之间也。山水之乐，得之心而寓之酒也。

若夫日出而林霏开[5]，云归而岩穴暝，晦明变化者[6]，山间之朝暮也。野芳发而幽香，佳木秀而繁阴，风霜高洁，水落而石出者，山间之四时也。朝而往，暮而归，四时之景不同，而乐亦无穷也。

至于负者歌于途，行者休于树，前者呼，后者应，伛偻提携[7]，往来而不绝者，滁人游也。临溪而渔，溪深而鱼肥；酿泉为酒，泉香而酒洌[8]。山肴野蔌[9]，杂然而前陈者，太守宴也。宴酣之乐，非丝非竹[10]，射者中[11]，弈者胜，觥筹交错[12]，起坐而喧哗者，众宾欢也。苍颜白发，颓然乎其间者，太守醉也。

已而夕阳在山，人影散乱，太守归而宾客从也。树林阴翳[13]，鸣声上下，游人去而禽鸟乐也。然而禽鸟知山林之乐，而不知人之乐；人知从太守游而乐，而不知太守之乐其乐也[14]。醉能同其乐，醒能述以文者，太守也。太守谓谁[15]？庐陵欧阳修也。

注释：

[1]醉翁亭：在今安徽滁县西南琅琊山上。

[2]环滁：环绕滁州城。

[3]琅琊：山名，在滁县西十里。晋元帝司马睿即位前袭封琅琊王，曾避难于此，故得名。

[4]翼然：鸟展开翅膀欲飞的样子，此处形容亭角翘起。

[5]林霏：林间雾气。

[6]晦明：或暗或明。

[7]伛偻：原指驼背，这里指弯腰行走的老人。提携：原指搀扶，这里指小孩。

[8]泉香而酒洌；一本作"泉洌而酒香"。洌：清。

[9]野蔌：指野菜。

[10]丝：指弦乐。竹：指管乐。两者泛指音乐。

[11]射：指投壶。当时的一种游戏，将箭投入壶中，中多者为胜，负者罚酒。

[12]觥：酒杯。筹：饮酒计数的竹制的筹码。

[13]阴翳：形容竹木茂密成荫。翳：遮盖。

[14]其：指滁人和宾客。

[15]谓：通"为"，是。

作者简介：

欧阳修(1007年～1072年)，字永叔，号醉翁，在他的《醉翁亭记》中曾经自叙以"醉翁"为号的原因。《醉翁亭记》是欧阳修被贬至滁州(今安徽滁县)时所作。别号"六一居士"，汉族，吉州永丰(今江西省永丰县)人，因吉州原属庐陵郡，喜欢以"庐陵欧阳修"自居。北宋卓越的政治家、文学家、史学家,与(唐朝)韩愈、柳宗元、(宋朝)王安石、苏洵、苏轼、苏辙、曾巩合称"唐宋八大家"。后人又将其与韩愈、柳宗元和苏轼合称"千古文章四大家"。

赏析:

《醉翁亭记》是一篇优美的散文。这篇散文饶有诗情画意,别具清丽格调,在我国古代文学作品中确是不可多得的。

本文中作者为我们展现了山水相映之美、朝暮变化之美、四季变幻之美、动静对比之美。在结构上作者以"乐"将全文串起,写山水,是抒发"得之心"的乐;写游人不绝路途,是表现人情之乐;写酿泉为酒,野肴铺席,觥筹交错,是表达"宴酣之乐";写鸣声婉转,飞荡林间,是显示"禽鸟之乐",更是为了表现太守自我陶醉的"游而乐"。欢于万物,乐在其中,全文因景生乐,因乐而抒情,这样,行文走笔,一路写出,围绕"乐"而展开,就不是断片的杂碎,而是统一的整体。《醉翁亭记》的语言高度概括,含义丰富。最突出的是,作者在本文中首创的"醉翁之意不在酒""水落石出",已被同时代和后来的作家所用,例如苏轼在著名的《后赤壁赋》中写秋冬之交的江上景色,就直接借用了"水落石出"一词。又由于作者用词精当,词句的概括内容很广,因而"醉翁之意不在酒""水落石出"已演变成稳定性强、规范性高的成语,发挥了它们的引申意义。

本文的另一大特点就是写景和抒情的自然结合。文章先写到亭子的远景,因为亭子所在是琅琊山,就从这里落笔,用"蔚然深秀"表现它的外观,又用"水声潺潺""峰回路转"表现它的姿态,使人产生赏心悦目之感。接着写亭的近景,用写翼做比,有凌空欲飞之意。然后借释亭名来由直抒作者胸臆,道出名句"醉翁之意不在酒,在乎山水之间也",奠定了全文抒情的基调。以下从两方面展开:第一,写亭子四周的自然景色,以"乐亦无穷"表现作者纵情山水之意;第二,写滁州官民同乐的情景,极力写出滁州人民在这和平生活怡然自乐和众宾尽欢的情态,并特意塑造了太守醉酒的形象,用这幅生动的风习画从侧面显示出政治清明的景象,也表达了作者"与民同乐"的政治理想。

《醉翁亭记》的思想意脉是一个"乐"字,"醉"中之乐,它像一根彩线联缀各幅画面。而"醉翁之意不在酒,在乎山水之间也",放情林木,醉意山水,这是作者的真意。散文立意犹如设了张本,作者就根据这样的"意"写了秀丽的"境",从而达到情与景的交融,意与境的相谐。作者是从这样几方面濡笔,描绘散文境界的。

4.陶渊明《桃花源记》

桃花源记

晋太元中[1],武陵人[2]捕鱼为业。缘溪行,忘路之远近。忽逢桃花林,夹岸数百步[3],中无杂树[4],芳草鲜美,落英缤纷[5],渔人甚异之,复前行,欲穷其林[6]。

林尽水源[7],便得一山,山有小口,仿佛若有光。便舍船[8],从口入。初极狭,才通人[9]。复行数十步,豁然开朗。土地平旷,屋舍俨然,有良田美池桑竹之属。阡陌交通[10]，鸡犬相闻[11]。其中往来种作[12]，男女衣着，悉如外人。黄发垂髫[13]，并怡然自乐。

见渔人，乃大惊，问所从来[14]。具答之。便要还家[15]，设酒杀鸡作食。村中闻有此人，咸来问讯。自云先世避秦时乱，率妻子邑人来此绝境[16]，不复出焉，遂与外人间隔。问今是何世，乃不知有汉，无论魏晋。此人一一为具言所闻，皆叹惋。余人各复延至其家[17]，皆出酒食。停数日，辞去。此中人语云："不足为外人道也。"

既出，得其船，便扶向路，处处志之。及郡下，诣太守，说如此。太守即遣人随其往，寻向所志[18]，遂迷，不复得路。

南阳刘子骥，高尚士也，闻之，欣然规往。未果，寻病终，后遂无问津者[19]。

注释：

[1]太元：东晋孝武帝（司马曜）年号（373年～396年）。

[2]武陵人：意思是说有位武陵人。武陵：郡名，在今湖南省常德市一带。

[3]夹岸：两岸。

[4]中无杂树：意思是说桃花林中纯是桃树，没有别种树木。

[5]落英：落花。缤纷：繁多而纷乱的样子。

[6]欲穷其林：想要走到树林的尽头。穷：尽。

[7]林尽水源：桃花林的尽头，就是溪水的发源处。

[8]舍：舍弃，这里是离开的意思。

[9]才通人：仅能通过一个人。

[10]阡陌交通：田间的道路相互通达。阡陌(qiān mò)：田间小道，南北叫纤，东西叫陌。

[11]鸡犬相闻：村落间鸡鸣犬吠的声音可以相互听得到。

[12]往来种作：指人们相互交往、耕种劳作的情形。

[13]黄发：指老人。垂髫(tiáo)：指儿童。髫：指小孩头上扎起来下垂的短发。

[14]问所从来：问从什么地方来。

[15]便要(yāo)还家：便邀请渔人到家里做客。要：通"邀"，邀请。

[16]邑人：同乡人。邑：古时地方区域的名称。绝境：与世隔绝的地方。

[17]余人：指桃花源中未曾宴请渔人的其他人。延：邀请。

[18]寻向所志：寻找以前所作的标记。

[19]问津：语出《论语·微子》。原意是询问过河的渡口，后来用作"问咱"讲，这里是访求的意思。

作者简介：

陶渊明（365年～427年），名潜，字元亮，浔阳柴桑（今江西省九江市西南）人，是我国东晋末年文学史上一位杰出的诗人。他出身于没落的官僚地主家庭，少年时代家境贫困。从29岁起步入官场，其后十余年间时隐时仕，先后做过几次小官，时间都很短。最后一次出仕是在晋安帝义熙元年（405年）41岁时，为彭泽令，在官仅八十多天便辞职归去。从此隐居田园,过了二十几年"躬耕自资"的生活,直至63岁去世。陶渊明生活在东晋末年和晋宋交替的时代。这一时期政治黑暗,社会动荡,阶级矛盾极端尖锐,从魏晋以来形成的豪门士族制度达到了顶点。

　　文学创作上,陶渊明以描写乡村风光与田园劳动生活的田园诗为世人所传诵,尤其他的《归园田居五首》是他田园诗中最著名的代表作。"方宅十余亩,草屋八九间。榆柳荫后檐,桃李罗堂前。暧暧远人村,依依墟里烟。狗吠深巷中,鸡鸣桑树颠"的田园风光令人向往。农民"晨兴理荒秽,带月荷锄归"的辛勤劳动也被他写得饶有诗意。陶渊明的这类诗篇,是中国田园诗的基石。

　　赏析:

　　《桃花源记》是《桃花源诗》的序文,着重叙述渔人发现桃花源的经过和桃花源的环境。这是一篇追求浪漫的杰作。东晋王朝,极端腐败,内部互相倾轧,军阀连年混战,赋税徭役繁重,国家濒临崩溃。同时,朝廷承袭旧制,保护士族特权。因而年轻时的陶渊明,尽管有着"大济苍生"之志,但在如此背景下为官,必然"壮志难酬"。加之其性格耿直,不愿为五斗米折腰,很快就成了官场上的异类。于是,仅当了81天彭泽县令的他,便于义熙元年(405年)不得不辞官挂印,从此长期隐居田园,躬耕僻野。元熙二年,刘裕弑君篡位,建立南朝。这更激起了陶渊明对黑暗社会的强烈不满。在无可奈何中,他只好借助文学创作来虚构一个与黑暗现实相对立的美好境界,以抒发自己的情怀,《桃花源记》就在这样的历史背景下问世了。

　　《桃花源记》叙事简练,惜墨如金。在当时一味讲究辞藻、雕琢字句、形式主义盛行的氛围中,陶渊明却以清新、朴实的语言来描绘自己的理想境界。文中写景优美,如诗如画。既有清澈的小溪,又有鲜嫩的小草,还有那桃花盛开的成片桃林,如此美不胜收的景色,自然引起了渔人探访桃花源的好奇。作品虚实相衬,亦真亦幻。作者借用小说的写法,以一个捕鱼人发现桃花源的始末为线索展开故事。文章一开始就点明了时间、地点和人物,此后,他还把渔人怎样步入桃林、怎样进入桃花源、怎样和桃花源人对话、走出桃花源时怎样沿途标记等都刻画得非常细致,如此着笔,就是要使人们觉得桃花源这个地方确乎存在。但是作者又通过几个绝妙的文字,把故事讲述得跌宕起伏,扑朔迷离。由此可见,作者笔下的桃花源的确只是一种可望而不可即的理想境界,它似在人间,又非在人间;它不是人间,却胜似人间;它只可于无意中得之,却不可于有意中求之。这种虚实相衬的对比写法,既强化了整篇文章浓烈的浪漫虚幻色彩,也流露了作者苦闷迷惘的真实情感,更引发了千百年来读者的无限遐思。

5.曹雪芹《大观园试才题对额·荣国府归省庆元宵》

大观园试才题对额·荣国府归省庆元宵(节选)

　　贾政刚至园门前,只见贾珍带领许多执事人来,一旁侍立。贾政道:"你且把园门都关上,我们先瞧了外面再进去。"贾珍听说,命人将门关了。贾政先秉正看门。只见正门五间,上面桶瓦泥鳅脊,那门栏窗槅,皆是细雕新鲜花样,并无朱粉涂饰;一色水磨群墙,下面白石台矶,凿成西番草花样。左右一望,皆雪白粉墙,下面虎皮石,随势砌去,果然不落富丽俗套,自是欢喜。遂命开门,只见迎面一带翠嶂挡在前面。众清客都道:"好山,好山!"贾政道:"非此一山,一进来园中所有之景悉入目中,则有何趣。"众人道:"极是。非胸中大有邱壑,焉想及此。"说毕,往前一望,见白石崚嶒,或如鬼怪,或如猛兽,纵横拱立,上面苔藓成斑,藤萝掩映,其中微露羊肠小径。贾政道:"我们就从此小径游去,回来由那一边出去,方可遍览。"

说毕,命贾珍在前引导,自己扶了宝玉,逶迤进入山口。抬头忽见山上有镜面白石一块,正是迎面留题处。贾政回头笑道:"诸公请看,此处题以何名方妙?"众人听说,也有说该题"叠翠"二字,也有说该提"锦嶂"的,又有说"赛香炉",又有说"小终南"的,种种名色,不止几十个。原来众客心中早知贾政要试宝玉的功业进益如何,只将些俗套来敷衍。宝玉亦料定此意。贾政听了,便回头命宝玉拟来。宝玉道:"尝闻古人有云:'编新不如述旧,刻古终胜雕今。'况此处并非主山正景,原无可题之处,不过是探景一进步耳。莫若直书'曲径通幽处'这句旧诗在上,倒还大方气派。"众人听了,都赞道:"是极!二世兄天分高,才情远,不似我们读腐了书的。"贾政笑道:"不可谬奖。他年小,不过以一知充十用,取笑罢了。再俟选拟。"

说着,进入石洞来。只见佳木茏葱,奇花闪灼,一带清流,从花木深处曲折泻于石隙之下。再进数步,渐向北边,平坦宽豁,两边飞楼插空,雕甍绣槛,皆隐于山坳树杪之间。俯而视之,则清溪泻雪,石磴穿云,白石为栏,环抱池沿,石桥三港,兽面衔吐。桥上有亭。贾政与诸人上了亭子,倚栏坐了,因问:"诸公以何题此?"诸人都道:"当日欧阳公《醉翁亭记》有云:'有亭翼然',就名'翼然'。"贾政笑道:"'翼然'虽佳,但此亭压水而成,还须偏于水题方称。依我拙裁,欧阳公之'泻出于两峰之间',竟用他这一个'泻'字。"有一客道:"是极,是极。竟是'泻玉'二字妙。"贾政拈髯寻思,因抬头见宝玉侍侧,便笑命他也拟一个来。宝玉听说,连忙回道:"老爷方才所议已是。但是如今追究了去,似乎当日欧阳公题酿泉用一'泻'字,则妥,今日此泉若亦用'泻'字,则觉不妥。况此处虽云省亲驻跸别墅,亦当入于应制之例,用此等字眼,亦觉粗陋不雅。求再拟较此蕴籍含蓄者。"贾政笑道:"诸公听此论若何?方才众人编新,你又说不如述古,如今我们述古,你又说粗陋不妥。你且说你的来我听。"宝玉道:"有用'泻玉'二字,则莫若'沁芳'二字,岂不新雅?"贾政拈髯点头不语。众人都忙迎合,赞宝玉才情不凡。贾政道:"匾上二字容易。再作一副七言对联来。"宝玉听说,立于亭上,四顾一望,便机上心来,乃念道:

"绕堤柳借三篙翠,隔岸花分一脉香。"

贾政听了,点头微笑。众人先称赞不已。于是出亭过池,一山一石,一花一木,莫不着意观览。忽抬头看见前面一带粉垣,里面数楹修舍,有千百竿翠竹遮映。众人都道:"好个所在!"于是大家进入,只见入门便是曲折游廊,阶下石子漫成甬路。上面小小两三间房舍，一明两暗，里面都是合着地步打就的床几椅案。从里间房内又得一小门，出去则是后院，有大株梨花兼着芭蕉。又有两间小小退步。后院墙下忽开一隙，得泉一派，开沟仅尺许，灌入墙内，绕阶缘屋至前院，盘旋竹下而出。

贾政笑道："这一处还罢了。若能月夜坐此窗下读书，不枉虚生一世。"说毕，看着宝玉，唬的宝玉忙垂了头。众客忙用话开释，又说道："此处的匾该题四个字。"贾政笑问："那四字？"一个道是"淇水遗风"。贾政道："俗。"又一个是"睢园雅迹"。贾政道："也俗。"贾珍笑道："还是宝兄弟拟一个来。"贾政道："他未曾作，先要议论人家的好歹，可见就是个轻薄人。"众客道："议论的极是，其奈他何。"贾政忙道："休如此纵了他。"因命他道："今日任你狂为乱道，先设议论来，然后方许你作。方才众人说的，可有使得的？"宝玉见问，答道："都似不妥。"贾政冷笑道："怎么不妥？"宝玉道："这是第一处行幸之处，必须颂圣方可。若用四字的匾，又有古人现成的，何必再作。"贾政道："难道'淇水''睢园'不是古人的？"宝玉道："这太板腐了。莫若'有凤来仪'四字。"众人都哄然叫妙。贾政点头道："畜生，畜生，可谓'管窥蠡测'矣。"因命："再题一联来。"宝玉便念道：

"宝鼎茶闲烟尚绿，幽窗棋罢指犹凉。"

一面走，一面说，倏尔青山斜阻。转过山怀中，隐隐露出一带黄泥筑就矮墙，墙头皆用稻茎掩护。有几百株杏花，如喷火蒸霞一般。里面数楹茅屋。外面却是桑、榆、槿、柘，各色树稚新条，随其曲折，编就两溜青篱。篱外山坡之下，有一土井，旁有桔槔辘轳之属。下面分畦列亩，佳蔬菜花，漫然无际。

贾政笑道："倒是此处有些道理。固然系人力穿凿，此时一见，未免勾引起我归农之意。我们且进去歇息歇息。"说毕，方欲进篱门去，忽见路旁有一石碣，亦为留题之备。众人笑道："更妙，更妙，此处若悬匾待题，则田舍家风一洗尽矣。立此一碣，又觉生色许多，非范石湖田家之咏不足以尽其妙。"贾政道："诸公请题。"众人道："方才世兄有云，'编新不如述旧'，此处古人已道尽矣，莫若直书'杏花村'妙极。"贾政听了，笑向贾珍道："正亏提醒了我。此处都妙极，只是还少一个酒幌。明日竟作一个，不必华丽，就依外面村庄的式样作来，用竹竿挑在树梢。"贾珍答应了，又回道："此处竟还不可养别的雀鸟，只是买些鹅鸭鸡类，才都相称了。"贾政与众人都道："更妙。"贾政又向众人道："'杏花村'固佳，只是犯了正名，村名直待请名方可。"众客都道："是呀。如今虚的，便是什么字样好？"

说着，引人步入茆堂，里面纸窗木榻，富贵气象一洗皆尽。贾政心中自是欢喜，却瞅宝玉道："此处如何？"

一面引人出来，转过山坡，穿花度柳，抚石依泉，过了荼蘼架，再入木香棚，越牡丹亭，度芍药圃，入蔷薇院，出芭蕉坞，盘旋曲折。忽闻水声潺湲，泻出石洞，上则萝薜倒垂，下则落花浮荡。众人都道："好景，好景！"贾政道："诸公题以何名？"众人道："再不必拟了，恰恰乎是'武陵源'三个字。"贾政笑道："又落实了，而且陈旧。"众人笑道："不然就用'秦人旧舍'四字也罢了。"宝玉道："这越发过露了。'秦人旧舍'说避乱之意，如何使得？莫若'蓼汀花溆'四字。"贾政听了，更批胡说。

于是要进港洞时，又想起有船无船。贾珍道："采莲船共四只，座船一只，如今尚未造成。"贾政笑道："可惜不得入了。"贾珍道："从山上盘道亦可以进去。"说毕，在前导引，大家攀藤抚树过去。只见水上落花愈多，其水愈清，溶溶荡荡，曲折萦迂。池边两行垂柳，杂着桃杏，遮天蔽日，真无一些尘土。忽见柳阴中又露出一个折带朱栏板桥来，度过桥去，诸路可通，便见一所清凉瓦舍，一色水磨砖墙，清瓦花堵。那大主山所分之脉，皆穿墙而过。

　　贾政道："此处这所房子，无味的很。"因而步入门时，忽迎面突出插天的大玲珑山石来，四面群绕各式石块，竟把里面所有房屋悉皆遮住，而且一株花木也无。只见许多异草：或有牵藤的，或有引蔓的，或垂山巅，或穿石隙，甚至垂檐绕柱，萦砌盘阶，或如翠带飘飘，或如金绳盘屈，或实若丹砂，或花如金桂，味芬气馥，非花香之可比。贾政不禁笑道："有趣！只是不大认识。"有的说："是薜荔藤萝。"贾政道："薜荔藤萝不得如此异香。"宝玉道："果然不是。这些之中也有藤萝薜荔。那香的是杜若蘅芜，那一种大约是茝兰，这一种大约是清葛，那一种是金橙草，这一种是玉蕗藤，红的自然是紫芸，绿的定是青芷。想来《离骚》《文选》等书上所有的那些异草，也有叫作什么藿蒳姜荨的，也有叫作什么纶组紫绛的，还有石帆、水松、扶留等样，又有叫什么绿荑的，还有什么丹椒、蘼芜、风连。如今年深岁改，人不能识，故皆象形夺名，渐渐的唤差了，也是有的。"未及说完，贾政喝道："谁问你来！"唬的宝玉倒退，不敢再说。

　　贾政因见两边俱是抄手游廊，便顺着游廊步入。只见上面五间清厦连着卷棚，四面出廊，绿窗油壁，更比前几处清雅不同。贾政叹道："此轩中煮茶操琴，亦不必再焚名香矣。"

　　说着，大家出来。行不多远，则见崇阁巍峨，层楼高起，面面琳宫合抱，迢迢复道萦纡，青松拂檐，玉栏绕砌，金辉兽面，彩焕螭头。贾政道："这是正殿了，只是太富丽了些。"众人都道："要如此方是。虽然贵妃崇节尚俭，天性恶繁悦朴，然今日之尊，礼仪如此，不为过也。"一面说，一面走，只见正面现出一座玉石牌坊来，上面龙蟠螭护，玲珑凿就。贾政道："此处书以何文？"众人道："必是'蓬莱仙境'方妙。"

　　说着，引人出来，再一观望，原来自进门起，所行至此，才游了十之五六。又值人来回，有雨村处遣人回话。贾政笑道："此数处不能游了。虽如此，到底从那一边出去，纵不能细观，也可稍览。"说着，引客行来，至一大桥前，见水如晶帘一般奔入。原来这桥便是通外河之闸，引泉而入者。贾政因问："此闸何名？"宝玉道："此乃沁芳泉之正源，就名'沁芳闸'。"贾政道："胡说，偏不用'沁芳'二字。"

　　于是一路行来，或清堂茅舍，或堆石为垣，或编花为牖，或山下得幽尼佛寺，或林中藏女道丹房，或长廊曲洞，或方厦圆亭，贾政皆不及进去。因说半日腿酸，未尝歇息，忽又见前面又露出一所院落来，贾政笑道："到此可要进去歇息歇息了。"说着，一径引人绕着碧桃花，穿过一层竹篱花障编就的月洞门，俄见粉墙环护，绿柳周垂。贾政与众人进去。

　　一入门，两边都是游廊相接。院中点衬几块山石，一边种着数本芭蕉；那一边乃是一棵西府海棠，其势若伞，丝垂翠缕，葩吐丹砂。众人赞道："好花，好花！从来也见过许多海棠，那里有这样妙的。"贾政道："这叫作'女儿棠'，乃是外国之种。俗传系出'女儿国'中，云彼国此种最盛，亦荒唐不经之说罢了。"众人笑道："然虽不经，如何此名传久了？"宝玉道："大约骚人咏士，以此花之色红晕若施脂，轻弱似扶病，大近乎闺阁风度，所以以'女儿'命名。想因被世间俗恶听了，他便以野史纂入为证，以俗传俗，以讹传讹，都认真了。"众人都摇身赞妙。

说着，引人进入房内。只见这几间房内收拾的与别处不同，竟分不出间隔来的。原来四面皆是雕空玲珑木板，或"流云百蝠"，或"岁寒三友"，或山水人物，或翎毛花卉，或集锦，或博古，或万福万寿各种花样，皆是名手雕镂，五彩销金嵌宝的。一槅一槅，或有贮书处，或有设鼎处，或安置笔砚处，或供花设瓶、安放盆景处。其槅各式各样，或天圆地方，或葵花蕉叶，或连环半璧。真是花团锦簇，剔透玲珑。倏尔五色纱糊就，竟系小窗；倏尔彩绫轻覆，竟系幽户。且满墙满壁，皆系随依古董玩器之形抠成的槽子。诸如琴、剑、悬瓶、桌屏之类，虽悬于壁，却都是与壁相平的。众人都赞："好精致想头！难为怎么想来！"

原来贾政等走了进来，未进两层，便都迷了旧路，左瞧也有门可通，右瞧又有窗暂隔，及到了跟前，又被一架书挡住。回头再走，又有窗纱明透，门径可行；及至门前，忽见迎面也进来了一群人，都与自己形相一样，——却是一架玻璃大镜相照。及转过镜去，益发见门子多了。贾珍笑道："老爷随我来。从这门出去，便是后院，从后院出去，倒比先近了。"说着，又转了两层纱橱锦槅，果得一门出去，院中满架蔷薇、宝相。转过花障，则见青溪前阻。众人咤异："这股水又是从何而来？"贾珍遥指道："原从那闸起流至那洞口，从东北山坳里引到那村庄里，又开一道岔口，引到西南上，共总流到这里，仍旧合在一处，从那墙下出去。"众人听了，都道："神妙之极。"说着，忽见大山阻路。众人都道："迷了路了。"贾珍笑道："随我来。"仍在前导引，众人随他，直由山脚边忽一转，便是平坦宽阔大路，豁然大门前见。众人都道："有趣，有趣，真搜神夺巧之至！"于是大家出来。

作者简介：

曹雪芹（约1715年～1763年），清代小说家，名霑，字梦阮，号雪芹，又号芹圃、芹溪。祖籍辽阳，先世原是汉人，后为满洲正白旗"包衣"人。（注：包衣就是家奴）曹雪芹爱好广泛：金石、诗书、绘画、园林、中医、织补、工艺、饮食等。

曹雪芹自幼在"秦淮风月"之地的"繁华"生活中长大。在少年时代经历过一段"锦衣纨绔""饫甘餍肥"的贵族生活，雍正即位后，于雍正初年，展开了一场残酷的清除政敌的斗争。在皇室内部争夺权力斗争的牵连下，曹父曹頫因事获罪免职并被抄家，后又遣回北京，曹家从此一蹶不振、日渐衰微。家道从此衰落，到他著书时已过着贫困生活。

晚年，曹雪芹移居北京西郊。生活更加穷苦。"满径蓬蒿"，"举家食粥"。他以坚忍不拔的毅力，专心一致地从事《红楼梦》的书写和修订。1763年2月12日，终于因贫困无医而逝世。（关于曹雪芹逝世的年份，另有乾隆二十八年和二十九年两种说法。）

赏析：

《红楼梦》中的大观园是曹雪芹臆想出来的一个园林，其生动至极全靠曹的华丽辞藻描绘,更让此园有一种文学的气质。

　　余英时教授认为大观园是曹雪芹艺术创造方面的伟大成就。从建筑园林学角度说,大观园是对中国园林艺术的传统作了一次成功的综合与艺术实践。大观园是虚构的,即使是某省某处之山,甚至地名确有,那也只是文学家创作时的素材。我们决不能煞有介事地拿着图样去探讨和考证些诸如大观园究竟是恭王府还是随园,抑或是在北方还是南地这样愚蠢的问题;但这不等于说大观园是胡扯,是瞎掰。曹雪芹对建筑园林景观学的了如指掌与运用已到了炉火纯青的地步,以至于我们没有人怀疑曹雪芹是一位绝顶出色的园林建筑专家。

　　大观园本是元妃省亲之用,因而严格遵守"礼"的规范。"礼"对建筑的约束,首先是在建筑类型上形成一整套礼制规范系列,并将其作为传统建筑的规范加以保持。在大观园所有建筑中,正殿即嘉荫堂,无疑是主体部分。前楼后堂,两厢配殿,围成中国特有的四合院。前楼下层是穿堂,上层是戏台。后堂前面有月台,是贾家排班朝见元妃的地方。正殿前楼与左右飞楼、斜楼都有元妃提名。

　　看园林内部正门讲究一个平淡中见精工的手法。明明是并无朱粉涂饰,一色水磨群墙,但是却是细雕新鲜花样;白石台基,凿成西番草花样。由此可见正门别有特色,不落俗套,是精细之工,但不见富丽之气,而是虽一眼看过去略平淡,久看必越加现真工。

　　置石往往瘦、丑、陋;形状、体量、位置都相当有讲究。起屏障作用的山石,起着障景的作用。中国人讲究含蓄,往往不喜欢开门见山,须曲折婉转才渐入佳境。

　　大观园把大自然的山水花木,移植于有限的空间,通过别具匠心的布局院落组合,山石结构、道路设计、植物配置,再现了自然景物之美,通过建筑物有规律的形状与山岩树木不规则的对比,进而达到和谐统一,以小见大的艺术效果。源于自然而高于自然,近于自然而不等于自然,师法自然而不局限于模仿自然山水的形态,这就是作为杰出园林规划设计师的曹雪芹建筑园林艺术精髓之所在。他巧妙而高超地利用建筑山水花木、书画、艺术、文学,构筑了这样一个虚虚实实、似虚又实的大观园。它体现着一种艺术匠心,最充分发挥后达到与自然妙合的境界。正是领悟到山水的势态与神韵,并将其融入对园林构成要素的加工中,使之化为园林的灵魂,才真正成就了自然的艺术化与艺术的自然化。

6.余秋雨《风雨天一阁》

风雨天一阁[1](节选)

一

　　不知怎么回事,天一阁对于我,一直有一种奇怪的阻隔。

　　照理,我是读书人,它是藏书楼,我是宁波人,它在宁波城,早该频频往访的了,然而却一直不得其门而入。1976年春到宁波养病,住在我早年的老师盛钟健先生家。盛先生一直有心设法把我弄到天一阁里去看一段时间书,但按当时的情景,手续颇烦人,我也没有读书的心绪，只得作罢。后来情况好了，宁波市文化艺术界的朋友们总要定期邀我去讲点课，但我每次都是来去匆匆，始终没有去过天一阁。

是啊，现在大批到宁波作几日游的普通上海市民回来都在大谈天一阁，而我这个经常钻研天一阁藏本重印书籍、对天一阁的变迁历史相当熟悉的人却从未进过阁，实在说不过去。直到1990年8月我再一次到宁波讲课，终于在讲完的那一天支支吾吾地向主人提出了这个要求。主人是文化局副局长裴明海先生，天一阁正属他管辖，在对我的这个可怕缺漏大吃一惊之余立即决定，明天由他亲自陪同，进天一阁。

但是，就在这天晚上，台风袭来，暴雨如注，整个城市都在柔弱地颤抖。第二天上午如约来到天一阁时，只见大门内的前后天井、整个院子全是一片汪洋。打落的树叶在水面上翻卷，重重砖墙间透出湿冷冷的阴气。

看门的老人没想到文化局长会在这样的天气陪着客人前来，慌忙从清洁工人那里借来半高筒雨鞋要我们穿上，还递来两把雨伞。但是，院子里积水太深，才下脚，鞋筒已经进水，唯一的办法是干脆脱掉鞋子，挽起裤管蹚水进去。本来浑身早已被风雨搅得冷飕飕的了，赤脚进水立即通体一阵寒噤。就这样，我和裴明海先生相扶相持，高一脚低一脚地向藏书楼走去。天一阁，我要靠近前去怎么这样难呢？明明已经到了跟前，还把风雨大水作为最后一道屏障来阻拦。我知道，历史上的学者要进天一阁看书是难乎其难的事，或许，我今天进天一阁也要在天帝的主持下举行一个狞厉的仪式？

天一阁之所以叫天一阁，是创办人取《易经》中"天一生水"之义，想借水防火，来免去历来藏书者最大的忧患火灾。今天初次相见，上天分明将"天一生水"的奥义活生生地演绎给了我看，同时又逼迫我以最虔诚的形貌投入这个仪式，剥除斯文，剥除参观式的悠闲，甚至不让穿着鞋子踏入圣殿，卑躬曲膝、哆哆嗦嗦地来到跟前。今天这里再也没有其他参观者，这一切岂不是一种超乎寻常的安排？

二

不错，它只是一个藏书楼，但它实际上已成为一种极端艰难又极端悲怆的文化奇迹。

中华民族作为世界上最早进入文明的人种之一，让人惊叹地创造了独特而美丽的象形文字，创造简帛，然后又顺理成章地创造了纸和印刷术。这一切，本该迅速地催发出一个书籍海洋，把壮阔的华夏文明播扬翻腾。但是，野蛮的战火几乎不间断地在焚烧着脆薄的纸页，无边的愚昧更是在时时吞食着易碎的智慧。一个为写书、印书创造好了一切条件的民族竟不能堂而皇之地拥有和保存很多书，书籍在这块土地上始终是一种珍罕而又陌生的怪物，于是，这个民族的精神天地长期处于散乱状态和自发状态，它常常不知自己从哪里来，到哪里去，自己究竟是谁，要干什么。

只要是智者，就会为这个民族产生一种对书的企盼。他们懂得，只有书籍，才能让这么悠远的历史连成缆索，才能让这么庞大的人种产生凝聚，才能让这么广阔的土地长存文明的火种。很有一些文人学士终年辛劳地以抄书、藏书为业，但清苦的读书人到底能藏多少书，而这些书又何以保证历几代而不流散呢？"君子之泽，五世而斩"，功名资财、良田巍楼尚且如此，更遑论区区几箱书？宫廷当然有不少书，但在清代之前，大多构不成整体文化意义上的藏书规格，又每每毁于改朝换代之际，是不能够去指望的。鉴于这种种情况，历史只能把藏书的事业托付给一些非常特殊的人物了。这种人必得长期为官，有足够的资财可以搜集书籍；这种人为官又最好各地迁移，使他们有可能搜集到散落四处的版本；这种人必须有极高的文化素养，对各种书籍的价值有迅捷的敏感；这种人必须有清晰的管理头脑，从建藏书楼到设计书橱都有精明的考虑，从借阅规则到防火措施都有周密的安排；这种人还必须有超越时间的深入谋划，对如何使自己的后代把藏书保存下去有预先的构想。当这些苛刻的条件全都集于一身时，他才有可能成为古代中国的一名藏书家。

这样的藏书家委实也是出过一些的，但没过几代，他们的事业都相继萎谢。他们的名字可以写出长长一串，但他们的藏书却早已流散得一本不剩了。那么，这些名字也就组合成了一种没有成果的努力，一种似乎实现过而最终还是未能实现的悲剧性愿望。

能不能再出一个人呢，哪怕仅仅是一个，他可以把上述种种苛刻的条件提升得更加苛刻，他可以把管理、保存、继承诸项关节琢磨到极端，让偌大的中国留下一座藏书楼，一座，只是一座！上天，可怜可怜中国和中国文化吧。

这个人终于有了，他便是天一阁的创建人范钦。

清代乾嘉时期的学者阮元说："范氏天一阁，自明至今数百年，海内藏书家，唯此岿然独存。"这就是说，自明至清数百年广阔的中国文化界所留下的一部分书籍文明，终于找到了一所可以稍加归拢的房子。

明以前的漫长历史，不去说它了，明以后没有被归拢的书籍，也不去说它了，我们只向这座房子叩个头致谢吧，感谢它为我们民族断残零落的精神史，提供了一个小小的栖脚处。

三

范钦是明代嘉靖年间人，自二十七岁考中进士后开始在全国各地做官，到的地方很多，北至陕西、河南，南至两广、云南，东至福建、江西，都有他的宦迹。最后做到兵部右侍郎，官职不算小了。这就为他的藏书提供了充裕的财力基础和搜罗空间。在文化资料十分散乱又没有在这方面建立起像样的文化市场的当时，官职本身也是搜集书籍的重要依凭。他每到一地做官，总是非常留意搜集当地的公私刻本，特别是搜集其他藏书家不甚重视、或无力获得的各种地方志、正书、实录以及历科试士录，明代各地仕人刻印的诗文集，本是很容易成为过眼烟云的东西，他也搜得不少。这一切，光有搜集的热心和资财就不够了。……在这种情况下，他的终极性目标是很有限的，只要把楼建成，再搜集到叔父所没有的版本，他就会欣然自慰。结果，这位作为后辈新建的藏书楼只延续几代就合乎逻辑地流散了，而天一阁却以一种怪异的力度屹立着。

实际上，这也就是范钦身上所支撑着的一种超越意气、超越嗜好、超越才情，因此也超越时间的意志力。这种意志力在很长时间内的表现常常让人感到过于冷漠、严峻，甚至不近人情，但天一阁就是靠着它延续至今的。

四

　　藏书家遇到的真正麻烦大多是在身后,因此,范钦面临的问题是如何把自己的意志力变成一种不可动摇的家族遗传。不妨说,天一阁真正堪称悲壮的历史,开始于范钦死后。

　　我不知道保住这座楼的使命对范氏家族来说算是一种荣幸,还是一场延绵数百年的苦役。

　　活到八十高龄的范钦终于走到了生命尽头,他把大儿子和二儿媳妇(二儿子已亡故)叫到跟前,安排遗产继承事项。

　　大儿子范大冲立即开口,他愿意继承藏书楼,并决定拨出自己的部分良田,以田租充当藏书楼的保养费用。就这样,一场没完没了接力赛开始了。多少年后,范大冲也会有遗嘱,范大冲的儿子又会有遗嘱……后一代的遗嘱比前一代还要严格。不难想象,天一阁藏书楼对于许多范氏后代来说几乎成了一个宗教式的朝拜对象,只知要诚惶诚恐地维护和保存,却不知是为什么。按照今天的思维习惯,人们会在高度评价范氏家族的丰功伟绩之余随之揣想他们代代相传的文化自觉,其实我可肯定此间埋藏着许多难以言状的心理悲剧和家族纷争,这个在藏书楼下生活了几百年的家族非常值得同情。

　　后代子孙免不了会产生一种好奇,楼上究竟是什么样的呢?到底有哪些书,能不能借来看看?亲戚朋友更会频频相问,作为你们家族世代供奉的这个秘府,能不能让我们看上一眼呢?

　　从范氏家族的立场来看,不准登楼,不准看书,委实也出于无奈。只要开放一条小缝,终会裂成大隙。但是,永远地不准登楼,不准看书,这座藏书楼存在于世的意义又何在呢?这个问题,每每使范氏家族陷入困惑。

　　范氏家族规定,不管家族繁衍到何等程度,开阁门必得各房一致同意。阁门的钥匙和书橱的钥匙由各房分别掌管,组成一环也不可缺少的连环,如果有一房不到是无法接触到任何藏书的。既然每房都能有效地行使否决权,久而久之,每房也都产生了终极性的思考:被我们层层叠叠堵住了门的天一阁究竟是干什么用的?

　　就在这时,传来消息,大学者黄宗羲先生要想登楼看书!

　　他深知范氏家族的森严规矩,但他还是来了,时间是康熙十二年,即1673年。

　　出乎意外,范氏家族的各房竟一致同意黄宗羲先生登楼,而且允许他细细地阅读楼上的全部藏书。这件事,我一直看成是范氏家族文化品格的一个验证。他们是藏书家,本身在思想学术界和社会政治领域都没有太高的地位,但他们毕竟为一个人而不是为其他人,交出他们珍藏严守着的全部钥匙。

　　这里有选择,有裁断,有一个庞大的藏书世家的人格闪耀。黄宗羲先生长衣布鞋,悄然登楼了。铜锁在一具具打开,1673年成为天一阁历史上特别有光彩的一年。

　　黄宗羲在天一阁翻阅了全部藏书,把其中流通未广者编为书目,并另撰《天一阁藏书记》留世。由此,这座藏书楼便与一位大学者的人格联结起来了。

　　从此以后,天一阁有了一条可以向真正的大学者开放的新规矩,但这条规矩的执行还是十分苛严,在此后近二百年的时间内,获准登楼的大学者也仅有十余名,他们的名字,都是上得了中国文化史的。

这样一来,天一阁终于显现本身的存在意义,尽管显现的机会是那样小。封建家族的血缘继承关系和社会学术界的整体需求产生了尖锐的矛盾,藏书世家面临着无可调和的两难境地:要么深藏密裹使之留存,要么发挥社会价值而任之耗散。看来像天一阁那样经过最严格的选择作极有限的开放是一个没办法中的办法。但是,如此严格地在全国学术界进行选择,已远远超出了一个家族的职能范畴了。

直到乾隆决定编纂《四库全书》,这个矛盾的解决才出现了一些新的走向。乾隆谕旨各省采访遗书,要各藏书家,特别是江南的藏书家积极献书。天一阁进呈珍贵古籍六万余种,其中有九十六种被收录在《四库全书》中,有三万七十余种列入存目。乾隆非常感谢天一阁的贡献,多次褒扬奖赐,并授意新建的南北主要藏书楼都仿照天一阁格局营建。

天一阁因此而大出其名,尽管上献的书籍大多数没有发还,但在国家级的"百科全书"中,在钦定的藏书楼中,都有了它的生命。我曾看到好些著作文章中称乾隆下令天一阁为《四库全书》献书是天一阁的一大浩劫,颇觉言之有过。藏书的意义最终还是要让它广泛流播,"藏"本身不应成为终极的目的。连堂堂皇家编书都不得不大幅度地动用天一阁的珍藏,家族性的收藏变成了一种行政性的播扬,这证明天一阁获得了大成功,范钦获得了大成功。

五

天一阁终于走到了中国近代。什么事情一到中国近代总会变得怪异起来,这座古老的藏书楼开始了自己新的历险。

先是太平军进攻宁波时当地小偷趁乱拆墙偷书,然后当废纸论斤卖给造纸作坊。曾有一人出高价从作坊买去一批,却又遭大火焚毁。

这就成了天一阁此后命运的先兆,它现在遇到的问题已不是让某位学者上楼的问题了,竟然是窃贼和偷儿成了它最大的对手。

1914年,一个叫薛继渭的偷儿奇迹般地潜入书楼,白天无声无息,晚上动手偷书,每日只以所带枣子充饥,东墙外的河上,有小船接运所偷书籍。这一次几乎把天一阁的一半珍贵书籍给偷走了,它们渐渐出现在上海的书铺里。

继渭的这次偷窃与太平天国时的那些小偷不同,不仅数量巨大、操作系统,而且最终与上海的书铺挂上了钩,显然是受到书商的指使。近代都市的书商用这种办法来侵吞一个古老的藏书楼,我总觉得其中蕴含着某种象征意义。把保护藏书楼的种种措施都想到了家的范钦确实没有在防盗的问题上多动脑筋,因为这对在当时这样一个家族的院落来说构不成一种重大威胁。但是,这正像范钦想象不到会有一个近代降临,想象不到近代市场上那些商人在资本的原始积累时期会采取什么手段。一架架的书橱空了。钱绣芸小姐哀怨地仰望终身而未能上的楼板,黄宗羲先生小心翼翼地踩踏过的楼板,现在只留下偷儿吐出的一大堆枣核在上面。

当时主持商务印书馆的张元济先生听说天一阁遭此浩劫，并得知有些书商正准备把天一阁藏本卖给外国人，便立即拨巨资抢救，保存于东方图书馆的"涵芬楼"里。涵芬楼因有天一阁藏书的润泽而享誉文化界，当代不少文化大家都在那里汲取过营养。但是，如所周知，它最终竟又全部焚毁于日本侵略军的炸弹之下。

这当然更不是数百年前的范钦先生所能预料的了。他"天一生水"的防火秘咒也终于失效。

六

然而毫无疑问，范钦和他后代的文化良知在现代并没有完全失去光亮。除了张元济先生外，还有大量的热心人想努力保护好天一阁这座"危楼"，使它不要全然成为废墟。这在现代无疑已成为一个社会性的工程，靠着一家一族的力量已无济于事。幸好，本世纪三十年代、五十年代、六十年代直至八十年代，天一阁一次次被大规模地修缮和充实着，现在已成为重点文物保护单位，也是人们游览宁波时大多要去访谒的一个处所。天一阁的藏书还有待于整理，但在文化沟通便捷的现代，它的主要意义已不是以书籍的实际内容给社会以知识，而是作为一种古典文化事业的象征存在着，让人联想到中国文化保存和流传的艰辛历程，联想到一个古老民族对于文化的渴求是何等悲怆和神圣。

我们这些人，在生命本质上无疑属于现代文化的创造者，但从遗传因子上考察又无可逃遁地是民族传统文化的孑遗，因此或多或少也是天一阁传代系统的繁衍者，尽管在范氏家族看来只属于"他姓"。登天一阁楼梯时我的脚步非常缓慢，我不断地问自己：你来了吗？你是哪一代的中国书生？

很少有其他参观处所能使我像在这里一样心情既沉重又宁静。阁中一位年老的版本学家颤巍巍地捧出两个书函，让我翻阅明刻本，我翻了一部登科录，一部上海志，深深感到，如果没有这样的孤本，中国历史的许多重要侧面将杳无可循。

由此想到，保存这些历史的天一阁本身的历史，是否也有待于进一步发掘呢？裴明海先生递给我一本徐季子、郑学溥、袁元龙先生写的《宁波史话》的小册子，内中有一篇介绍了天一阁的变迁，写得扎实清晰，使我知道了不少我原先不知道的史实。但在我看来，天一阁的历史是足以写一部宏伟的长篇史诗的。我们的文学艺术家什么时候能把范氏家族和其他许多家族数百年来的灵魂史袒示给现代世界呢？

注释：

[1]宁波天一阁博物馆位于宁波城西月湖之滨，取"天一生水"之说，以水制火之义，建筑书楼，占地2.6万平方米。建于明嘉靖四十年至四十五年(1561年～1566年)之间，是明代兵部省侍郎范钦的藏书之处。440多年来经受了人间的沧桑，成为亚洲现存历史最悠久、最古老的私人藏书楼，也是世界上现存最古老的三个家族图书馆之一。然而过去的天一阁只是一个普通的私家藏书楼，历经几代的沧桑，如今的天一阁却是宁波一颗闪亮的"明珠"，它集藏书、文物、旅游于一体。

作者简介：

余秋雨，1946 年 8 月 23 日出生于浙江省余姚县桥头镇（今属慈溪市），国际著名文化史学者、文学家、散文家、作家，我国当代著名艺术理论家。余秋雨以历史文化散文而名世。他凭借自己丰厚的文史知识功底、优美的文辞，引领读者泛舟于千年文明长河之中。首部散文集《文化苦旅》，依仗着作者渊博的文学和史学功底、丰厚的文化感悟力和艺术表现力所写下的这些文章，不但揭示了中国文化巨大的内涵，而且也为当代散文领域提供了崭新的范例。

余秋雨的艺术理论著作，也备受学术界重视和尊崇。有评论家誉之为：左手写散文，不流之于浅薄；右手撰述艺术理论，也不失其丰赡高深。

赏析：

《风雨天一阁》这篇散文是余秋雨先生在他 1991 年出版的散文集《文化苦旅》中的一篇。也是该书中唯一涉及中国藏书文化的散文。它不是单纯地写山水景物的散文，不是抒情的散文，也不是咏物散文，而是实现某种文化现象的脉络与意韵的散文，文中处处在言说历史与文化。

作者在不到一万字的篇幅里，从《易经》、造纸术和印刷术的发明一直追溯到建国后的 80 年代，期间提到了创建和保护天一阁的范钦、范大冲父子，想看天一阁藏书而不得的钱绣芸姑娘，被破例允许参观天一阁的黄宗羲，提倡编写《四库全书》的皇帝乾隆，保护流散藏书、创建商务印书馆的张元济等众多历史人物。全文生动有趣，阅读完毕，读者不仅获取了大量的历史知识，而且不需要理论说教，就会自发地从这些故事和人物的言语行为中领会对传统文化的感悟。在这一点上，余秋雨成功地做到了为现代文明寻找传统文化之根，让历史告诉未来的写作心愿。正如《风雨天一阁》结尾叙述的："我们这些人，在生命本质上无疑属于现代文化的创造者，但从遗传因子上考察又无可逃遁地是民族传统文化的孑遗，因此或多或少也是天一阁传代系统的繁衍者"，"我不断地问自己：你来了吗？你是哪一代的中国书生？"追叙了天一阁悲怆的藏书历史，歌颂了范钦及其后人可贵的文化良知。文题以"风雨"饰"天一阁"，敷设了全文的色调，结构了全文的材料。

可以说"天一阁"这个地方，是中国藏书史上绝对不能回避的一个很重要的书楼。它是一个很有特点的藏书楼，它凝聚了中国封建社会图书收藏、流传的基本特点。天一阁的故事，天一阁的风风雨雨，几乎就是一部浓缩的中国藏书史。所以，作者也给文章命名为"风雨天一阁"。天一阁的地理位置在浙江的宁波，而文章由余秋雨这个宁波人来写，真是再合适不过了。

《风雨天一阁》的开篇是一场冷飕飕的自然风雨。这是实写，又是一种隐喻；这是表征，又是象征。暴雨如注下的天一阁，传递着浓浓的历史文化风雨的信息：关于它的得名，关于它的威严，关于它艰辛的收藏，关于它悲怆的传承……

第二部分可解读为作者对天一阁的总体观感，是作者叙述天一阁历史变化的总起句。此句显露了"风雨"一词的本相，指岁月流逝之中的历史文化沧桑。于是带着这样的感受一路写去，到文章末了，作者这样归结道："天一阁的藏书……作为一种古典文化事业和象征存在着，让人联想到中国文化保存和流传的艰辛历程，联想到一个古老民族对于文化的渴求是何等悲怆和神圣。"结尾处的文字,使"天一阁"的具象变成了"民族古老文化"这样一个涵盖面更为深广的意象。

文章在高屋建瓴阐述文化传承需要的人格特征之后,天一阁的"源头人物"范钦出场了。作者对范钦介绍与一般文章对历史人物的介绍方式有很大不同:他用"现代进行时态"来描述"过去完成时态"的历史,使人物和事件极具现场戏剧感。由此,把范钦"轻常人之所重,重常人之所轻"的文化人格充分生动地凸显了出来之后,作者笔锋一转,自然地将自己近年关注的"健全人格的文化良知"命题纳入文中给予阐述。

接着一个戏剧化的遗产分割场景出现了。又接着的是"钱绣芸出嫁看书"的传奇上演了。写到这里,连作者自己也"觉得这里可以是一个文学作品了"。

的确,当年范钦的藏书也许源于其生命的自主喜好和由此而升的理性文化自觉,而天一阁传人的藏书行为,则更需要一分"意志力",即对前辈遗产以及苛刻的保藏规则的深刻体会或虔诚敬奉。另外,藏书的目的,本是为了流播文明,但要流播文明,却需要如此的冷面规则。前文所谓的"艰辛",所谓的"悲怆",也许就体现在这"传承"上面。作者用"再现""点评""博引"等多种笔法,生动深刻地传达了文化承继的悲怆与神圣。

然而,最能体现范钦后人整体文化品位和人格品位的是,"范氏家族的各房竟一致同意黄宗羲先生登楼"读书。作者在这里感慨万千,"这里有选择,有裁断,有一个庞大的藏书世家的人格闪耀"。其后,作者用镜头感极强的语言写道:"黄宗羲先生长衣布鞋,悄然登楼了。铜锁在一具具打开……"

文章的第五部分描述了藏书楼的厄运:窃贼和偷儿的光顾,书商的侵吞,兵火的毁焚……作者描述的景象还是那么感性:"潜入书楼,白天无声无息,晚上动手偷书,每日只以所带枣子充饥,东墙外的河上,有水船接运所偷书籍。"联想博引却异常的沉郁:"钱绣芸小姐哀怨地仰望终身而未能上的楼板,黄宗羲先生小心翼翼地踩踏过的楼板,现在只留下偷儿吐出的一大堆枣核在上面。"

文章进入第六部分——尾声部分,通过作者的议论,天一阁具象提升为"古典文化事业"的象征,而它建造、传承的过程中所遭逢到的种种坎坷和问题,也就是"古老文化"产生、承继过程的种种坎坷和问题了。这样说来,文章的主旨就不仅是一座文化遗迹和与之相关的人了,文章所采用的种种手法,其实也可看成他本人对历史文化的说法了。

7.苏轼《题西林壁》

题西林壁[1]

横看成岭侧成峰[2],远近高低各不同[3]。
不识[4]庐山真面目[5],只缘[6]身在此山[7]中。

注释:

[1]题西林壁:写在西林寺的墙壁上。西林寺在庐山西麓。题:书写,题写。西林:西林

寺，在江西庐山。

[2]横看:从正面看。庐山总是南北走向，横看就是从东面西面看。侧:从侧面看。

[3]各不同:不相同。

[4]识:认识;清楚。(注:这里不是看清楚，没有看的意思，只有清楚的意思。)

[5]真面目:指庐山真实的景色。

[6]缘:通"原"，因为;由于。

[7]此山:这座山，指庐山。

作者简介:

苏轼(1037年1月～1101年8月)，字子瞻，又字和仲，号"东坡居士"，世人称其为"苏东坡"。汉族，眉州(今四川眉山，北宋时为眉山城)人，祖籍栾城。北宋著名文学家、书画家、词人、诗人、美食家，唐宋八大家之一，豪放派词人代表。其诗、词、赋、散文，均成就极高，且善书法和绘画，是中国文学艺术史上罕见的全才，也是中国数千年历史上被公认文学艺术造诣最杰出的大家之一。其散文与欧阳修并称"欧苏";诗与黄庭坚并称"苏黄";词与辛弃疾并称"苏辛";书法名列"苏、黄、米、蔡"北宋四大书法家之一;其画则开创了湖州画派。

史书记载苏轼身长八尺三寸有余。是苏洵的第五子，嘉祐二年(1057年)与弟苏辙同登进士。授大理评事，签书凤翔府判官。熙宁二年(1069年)，父丧守制期满还朝，为判官告院。与宰相王安石政见不合，反对推行新法(并非完全不同意，还是有部分认可的，前期反对，后期深入民间，了解到新法的好处，转而赞成新法的好的方面)，自请外任，出为杭州通判。迁知密州(今山东诸城)，移知徐州。元丰二年(1079年)，罹"乌台诗案"，责授黄州(今湖北黄冈)团练副使，本州安置，不得签书公文。哲宗立，高太后临朝，被复为朝奉郎知登州(今山东蓬莱);4个月后，迁为礼部郎中;任未旬日，除起居舍人，迁中书舍人，又迁翰林学士知制诰(二品)，知礼部贡举。元祐四年(1089年)出知杭州，后改知颍州，知扬州、定州。元祐八年(1093年)哲宗亲政，被远贬惠州(今广东惠州市区)，再贬昌化军(今海南儋州市)。徽宗即位，遇赦北归，建中靖国元年(1101年)卒于常州(今属江苏)，葬于汝州郏城县(今河南郏县)，享年六十六岁。他与他的父亲苏洵(1009年～1066年)、弟弟苏辙(1039年～1112年)皆以文学名世，世称"三苏";与汉末"三曹父子"(曹操、曹丕、曹植)齐名。"三苏"为"唐宋八大家"中的三位["唐宋八大家"是唐宋时期八大散文代表作家的合称，即唐代的韩愈、柳宗元和宋代的欧阳修、苏洵、苏轼、苏辙、王安石、曾巩(分为唐二家和宋六家)]。苏轼的作品有《东坡七集》《东坡乐府》《前赤壁赋》与《后赤壁赋》等。在政治上属以司马光为领袖的旧党。在书法方面成就极大，与黄庭坚、米芾、蔡襄(也有学者认为是蔡京)并称"宋四家"。

赏析:

宋代大文豪苏轼的《题西林壁》不仅是一首山水诗歌，也表达了作者本人身陷囹圄、坎坷不平的仕途寓意。

本诗的写作背景是苏轼由黄州贬赴汝州任团练副使时经过九江，游览庐山之时，开头两句"横看成岭侧成峰,远近高低各不同",实写游山所见。后两句"不识庐山真面目,只缘身在此山中",是即景说理,谈游山的体会。表达了因为身在庐山之中,视野为庐山的峰峦所局限,看到的只是庐山的一峰一岭一丘一壑,局部而已,这必然带有片面性的感悟。

这是一首哲理诗,但诗人不是抽象地议论,而是紧紧扣住游山谈出自己独特的感受,借助庐山的形象,用通俗的语言深入浅出地表达哲理,它启迪人们认识为人处世的一个哲理——由于人们所处的地位不同,看问题的出发点不同,对客观事物的认识难免有一定的片面性;要认识事物的真相与全貌,必须超越狭小的范围,摆脱主观成见。

诗人透过云雾的迷纱打算直接探认庐山本体。从横侧观察,所得到的印象是道道山岭;从侧面端详,是座座奇峰。无论是从远处望,近处看,还是高处俯视,低处仰观,所见景象全然不同。而苏轼并没有像其他诗人那样仅仅止于惊叹和迷惘,而是进一步地思索:人们所看到的万千异态毕竟是局部景致,而并非庐山的本来面目。原因就在于游人未能超然庐山之外统观全貌,一味山间流连,"见木不见林",自然难见其本象。

结尾二句,奇思妙发,整个意境浑然托出,为读者提供了一个回味经验、驰骋想象的空间。

仁者见仁,智者见智,《题西林壁》不单单是诗人歌咏庐山的奇景伟观,同时也是苏轼以哲人的眼光从中得出的真理性的认识。由于这种认识是深刻的,是符合客观规律的,所以诗中除了有谷峰的奇秀形象给人以美感之外,又有深远的哲理启人心智。因此,这首小诗来得格外含蓄蕴藉,思致渺远,使人百读不厌。

苏轼写诗,全无雕琢习气。诗人所追求的是用一种质朴无华、顺畅流利的语言表现一种清新的、前人未曾道的意境;而其内涵却是丰富的。也就是说,诗语的本身是形象性和逻辑性的高度统一。这就是人们为什么千百次地把后两句当作哲理警句的原因。

如果说宋以前的诗歌传统是以言志、言情为特点的话,那么到了宋朝尤其是苏轼,则出现了以言理为特色的新诗风。这种诗风是宋人在唐诗之后另辟的一条蹊径,用苏轼的话来说,便是"出新意于法度之中,寄妙理于豪放之外"。形成这类诗的特点是:语浅意深,因物寓理,寄意味于淡泊。《题西林壁》正是这样的一首好诗。

【小卡片】:

乌台诗案中的乌台指的是御史台,汉朝时御史台外柏树上有很多乌鸦栖息,所以汉代以来人称御史台为乌台,也戏指御史们都是"乌鸦嘴"。北宋神宗年间苏轼反对新法,并在自己的诗文中表露了对新政的不满。由于苏轼当时是文坛的领袖,任由他的诗词在社会上传播对新政的推行很不利,所以在神宗的默许下,苏轼被抓进乌台,一关就是四个月,由于宋朝有不杀士大夫的惯例,所以苏轼免于一死,但被贬为黄州团练。

这次事件是苏轼一生众多文祸中影响最大的一次,此案牵连了一大批官员,他们大多都遭贬或罚铜,是一场名副其实的文字狱,而诗案顾名思义是因诗得祸,所以一般称这场文字狱为"乌台诗案"。

8.杜牧《泊秦淮》

泊秦淮[1]

烟笼[2]寒水月笼沙,夜泊秦淮近酒家。
商女[3]不知亡国恨,隔江犹唱《后庭花》[4]。

注释:

[1]选自《樊川诗集注》。秦淮(河名):即秦淮河,源出江苏溧水县东北,流经南京地区,入长江。相传为秦始皇南巡会稽时开凿的,用来疏通淮水,故称秦淮河。

[2]笼:笼罩。这句运用的是"互文见义"的写法:烟雾、月色笼罩着水和沙。

[3]商女:一说商女即歌女,在酒楼或船舫中以卖唱为生的女子。清徐增《而庵说唐诗》云:商女,是以唱曲作生涯者。

[4]《后庭花》:就是乐曲《玉树后庭花》,以此曲填歌词者,今存数种,而以南朝陈后主(陈叔宝)所作最为有名。因陈后主是亡国之君,所以后人又把他所喜爱的《玉树后庭花》曲、词当作亡国之音的代名词。

作者简介:

杜牧(803年~约852年),字牧之,号"樊川居士",号称杜紫微(来源:中书省别名紫微省,因此人称其为"杜紫微")。京兆万年(今陕西西安)人。他是杰出的诗人、散文家,是宰相杜佑之孙,杜从郁之子,唐文宗大和二年26岁中进士,授弘文馆校书。后赴江西观察使幕,转淮南节度使幕,又入观察使幕。历任国史馆修撰,膳部、比部、司勋员外郎,黄州、池州、睦州刺史等职,最终官至中书舍人。晚唐杰出诗人,尤以七言绝句著称,内容以咏史抒怀为主,擅长文赋,其《阿房宫赋》为后世传诵。杜牧人称"小杜",以别于杜甫。因晚年居长安南樊川别墅,故后世称"杜樊川",著有《樊川文集》。

杜牧的祖父杜佑曾经当过宰相,又是著名的历史学家。所著《通典》是我国第一部记述典章制度的通史,有非常高的学术价值。这种家庭环境,使杜牧不容选择地要把自己放在高起点上来安排人生道路。他把自己当出将入相的政治家来要求。这就使他进行创作构思时,能视点高,视野大,从而使他的绝句境界特别宽广,并寓有深沉的历史感。

杜牧自视甚高,极想有一番作为。可是他并没有脱颖而出的能耐,时代也并不特别照顾他,给他一试身手的机会。加之他秉性刚直,又爱发议论,因而,二十六岁成进士生,有十几年时间一直在节度使手下当幕僚。他本来就是个风流才子,既感到郁郁不得志,于是就放浪形骸之外,干脆流连于歌楼酒馆之间,寄情酒色,留下了好些风流故事。《唐才子传》以"……美姿容,好歌舞,风情颇张"来形容杜牧。

杜牧临死之时,心知大限将至,自撰墓志铭,但这篇短文写得却是平淡无奇,丝毫不显文豪手笔。据《新唐书》载,墓志铭写就,杜牧闭门在家,搜罗生前文章,对火焚之,仅吩咐留下十之二三。

赏析：

　　唐朝著名诗人杜牧游秦淮，在船上听见歌女唱《玉树后庭花》，绮艳轻荡，男女之间互相唱和，歌声哀伤，是亡国之音。当年陈后主长期沉迷于这种萎靡的生活，视国政为儿戏，终于丢了江山。陈朝虽亡，这种靡靡的音乐却留传下来，还在秦淮歌女中传唱，这使杜牧非常感慨。他的诗说：这些无知歌女连亡国恨都不懂，还唱这种亡国之音！其实这是借题发挥，他讥讽的实际是晚唐政治：群臣们都沉湎于酒色，快步陈后主的后尘了。秦淮一隅，寄托如此深沉的兴亡感，足见金陵在当时全国政治中心已经移向长安的情况下，影响仍然很大。

　　杜牧前期颇为关心政治，对当时百孔千疮的唐王朝表示忧虑，他看到统治集团的腐朽昏庸，看到藩镇的拥兵自固，看到边患的频繁，深感社会危机四伏，唐王朝前景可悲。这种忧时伤世的思想，促使他写了好些具有现实意义的诗篇。《泊秦淮》也就是在这种思想基础上产生的。

　　这首诗在语言运用方面，也颇见功夫。首句写景，"烟""水""月""沙"由两个"笼"字联系起来，融合成一幅朦胧冷清的水色夜景。同时也融入了诗人的思想感情，写景和抒情同时放在同一句话中，这里的烟和月用的是互文的修辞手法，这样写作可以把烟和寒水、月和沙滩分别联系起来，更有利于充分表现这些景物的特点，让整个画面清晰鲜明。这里的"笼"，不光体现景的迷茫，同时也寄寓着诗人此时的忧愁与伤感。

　　第二句点题，点明了时间（夜）、地点（秦淮河），又照应了题目，这一句看似平淡，其实是独具匠心，是贯通全诗的桥梁。秦淮河，是南京一条穿城而过的河道，经过历代文人墨客的品题，它的名字早已家喻户晓。如果把两句诗调过来，似乎读起来顺当了，但是却不合乎诗法，索然无味。作者这样安排，先把人带到一种特定的环境氛围中，给人以强烈的吸引力和感染力，以增强景物的形象性。

　　后两句由一曲《后庭花》引发无限感慨，"不知"抒发了诗人对"商女"的愤慨，也间接讽刺不以国事为重、纸醉金迷的达官贵人，即醉生梦死的统治者。

　　"犹唱"二字将历史、现实巧妙地连为一体，伤时之痛，委婉深沉。清代评论家沈德潜推崇此诗为"绝唱"，一个"犹"字透露出作者批判之意，忧虑之情。管世铭甚至称其为唐人七绝压卷之作。秦淮河是六朝旧都金陵的歌舞繁华之地，诗人深夜泊舟河畔，隔江传来商女《玉树后庭花》的歌声，听着这亡国之音，不禁激起时代兴衰之感。后两句对只知选色征歌、买笑逐欢，而不以历史为鉴的统治者，给以深深的谴责。本诗情景交融，朦胧的景色与诗人心中淡淡的哀愁非常和谐统一。

　　这首诗是即景感怀的，金陵曾是六朝都城，繁华一时。目睹如今的唐朝国势日衰，当权者昏庸荒淫，不免要重蹈六朝覆辙，无限感伤。首句写景，先竭力渲染水边夜色的清淡素雅；二句叙事，点明夜泊地点；三、四句感怀，由"近酒家"引出商女之歌，酒家多有歌，自然洒脱；由歌曲之靡靡，牵出"不知亡国恨"，抨击豪绅权贵沉溺于声色，含蓄深沉；由"亡国恨"推出"后庭花"的曲调，借陈后主之诗，鞭答权贵的荒淫，深刻犀利。这两句表达了较为清醒的封建知识分子对国事怀抱隐忧的心境，又反映了官僚贵族正以声色歌舞、纸醉金迷的生活来填补他们腐朽而空虚的灵魂，而这正是衰败的晚唐现实生活中两个不同侧面的写照。

"商女不知亡国恨，隔江犹唱《后庭花》。"《玉树后庭花》据说是南朝陈后主所作的乐曲，被后人称为"亡国之音"。"隔江"承上一句"亡国恨"故事而来，指当年隋兵陈师江北，一江之隔的南朝小朝廷危在旦夕，而陈后主依然沉湎在歌声女色之中，终于被俘亡国。这两句诗从字面上看似乎是批评歌女，而实际上是诗人有感于晚唐国事衰微、世风颓靡的现状，批评那些沉溺于歌舞升平而"不知"国之将亡的统治者。"犹唱"二字意味深长，巧妙地将历史、现实和想象中的未来联系起来，表现出诗人对国家命运的关切和忧虑。这首诗写诗人所见所闻所感，语言清新自然，构思精巧缜密。全诗景、事、情、意熔于一炉，景为情设，情随景至。借陈后主的荒淫亡国讽喻晚唐统治者，含蓄地表达了诗人对历史的深刻思考，对现实的深切忧思。感情深沉，意蕴深邃，被誉为唐人绝句中的精品。

这首诗表现了诗人对晚唐统治者的辛辣讽刺以及对国家命运的深切忧虑。这样丰富的内涵、深刻的主题却容纳在短短的28个字之内，这其中的每一个字都凝练至极。诗歌的语言要求精练，只有精练才能含蓄，也只有含蓄才能见得精练。所以含蓄与精练互为表里，相得益彰。这首诗于情景交融的意境中，形象而典型地表现了晚唐的时代气氛，使人从陈后主的荒淫亡国联想到江河日下的晚唐的命运，委婉含蓄地表达了诗人对历史的深刻思考，对现实的深切忧思，内容深厚，感情深沉，意味无穷，引人深思。

这首诗在艺术表现上委婉含蓄，意在言外。前两句写景叙事，后两句抒发感情，景中情，情中景，浑然交融，天衣无缝。尤其是作者在人们习以为常的歌声中，听出了亡国之音，以古讽今。无怪清人沈德潜称之为"绝唱"。

杜牧的诗歌主导风格是豪放，但这首诗却显得卓尔不群，明代评论家杨慎在《升庵诗话》中说："律诗至晚唐，李义山而下，惟杜牧之为最。宋人评其诗豪而艳，宕而丽，于律诗中特寓拗峭，以矫时弊。"明代文学家胡震亨《唐音癸签》："牧之诗含思悲凄，流情感慨，抑扬顿挫之节，尤其所长。"而《泊秦淮》正是这样一首具有拗峭风格的典范之作，杜牧的拗峭主要表现在对待国家政治生活中重大问题的主要观点上，与当政的昏君、宦官、藩镇的观点截然不同。

【小卡片】秦淮河：

秦淮河古称淮水，本名"龙藏浦"，全长约110公里，流域面积2600多平方公里，是南京地区主要河道，历史上极负盛名。相传楚威王东巡时，望金陵上空紫气升腾，以为王气，于是凿方山，断长垅为渎，入于江，后人误认为此水是秦时所开，所以称为"秦淮"。秦淮河是南京古老文明的摇篮。远在石器时代，流域内就有人类活动。从东水关至西水关的沿河两岸，东吴以来一直是繁华的商业区的居民地。六朝时成为名门望族聚居之地，商贾云集，文人荟萃，儒学鼎盛。隋唐以后，渐趋衰落，却引来无数文人骚客来此凭吊，咏叹"旧时王谢堂前燕，飞入寻常百姓家"。到了宋代，逐渐复苏为江南文化中心。明清两代，尤其是明代,是十里秦淮的鼎盛时期。明末清初,秦淮八艳的事迹更是脍炙人口。金粉楼台,鳞次栉比;画舫凌波,桨声灯影构成一幅如梦如幻的美景奇观。但到了近代,由于战乱等原因,河水日渐污浊,两岸建筑多被毁坏,昔日繁华景象已不复存在。1985年以后,江苏省南京市拨出巨款对这一风光带进行修复,秦淮河又再度成为我国著名的游览胜地。

单元阅读链接:

1.比较阅读李白《黄鹤楼送孟浩然之广陵》、贾岛《黄鹤楼》、范仲淹《岳阳楼记》、王勃《滕王阁序》。

2.阅读李土生《什么是文化》及王永贵《审视风雨中的文化遗存》。

3.阅读比较白居易《钱塘湖春行》、杜牧《泊秦淮》。

4.王维《桃源行》、王安石《桃源行》。

5.《红楼梦》的园林艺术解读——《芒种》2012年第23期;叶圣陶《苏州园林》。

单元技能训练:

1.古往今来,描绘黄鹤楼的诗词不胜枚举,为何唯崔颢的这首七律为最佳?

2.上网搜集黄鹤楼得名缘由,在课堂上以导游身份,向同学们进行讲解。

3.中国三大名楼名称是什么?分别位于何地?有哪些名篇名著?

4.以导游员身份介绍《枫桥夜泊》中描写的各种景物,以及自己的感想。

5.有人提出《枫桥夜泊》中的"月落"不是月亮已落或将落未落,而是村庄名或桥名,"乌啼"并非是乌鸦夜啼,而是山名。而"江枫"也不是江边的枫树,亦为桥名。如此解读下来,同学们觉得这首诗缺少了什么?多年前曾有一首流行歌曲《涛声依旧》,歌词中有这样的句子:"带走一盏渔火,让它温暖我的双眼;留下一段真情,让它停泊在枫桥边","留连的钟声还在敲打我的无眠","月落乌啼总是千年的风霜……"等。你觉得歌词中的意境与《枫桥夜泊》中的意境有什么相通之处?

6.宋仁宗(1045年)时,范仲淹遭谗离职,欧阳修上书替他分辩,得罪了当权派,被贬滁州(在今安徽)知州。被贬后,他心情郁闷,经常去滁州城西南十里的琅琊山游玩,并与山寺中住持智仙和尚结为莫逆之交。庆历六年,智仙建亭于琅琊山酿泉旁,以为游息之所。欧阳修登亭"饮少辄醉",故给它取名为"醉翁亭",并写下了《醉翁亭记》这篇流芳千古的美文。《醉翁亭记》作于欧阳修被贬谪之时,但是却突出了"醉"与"乐",作者乐什么?如何理解作者的此种心境?

7.柳宗元和欧阳修都是"唐宋八大家之一"。《小石潭记》《醉翁亭记》分别是他们的名篇。若把这两篇作品放在一起比较,我们便会看到两篇文章都曲尽了山水之妙,同为写乐,这种乐有什么不同之处?

8.湖南常德桃花源风景区因《桃花源记》而闻名,景区内有穷林桥、菊圃、方竹亭、秦人古洞等景点,请结合《桃花源记》中所表达的理想主义的精神乐园来阐述这些景点。

9.《红楼梦》中的大观园是为元妃省亲特意修建,你能说说在此处园林的修建中突出了哪些中国园林的景观特色吗?

10.中国古典文学宝库中有不少是历代文人墨客游览名山胜水、佳园美景留下来而名垂不朽的作品。如王之涣的《登鹳雀楼》,范仲淹的《岳阳楼记》。千百年来这早已成为沿革的传统,它们实际上已经构成景观意境的文化环境,成为园林景观必不可少的文学烘托。在本节贾政、宝玉在一群清客的陪同下,游历大观园,遍题匾额,你能体会"有凤来仪"、"曲径通幽处"、"梦兆绛芸轩"、"沁芳"等名的妙处吗?

11.品味《风雨天一阁》中的"风雨"一词的含义。

12.试着讲述天一阁的命名、缘起、风雨历程等小故事。

13.通过《风雨天一阁》,你能体会多少天一阁中蕴含的中国文人的执着与情怀,天一阁悲怆的藏书历史?在介绍天一阁景点时,如何融入此种情怀,使建筑变得拥有生命力?

14.结合实例(最好是历史上的一些小故事)谈谈你是如何理解"不识庐山真面目,只缘身在此山中"的。

15.试着简单阐述秦淮河的发展历史,体会秦淮河在南京古老文化中的作用。

16.搜集一些杜牧的生活背景、个人经历的小故事等,试着在班里与同学们分享。

三、生物奇趣篇

一个人抱着什么目的去游历,他在游历中,就只知道获取同他的目的有关的知识。

——卢梭(法国著名启蒙思想家、哲学家、教育家、文学家)

学习导入

日月星辰,风雨雷电,山川树木,花鸟虫鱼……大自然和生命共同构成了五彩斑斓的世界。大自然孕育了生命,生命又回馈自然,使它充满生机和活力。

大自然像一位神奇的魔术师,用它的鬼斧神工,在世界上留下了那么多绮丽的自然风光和奇妙的自然现象,用它博大的胸怀孕育了亿万生灵。大自然是一幅多姿多彩的画卷,是一本读不完的"书"。走进大自然,走进生命,你一定会得到许多乐趣,发现许多秘密,荡涤你的心胸。

本章的每一篇诗文,都像瑰丽壮美的图画,使我们感到大自然是那样地奇妙。有人曾说,世界上不是缺少美,而是缺少发现美的眼睛。是啊,海市蜃楼、潮涨潮落、怪石云海当然神奇,山川草木、花鸟虫鱼等平常的事物也有令人称奇的地方。让我们走进大自然,用画家的眼睛去发现美,用作家的笔去描绘美。

学习目标

通过本单元学习,了解大自然生物特点及奇趣,能够理解作品赋予生物的象征意义,体味作者通过作品寄托的思想情感,熟记并背诵其中经典作品片段或名句。

1. 史达祖《双双燕·咏燕》

双双燕·咏燕

过春社[1]了,度帘幕[2]中间,去年尘冷。差池[3]欲住,试入旧巢相并。还相雕梁藻井[4],又软语[5]商量不定。飘然快拂花梢,翠尾分开红影[6]。

芳径[7],芹泥[8]雨润,爱贴地争飞,竞夸轻俊。红楼[9]归晚,看足柳昏花暝[10]。应自栖香[11]正稳,便忘了、天涯芳信[12]。愁损翠黛双蛾[13],日日画阑独凭[14]。

注释:

[1]春社:古代春天的社日,以祭祀土神。在立春后第五个戊日。

[2]度:穿过。帘幕:古时富贵人家多张挂于院宇。

[3]差(cī)池:燕子飞行时,有先有后,尾翼舒张貌。《诗经·邶风·燕燕》:"燕燕于飞,差池其羽。"

[4]相(xiàng):端看、仔细看。雕梁:雕有或绘有图案的屋梁。藻井:用彩色图案装饰的天花板,形状似井栏,故称藻井。

[5]软语:燕子的呢喃声。

[6]翠尾:翠色的燕尾。红影:花影。

[7]芳径:长着花草的小径。

[8]芹泥:水边长芹草的泥土。

[9]红楼:富贵人家所居处。

[10]柳昏花暝(míng):柳色昏暗,花影迷蒙。暝:天色昏暗貌。

[11]栖香:栖息得很香甜,睡得很好。

[12]天涯芳信:给闺中人传递从远方带来的书信。古有双燕传书之说。

[13]翠黛双蛾:指闺中少妇。黛蛾:螺子黛,乃女子涂眉之颜料,其色青黑,或以代眉毛。眉细如蛾须,乃谓蛾眉。更有以眉代指美人者。

[14]画阑:雕花的栏杆。凭:倚靠。

作者简介:

史达祖(1163年~1220?年),南宋词人。字邦卿,号梅溪,汴(今河南开封)人。尝为韩侂胄堂吏,韩败,坐受黥刑,死于贫困中。其词多抒写闲情逸致,咏物寄情,用笔尖巧,追求细腻工致,以咏物逼真著称,亦有少数感慨国事的篇什,有《梅溪词》传世。

赏析:

燕子是古诗词中常用的意象,诗如杜甫、词如晏殊等,然古典诗词中全篇咏燕的妙词,则要首推史达祖的这首《双双燕》了。

这首词对燕子的描写是极为精彩的。通篇不出"燕"字,而句句写燕,极妍尽态,神形毕肖。而又不觉繁复。"过春社了","春社"在春分前后,正是春暖花开的季节,相传燕子这时候由南方北归,词人只点明节候,让读者自然联想到燕子归来了。此处妙在暗示,有未雨绸缪的朦胧,既节省了文字,又使诗意含蓄蕴藉,调动读者的想象力。"度帘幕中间",进一步暗示燕子的回归。"去年尘冷"暗示出旧燕重归及新变化。在大自然一派美好春光里,北归的燕子飞入旧家帘幕,红楼华屋、雕梁藻井依旧,所不同的,空屋无人,满目尘封,不免使燕子感到有些冷落凄清。

"差池欲住"四句,写双燕欲住而又犹豫的情景。由于燕子离开旧巢有些日子了,"去年尘冷",好像有些变化,所以要先在帘幕之间"穿"来"度"去,仔细看一看似曾相识的环境。燕子毕竟恋旧巢,于是"差池欲住,试入旧巢相并"。因"欲住"而"试入",犹豫未决,所以还把"雕梁藻井"仔细相视一番,又"软语商量不定"。小小情事,写得细腻而曲折,像一对小两口居家度日,颇有情趣。

"软语商量不定",形容燕语呢喃,传神入妙。"商量不定",写出了双燕你一句、我一句亲昵商量的情状。"软语",其声音之轻细柔和、温情脉脉形象生动,把双燕描绘得就像一对充满柔情蜜意的情侣。"商量"的结果,这对燕侣决定在这里定居下来了。于是,它们"飘然快拂花梢,翠尾分开红影",在美好的春光中开始了繁忙紧张快活的新生活。

"芳径,芹泥雨润",紫燕常用芹泥来筑巢,正因为这里风调雨顺,芹泥也特别润湿,真是安家立业的好地方啊!燕子得其所哉,双双从天空中直冲下来,贴近地面飞着,你追我赶,好像比赛着谁飞得更轻盈漂亮。广阔丰饶的北方又远不止芹泥好,这里花啊柳啊,样样都好,风景是观赏不完的。燕子陶醉了,到处飞游观光,一直玩到天黑了才飞回来。

"红楼归晚,看足柳昏花暝",春光多美,而它们的生活又多么快乐、自由、美满。傍晚归来,双栖双息,其乐无穷。可是,这一高兴啊,"便忘了、天涯芳信"。在双燕回归前,一位天涯游子曾托它俩给家人捎一封书信回来,它们全给忘记了!这天外飞来的一笔,出人意料。随着这一转折,便出现了红楼思妇倚栏眺望的画面:"愁损翠黛双蛾,日日画阑独凭"。由于双燕的玩忽害得受书人愁损盼望。

这结尾两句,似乎离开了通篇所咏的燕子,转而去写红楼思妇了。看似离题,其实不然,这正是词人匠心独到之处。试想词人为什么花了那么多的笔墨,描写燕子徘徊旧巢,欲住还休?对燕子来说,是有感于"去年尘冷"的新变化,实际上这是暗示人去境清,深闺寂寥的人事变化,只是一直没有道破。到了最后,将意思推开一层,融入闺情更有余韵。

原来词人描写这双双燕,是意在言先地放在红楼清冷、思妇伤春的环境中来写的,他是用双双燕子形影不离的美满生活,暗暗与思妇"画阑独凭"的寂寞生活相对照;接着他又极写双双燕子尽情游赏大自然的美好风光,暗暗与思妇"愁损翠黛双蛾"的命运相对照。显然,作者对燕子那种自由、愉快、美满的生活的描写,是隐含着某种人生的感慨与寄托的。这种写法,打破宋词题材结构以写人为主体的常规,而以写燕为主,写人为宾;写红楼思妇的愁苦,只是为了反衬双燕的美满生活,给人以耳目一新之感。读者自会从燕的幸福想到人的悲剧,不过作者有意留给读者自己去体会罢了。这种写法,因多一层曲折而饶有韵味,因而能更含蓄更深沉地反映人生,煞是别出心裁。但写燕子与人的对照互喻又粘连相接,不即不离,确是咏燕词的绝境。

2. 张炎《解连环·孤雁》

解连环·孤雁

楚[1]江空晚。怅离群万里,恍然[2]惊散。自顾影[3]、却下寒塘[4],正沙净草枯,水平天远。写不成书[5],只寄得、相思一点。料因循[6]误了,残毡拥雪[7],故人心眼。

谁怜旅愁荏苒[8]。谩长门[9]夜悄,锦筝[10]弹怨。想伴侣、犹宿芦花,也曾念春前,去程应转。暮雨相呼,怕蓦地[11]、玉关[12]重见。未羞他、双燕归来,画帘半卷。

注释：

[1]楚：泛指南方。

[2]恍(huǎng)然：失意貌。

[3]自顾影：顾影自怜，对自己的孤单表示怜惜。

[4]下寒塘：崔涂《孤雁》诗："暮雨相呼失，寒塘欲下迟。"

[5]写不成书：雁飞行时行列整齐如字，孤雁而不成字，只像笔画中的"一点"，故云。这里还暗用了苏武雁足传书的故事。

[6]因循：迟延。

[7]残毡拥雪：用苏武事。苏武被匈奴强留，毡毛合雪而吞食，幸免于死。这里喻指困于元统治下有气节的南宋人物。

[8]荏苒(rěn rǎn)：辗转不断。

[9]谩：漫，徒然的意思。长门：汉宫名，汉武帝时，陈皇后被打入长门冷宫。这里用长门宫的寂寞冷落来形容孤雁的凄凉哀怨。

[10]锦筝：筝的美称。古筝有十二或十三弦，斜列如雁行，称雁筝，其声凄清哀怨，故又称哀筝。《晋书·桓伊传》"抚哀筝而歌怨诗"。

[11]蓦地：忽然。

[12]玉关：玉门关，这里泛指北方。

作者简介：

张炎（1248年~约1320年），南宋词人。字叔夏，号玉田、乐笑翁。祖籍成纪（今甘肃天水），寓居临安（今浙江杭州）。张俊后裔。宋亡，其家亦破，（元世祖至元二十七年1290年）北游元都，失意南归。晚年在浙东、苏州一带漫游，与周密、王沂孙为词友。其词用字工巧，追求典雅。早年多写贵族公子的优游生活，后期多追怀往昔。又曾从事词学研究，对词的音律、技巧、风格均有论述。著有《词源》《山中白云词》（又名《玉田词》），存词约三百首。

赏析：

《解连环·孤雁》是宋亡后之作，是一篇著名的咏物词。它构思巧妙，体物较为细腻。在写其外相的同时，又寄寓了深微的含义。这首词可以透视出张炎词深厚的艺术功力。作者糅咏雁、怀人、自怜而为一，抒发了他的家国之痛，漂泊之苦，凄婉动人。词咏孤雁，实则借孤雁寄托作者宋亡后的伤感，也反映了宋遗民普遍的生活体验及感触，具有典型意义。

上阕前三句写孤雁失群；接着写失群后的孤独。起句境界暗淡、空旷、寂寥、肃杀。

既离群万里，则渺渺天地间唯一孤雁而已，自顾其影则不免生茕茕孑立、形影相吊之感，故只有另寻栖身之所，"自顾影、却下寒塘"正是这种孤栖自爱神态的写照。"正沙净草枯，水平天远。"在惊魂未定之际，目光所到之处，只有寒水暮天相接，漠漠荒沙、瑟瑟衰草，依然荒寥而已。来亦孤单，去也孤单，只好徘徊顾影，使人进一步体味它的孤独。

"写不成书"两句,是写雁群飞行,排成一字或人,孤雁单飞排不成字,故说写不成书信,只能成一点,带回一点相思。从而巧妙地表达出对前朝遗民的思念。古人常以雁为传书使者。"只寄得、相思一点",激起人们多少相思之苦与家国之苦,已无从分辨。

"料因循误了,残毡拥雪,故人心眼。"这是为雁立传,可以看到作者的思想轮廓。表面上是说孤雁误了寄书和苏武托雁寄书的心事。"残毡拥雪",用苏武"武卧啮雪,与旃(毡)毛并咽之,数日不死"事表达心声。

从对上阕简单的分析中可以看到,作者无论写景还是状物,都能"不滞留于物"(《词源·咏物》),特别是对孤雁外部形象的描写和琐屑事件的叙述,即使是最简单的交代都省略了,而是摄神遗貌,紧紧抓住最能表现孤雁内心情感的神态(如"欲下"),把笔触伸向孤雁的内心世界(如"怅、惊、料"),栩栩如生地刻画出孤雁孤寂索漠的内心世界,给人一种艺术上的去芜存精的澄净感,而作者的思想感情也在此得到了曲折委婉的表达,即所谓"调感怆于融会之中"。

下阕更以化实为虚的方式体现了张炎词的"清空"本色。因"离群万里",因而"谁怜旅愁荏苒"。在形容时间光阴之绵长的"荏苒"前面冠以"旅愁",其旅途之劳顿和愁之绵绵可知,且作者并不正面说此愁无人怜,而以反问出之曰"谁怜",除更觉情切动人外,已微透"怨"的消息,故下面紧接着写道:"谩长门夜悄,锦筝弹怨。"说长门夜悄与锦筝弹怨。典出汉武帝陈皇后罢退长门宫的故事。

孤雁之哀愁既无人可告,那么雁之凝盼思归的急切心情是可以想见的。它多么盼望自己早一天飞到同伴身旁啊!可它不说自己身落寒塘之实境,却首先代同伴着想:"想伴侣、犹宿芦花。"不说眼前自己思念同伴之实情,却透过一层,言伙伴曾念自己在来年春前"去程应转"。伙伴们春天到来之前,应该回北方去了。这又是化实为虚,使虚中有实,虚实相生,既婉转又空灵,它比正面诉说更能见孤雁一往之深情。

"暮雨相呼,怕蓦地、玉关重见。"随即是个缥缈的幸福的设想。玉关春雨,北地黄昏,却要怎样和旅伴们重见呢?"怕"字含义深微。孤雁由"离群"之"怅"而生"谁怜"之"怨",又由"怨"而生"暮雨"中之"呼",从"呼"又生"怕",于是读"暮雨"二句,读者脑海里会出现这样一幅动人的情景:瑟瑟秋风、潇潇暮雨中,望伴情切的空中孤雁,一声又一声呼叫,找寻着同伴,它要尽最后一丝力量飞到它们身边,倾诉离后之情。

至此,孤雁之情已至深至切似乎无法再写,但作者意犹未尽,再次从虚处下笔,进一步替孤雁设想:"未羞他、双燕归来,画帘半卷。"长期的期待与渴望,一旦相见期近,反怕春期之骤至。虽能相见也无愧于寄身画栋珠帘双双紫燕了。从用意上看,此二句实承以上而来。即如上所述,孤雁之愁已至浓至厚,无法解脱,其望归思伴之情已至深至切,无以复加,但退一步说,即使雁之愿望无法实现,它也绝不愿像在春日融融中翩翩归来的"双燕"(暗指归附元朝者)一样,寄人檐下,以博主人一笑,从而表现出雁之孤高自傲的情怀,使其形象得到了升华。而在这空灵蕴藉中,作者不愿事奉新朝的心迹也得到含蓄而委婉的表露。这在情感上,表现为异军突起;在格调上,则表现为某种程度的峭拔。

由于作者在这首词里没有刻意于静态的摹写,而着重从孤雁内心情感的发展变化上——由"怅"而"怨",由"怨"而"呼"而"怕",写出了动感,因此,在意脉和情感节奏上,于自然流转之中包含着起伏跌宕,于空灵之中见出流动,从而给人以和谐美的享受。

【小卡片】雁与衡阳:

衡阳位于湖南省南部,地处蜿蜒千里的湘江中游、五岳独秀的衡山之南,相传"北雁南飞,至此歇翅停回",故又雅称"雁城"。

人文源流相传北方的大雁因惧怕塞外凛冽的寒风,便成群结队往南迁徙,它们飞越千山万水,来此气候温和、风景秀丽之地,安营扎寨、停歇栖息,这就是雁城衡阳。据说大雁经常聚集在回雁峰下的湘江滩岸上,即潇湘八景之一的"平沙落雁"。今回雁峰公园石刻载,某年冬天有群大雁栖息于衡阳某山,因一雄雁被猎人射死,一雌雁也撞死山头,故不肯飞走,整日在城市上空哀鸣,发出很凄切悲凉之声。人们不知怎么回事。过了冬,人们怎么驱赶都不飞走。当时的县令就贴出一张悬赏榜来解决。后来,回雁峰某长者听出了大雁的哀鸣声很悲伤,就到大雁经常栖息的地方走访猎户,看谁有没有射死大雁,并找到那猎人揭了榜。于是,县令惩罚了那个猎人,并颁布法令:不准射杀大雁,且在山上雕筑大雁像立碑挽诗及在雁峰寺焚香三日超度,那群大雁才飞走。此后每年大雁南飞,飞经雁峰山仿佛都听到那双死去大雁的哀鸣召唤声,都不再南飞,便栖息在雁峰上度冬。不少文人墨客都在寺内题写不少挽雁诗。故范仲淹词云:"衡阳雁去无留意。"至今衡阳民间有不准射杀大雁的习俗。

3.骆宾王《在狱咏蝉》

(蝉)

在狱咏蝉

西陆蝉声唱,南冠客思侵[1]。那堪玄鬓[2]影,来对白头吟。

露重飞难进,风多响易沉。无人信高洁[3],谁为表予心。

注释:

[1]西陆:指秋天。《隋书·天文志》:"日循黄道东行一日一夜行一度,三百六十五日有奇而周天。行东陆谓之春,行南陆谓之夏,行西陆谓之秋,行北陆谓之冬。"南冠(guān):指囚犯。《左传·成公九年》:"晋侯观于军府,见钟仪,问之曰:'南冠而絷者谁也?'有司对曰:'郑人所献楚囚也。'"

[2]玄鬓:即蝉鬓。古代妇女的鬓发梳得薄如蝉翼,看上去像蝉翼的影子,故玄鬓即指蝉。

[3]高洁:指蝉,其实是自喻。

作者简介:

骆宾王(约627年~约684年),字观光,婺州义乌(今浙江义乌)人。唐初诗人,与王勃、杨炯、卢照邻合称"初唐四杰"。又与富嘉谟并称"富骆"。唐龙朔初年,骆宾王担任道王李元庆的属官。后来相继担任武功主簿和明堂主簿。唐高宗仪凤四年(679年),升任中央政府的侍御史官职。曾经被人诬陷入狱,被赦免后出任地方官临海县丞,所以后人也称他骆临海。武则天光宅元年(684年),徐敬业起兵讨伐武则天,他作为秘书,起草了著名的《讨武氏檄》。

赏析:

这首诗作于高宗仪凤三年(678年)。当时骆宾王任侍御史,因上疏论事触忤武后,遭诬,以贪赃罪名下狱。

首联在句法上运用对偶,写法上启用比兴,以蝉声来逗起客思。诗一开始即点出时间:秋天,蝉在日渐萧瑟的秋日鸣叫着;地点在狱中,作为"南冠"(囚徒)的诗人,身心不得自由。落魄加上孤寂,此时诗人更加深深怀念家园了。

颔联一句说蝉,一句说自己,用"不堪"和"来对"构成流水对,把物我联系在一起。大好的青春,经历了政治上的种种折磨已经消逝,头上增添了星星白发。在狱中看到这高唱的秋蝉,还是两鬓乌玄,两两对照,不禁自伤老大,同时更因此回想到自己少年时代,也何尝不如秋蝉的高唱,而今一事无成,甚至入狱。

接下来五六两句,纯用"比"体。两句中无一字不在说蝉,也无一字不在说自己。"露重""风多"比喻环境的压力,"飞难进"比喻政治上的不得意,"响易沉"比喻言论上的受压制。

第七句再接再厉,仍用比体。秋蝉高居树上,餐风饮露,有谁相信它不食人间烟火呢?这句喻诗人高洁的品性,不为时人所了解,相反还被诬陷入狱,"无人信高洁"之语,也是对坐赃的辩白。然而正如战国时楚屈原《离骚》中所说:"世溷浊而不分兮,好蔽美而嫉妒"。在这样的情况下,有哪一个人来替诗人雪冤呢?"卿须怜我我怜卿",只有蝉能为我而高唱,也只有我能为蝉而长吟。末句用问句的方式,蝉与诗人又浑然一体了。

这首诗作于患难之中,感情充沛,取譬明切,用典自然,语多双关,于咏物中寄情寓兴,由物到人,由人及物,达到了物我一体的境界,是咏物诗中的名作。

4.杜甫《房兵曹胡马诗》

房兵曹[1]胡马诗

胡马大宛名[2],锋棱[3]瘦骨成。
竹批双耳峻[4],风入四蹄轻。
所向无空阔,真堪托死生[5]。
骁腾[6]有如此,万里可横行。

注释:

[1]兵曹:兵曹参军的省称,是唐代州府中掌管军防、驿传等事的小官。房兵曹不详为何人。

[2]胡:此指西域。大宛:汉西域国名,其地在今乌兹别克斯坦境内,盛产良马。大宛名:著名的大宛马。

[3]锋棱:锋利的棱角。形容马的神骏健悍之状。

[4]竹批:形容马耳尖如竹尖。峻:尖锐。这是良马的特征之一。

[5]托死生:马值得信赖,对人的生命有保障。

[6]骁腾:健步奔驰。

作者简介:

杜甫(712年~770年),字子美,祖籍襄阳(今湖北襄阳),出生于巩县(今属河南)。早年南游吴越,北游齐赵,因科场失利,未能考中进士。后入长安,过了十年困顿的生活,终于当上看管兵器的小官。安史之乱爆发,为叛军所俘,脱险后赴灵武见唐肃宗,被任命为左拾遗,又被贬为华州司功参军。后来弃官西行,客居秦州,又到四川定居成都草堂。严武任成都府尹时,授杜甫检校工部员外郎的官职。一年后严武去世,杜甫移居夔州。后来出三峡,漂泊在湖北、湖南一带,死于舟中。杜甫历经盛衰离乱,饱受艰难困苦,写出了许多反映现实、忧国忧民的诗篇,诗作被称为"诗史";他集诗歌艺术之大成,是继往开来的伟大现实主义诗人。

赏析:

这是一首咏物言志诗,约作于(唐玄宗开元二十九年741年),当时杜甫在洛阳,正值诗人漫游齐赵、飞鹰走狗、裘马轻狂的一段时期。杜甫本来善于骑马,也很爱马,写过不少咏马诗。此诗"前半论骨相,后半并及性情"(《唐诗别裁》),诗人传神写意,自寓抱负,所以前人说是"为自己写照"(《读杜心解》)。诗的风格超迈遒劲,凛凛有生气,反映了青年杜甫锐意进取的精神。

诗分前后两部分。诗的前四句写马的外形动态,后四句转写马的品格,用虚写手法,由咏物转入了抒情。颈联承上奔马而来,写它纵横驰骋,历块过都,有着无穷广阔的活动天地;它能逾越一切险阻的能力就足以使人信赖。这里看似写马,实是写人,这难道不是一个忠实的朋友、勇敢的将士、侠义的豪杰的形象吗?尾联先用"骁腾有如此"总挽上文,对马作概括,最后宕开一句:"万里可横行",包含着无尽的期望和抱负,将意境开拓得非常深远。这一联收得拢,也放得开,它既是写马驰骋万里,也是期望房兵曹为国立功,更是诗人自己志向的写照。

南朝宋人宗炳的《画山水序》认为通过写形传神而达于"畅神"的道理。如果一个艺术形象不能"畅神",即传达作者的情志,那么再酷肖也是无生命的。杜甫此诗将状物和抒情结合得自然无间。在写马中也写人,写人又离不开写马,这样一方面赋予马以活的灵魂,用人的精神进一步将马写活;另一方面写人有马的品格,人的情志也有了形象的表现。前人讲"咏物诗最难工,太切题则粘皮带骨,不切题则捕风捉影,须在不即不离之间"(钱泳《履园谈诗》),这个要求杜甫是做到了。

5.屈原《橘颂》

橘颂

后皇嘉树,橘徕服兮[1]。
受命不迁,生南国兮[2]。
深固难徙,更壹志兮[3]。
绿叶素荣,纷其可喜兮[4]。
曾枝剡棘,圆果抟兮[5]。
青黄杂糅,文章烂兮[6]。
精色内白,类任道兮[7]。
纷缊宜修,姱而不丑兮[8]。
嗟尔幼志,有以异兮。
独立不迁,岂不可喜兮?
深固难徙,廓其无求兮[9]。
苏世独立,横而不流兮[10]。
闭心自慎,终不失过兮[11]。
秉德无私,参天地兮[12]。
愿岁并谢,与长友兮[13]。
淑离不淫,梗其有理兮[14]。
年岁虽少,可师长兮[15]。
行比伯夷,置以为像兮[16]。

注释:

[1]后皇:即后土、皇天,指地和天。橘徕服兮:适宜南方水土。徕:通"来"。服:习惯。这两句是指美好的橘树只适宜生长在楚国的大地。

[2]受命:受天地之命,即禀性、天性。

[3]壹志:志向专一。壹:专一。这两句是说橘树扎根南方,一心一意。

[4]素荣:白色花。

[5]曾枝:繁枝。剡(yǎn)棘:尖利的刺。抟(tuán):通"团",圆圆的;又一说,通"圜"(huán),环绕,楚地方言。

[6]文章:花纹色彩。烂:斑斓,明亮。

[7]精色:鲜明的皮色。类任道兮:就像抱着大道一样。类:像。任:抱。

[8]纷缊宜修:长得繁茂,修饰得体。姱(kuā):美好。

[9]廓:胸怀开阔。

[10]苏世独立:独立于世,保持清醒。苏:苏醒,指的是对浊世有所觉悟。横而不流:横立水中,不随波逐流。

[11]闭心:安静下来,戒惧警惕。失过:即"过失"。

[12]秉德:保持好品德。

[13]愿岁并谢:誓同生死。岁:年岁。谢:死。

[14]淑离:美丽而善良自守。离:通"丽"。梗:正直。

[15]可师长:可以为人师表。

[16]像:榜样。

作者简介:

屈原(约公元前340年~前278年),战国末期楚国爱国诗人。名平,字原。又自名正则,字灵均。出身楚国贵族。初辅佐怀王,做过左徒、三闾大夫。学识渊博,主张彰明法度,举贤授能,东联齐国,西抗强秦。后遭谗害而去职。顷襄王时被放逐,长期流浪沅湘流域。后因楚国的政治更加腐败,郢都也为秦兵攻破,他既无力挽救楚国的危亡,又深感政治理想无法实现,遂投汨罗江而亡。所作《离骚》《九章》《天问》等传世,多自述身世、志趣,指斥统治集团昏庸腐朽,揭露现实的黑暗与混乱,感叹抱负不申,抒发怀归之情,体现对国事的深切忧念和为理想而献身的精神。

赏析:

《橘颂》是一首咏物抒情诗。前半部分缘情咏物,以描写为主;后半部分缘物抒情,以抒情为主。两部分各有侧重,而又互相勾连,融为一体。诗人用拟人的手法塑造了橘树的美好形象,从各个侧面描绘和歌颂,橘树的形象是诗人用以激励自己坚守节操的榜样。

"颂"是一种诗体,取义于《诗经》"风、雅、颂"之"颂"。前人多以为此诗作于屈原青少年时代,也有人以为作于放逐江南时期。清姚鼐"疑此篇尚在怀王朝初被谗时所作",似更符合诗中"闭心自慎,终不失过兮"等句透露的诗人境遇。

南国多橘,楚地更可以称为橘树的故乡了。《汉书》盛称"江陵千树橘",可见早在汉代以前,楚地江陵即以产橘而闻名遐迩。

《橘颂》可分两节,第一节重在描述橘树俊逸动人的外在美。

橘树之美好,不仅在于外在形态,更在于它的内在精神。本诗第二节,即从对橘树的外在美描绘,转入对它内在精神的热情讴歌。它年岁虽少,即已抱定了"独立不迁"的坚定志向;它长成以后,更是"横而不流"、"淑离不淫",表现出梗然坚挺的高风亮节;纵然面临百花"并谢"的岁暮,它也依然郁郁葱葱,决不肯向凛寒屈服。

从现在所能见到的诗作看,《橘颂》堪称中国诗歌史上的第一首咏物诗。屈原巧妙地抓住橘树的生态和习性,运用类比联想,将它与人的精神、品格联系起来,给予热烈的赞美。借物抒志,以物写人,既沟通物我,又融汇古今,由此造出了清人林云铭所赞扬的"看来两段中句句是颂橘,句句不是颂橘,但见(屈)原与橘分不得是一是二,彼此互映,有镜花水月之妙"(《楚辞灯》)的奇特境界。从此以后,南国之橘便蕴含了志士仁人"独立不迁"、热爱祖国的丰富文化内涵,而永远为人们所歌咏和效法了。这一独特的贡献,无疑仅属于屈原,所以宋刘辰翁又称屈原为千古"咏物之祖"。

6.苏轼《水龙吟·次韵章质夫杨花词》

水龙吟·次韵章质夫杨花词[1]

似花还似非花,也无人惜从教[2]坠。抛家傍路,思量却是,无情有思[3]。萦损柔肠[4],困酣娇眼[5],欲开还闭。梦随风万里,寻郎去处,又还被莺呼起[6]。

不恨此花飞尽,恨西园,落红难缀[7]。晓来雨过,遗踪何在?一池萍碎[8]。春色[9]三分,二分尘土,一分流水。细看来,不是杨花,点点是离人泪。

注释:

[1]次韵:用原作之韵,并按照原作用韵次序进行创作,称为次韵。章质夫:名楶(jié),浦城(今福建浦城县)人。当时正任荆湖北路提点刑狱,经常和苏轼诗词酬唱。

[2]从教:任凭。

[3]无情有思:言杨花看似无情,却自有它的愁思。韩愈《晚春》诗:"杨花榆荚无才思,唯解漫天作雪飞。"这里反用其意。思:心绪,情思。

[4]萦:萦绕、牵念。柔肠:柳枝细长柔软,故以柔肠为喻。白居易《杨柳枝》:"人言柳叶似愁眉,更有愁肠如柳枝。"

[5]困酣:困倦至极。娇眼:美人娇媚的眼睛,比喻柳叶。古人诗赋中常称初生的柳叶为柳眼。

[6]"梦随"三句:化用唐代金昌绪《春怨》诗:"打起黄莺儿,莫教枝上啼。啼时惊妾梦,不得到辽西。"

[7]落红:落花。缀:连接。

[8]一池萍碎:苏轼自注:"杨花落水为浮萍,验之信然。"

[9]春色:代指杨花。

作者简介:

苏轼(1037年~1101年),著名文学家。字子瞻,又字和仲,号东坡居士。眉州眉山

(今四川眉山)人。(公元1057年宋仁宗嘉祐二年)与弟苏辙同登进士,授福昌县主簿、大理评事、签书凤翔府节度判官,召直史馆。(公元1079年神宗元丰二年)出知湖州时,以讪谤系御史台狱,次年贬黄州团练使,筑室于东坡,自号东坡居士。(公元1086年哲宗元祐元年)还朝,为中书舍人,翰林学士,知制诰。(公元1094年绍圣元年)又被劾奏讥斥先朝,远贬惠州、儋州。(公元1100年元符三年)始被召北归,次年卒于常州。

苏轼诗、词、文、书、画皆工,是继欧阳修之后北宋文坛的领袖人物。词存三百四十多首,具有广阔的社会内容,将北宋诗文革新运动的精神,扩大到词的领域,扫除了晚唐五代以来的传统词风,开创了与婉约派并立的豪放派,扩大了词的题材,丰富了词的意境,冲破了诗庄词媚的界限,对词的革新和发展做出了重大贡献。作品今存《东坡全集》115卷。词有《东坡乐府》等。

赏析:

这首词是苏轼婉约词中的经典之作。约作于(公元1081年)元丰四年,苏轼45岁,正谪居黄州。当时其好友章质夫曾写《水龙吟》一首,内容是咏杨花的。因为该词写的形神兼备、笔触细腻、轻灵生动,达到了相当高的艺术水平,因而受到当时文人的推崇赞誉,盛传一时。苏东坡也很喜欢章质夫的《水龙吟》,并和了这首《水龙吟·次韵章质夫杨花词》寄给章质夫,还特意告诉他不要给别人看。章质夫慧眼识珠,赞赏不已,也顾不得苏东坡的特意相告,赶快送给他人欣赏,才使得这首千古绝唱得以传世。

这首词的上阕主要写杨花的飘忽不定的际遇和不即不离的神态。以人状物,虽然是在咏柳絮,却叫人难分诗人是在写柳絮还是写思妇。柳絮与思妇达到了"你中有我,我中有你",水乳交融,貌似神合的境界,不禁令人想起了庄子做过的一个梦:"昔者庄周梦为蝴蝶,栩栩然蝴蝶也……不知周之梦为蝴蝶?蝴蝶之梦为周与?周与蝴蝶则必有分矣。此之谓'物化'。"

词的下阕与上阕相呼应,主要是写柳絮的归宿,感情色彩更加浓厚。

"细看来,不是杨花,点点是离人泪。"这最后一韵,是具有归结性的震撼全篇的点睛之笔。那沸沸扬扬、飘忽迷离的柳絮在诗人的眼里竟然"点点是离人泪"!这一韵照应了上阕"思妇""愁思"的描写,比喻新奇脱俗,想象大胆夸张,感情深挚饱满,笔墨酣畅淋漓,蕴意回味无穷,真是妙笔神功!

7.周密《观潮》

观潮

浙江[1]之潮,天下之伟观也。自既望以至十八日[2]最盛。方其远出海门[3],仅如银线;既而渐近,则玉城雪岭际天而来[4],大声如雷霆,震撼激射,吞天沃日[5],势极雄豪。杨诚斋诗云"海涌银为郭,江横玉系腰"者是也[6]。

每岁京尹出浙江亭教阅水军[7],艨艟[8]数百,分列两岸;既而尽奔腾分合五阵之势[9],并有乘骑弄旗标枪舞刀[10]于水面者,如履平地。倏尔黄烟四起,人物略不相睹,水爆[11]轰震,声如崩山。烟消波静,则一舸无迹[12],仅有"敌船"为火所焚,随波而逝。

吴儿善泅者数百,皆披发文身,手持十幅大彩旗,争先鼓勇,溯迎而上,出没于鲸波万仞[13]中,腾身百变[14],而旗尾略不沾湿,以此夸能。

江干[15]上下十余里间,珠翠罗绮溢目[16],四马塞途,饮食百物皆倍穹[17]常时,而僦赁看幕,虽席地不容间也[18]。

注释:

[1]浙江:就是钱塘江。

[2]自既望以至十八日:从农历(八月)十六到十八。既望:农历十六(十五叫望)。

[3]方其远出海门:当潮远远地从浙江入海口涌起的时候。方:当……时。其:指潮。出:发、起。海门:浙江入海口,那里两边的山对峙着。

[4]玉城雪岭际天而来:玉城雪岭一般的潮水连天涌来。玉城雪岭:形容泛着白沫的潮水像玉砌的城墙和大雪覆盖的山岭。际天:连接着天。

[5]沃日:冲荡太阳。形容波浪大。沃:用水淋洗。

[6]杨诚斋诗云"海涌银为郭,江横玉系腰"者是也:杨万里诗中说的"海涌银为郭,江横玉系腰"就是指这样的景象。这两句诗是《浙江观潮》一诗里的句子,意思是,海水涌起来,成为银子堆砌的城郭;浙江横着,潮水给系上一条白玉的腰带。"……是也",就是指这样的景象。

[7]每岁京尹(yǐn)出浙江亭教阅水军:每年(农历八月)京都临安府长官来到浙江亭教阅水军。京尹:京都临安府(现在浙江杭州)的长官。浙江亭:馆驿名,在城南钱塘江岸。

[8]艨艟(méng chōng):战船。

[9]既而尽奔腾分合五阵之势:意思是,演习五阵的阵势,忽而疾驶,忽而腾起,忽而分,忽而合,极尽种种变化。尽:穷尽。五阵:指两、伍、专、参、偏五种阵法。

[10]乘骑(jì)弄旗标枪舞刀:乘马、舞旗、举枪、挥刀。骑:马。弄:舞动。标:树立、举。

[11]水爆:水军用的一种爆炸武器。

[12]一舸(gě)无迹:一条船的踪影也没有了。舸:船。

[13]鲸波万仞:万仞高的巨浪。鲸波:巨浪。鲸所到之处,波涛汹涌,所以称巨浪为鲸波。万仞:形容浪头极高,不是实指。

[14]腾身百变:翻腾着身子变换尽各种姿态。

[15]江干:江岸。

[16]珠翠罗绮溢目:满眼都是华丽的服饰。珠翠罗绮:泛指妇女的首饰和游人的华丽衣服。溢目:满眼。

[17]倍穹:(价钱)加倍的高。穹:高。

[18]僦(jiù)赁(lìn)看幕,虽席地不容间也:租用看棚的人(非常多),即使是一席之地也不会空闲。僦、赁:都是租用的意思。看幕:为观潮而特意搭的帐篷。席地:一席之地,仅容一个座位的地方。容:许,使。

作者简介：

周密（1232年~1298年），字公谨，号草窗，又号四水潜夫、弁阳老人、华不注山人，南宋词人、文学家。祖籍济南，流寓吴兴（今浙江湖州）。宋德祐年间为义乌县（今属浙江）令。辛弃疾等豪放派词人相继谢世后，"历下周密"却以他的清丽词作尽洗靡音，成为南宋后期的重要文学家。入元隐居不仕。自号四水潜夫。他的诗文都有成就，又能诗画音律，尤好藏器校书，一生著述较丰。著有《齐东野语》《武林旧事》《癸辛杂识》《志雅堂杂钞》等杂著数十种。其词远祖清真，近法姜夔，风格清雅秀润，与吴文英并称"二窗"，词集有《频洲渔笛谱》《草窗词》。

赏析：

浙江（即钱塘江）之潮，奔腾冲激，声撼地轴，叹为观止者由来已久。《庄子·杂篇·外物》讲到任公子"蹲乎会稽，投竿东海"，"白波若山，海水震荡，声侔鬼神，惮赫千里"，指的也许就是浙江怒潮。《史记·秦始皇本纪》也有始皇三十七年"临浙江，水波恶，乃西百二十里从狭中渡"的记载。自宋以来，以浙江观潮为题材的诗文，为数不少。以笔记而言，就有周密《武林旧事》，耐得翁《都城纪胜》《西湖老人繁胜录》和吴自牧《梦粱录》等，其中《武林旧事》尤能绘声绘色。此书有两处写到观潮：一在第七卷，记淳熙十年（1183年）八月十八日孝宗恭请太上皇（宋高宗）、皇太后往浙江亭观潮；一在第三卷，便是这里选录的。两段文字，可以参读。

本文于叙述之外，更多的是描写，诸凡浙江怒涛，水军演习，吴儿弄潮和兵民、皇室观潮的情态状貌都逼真地再现了出来。作者善于抓住描写对象的主要特征，刻意渲染，因而能凭借极经济的笔墨，勾勒出观潮的热闹场面，成为一篇短小精悍的速写小品。

【小卡片】钱塘潮：

钱塘潮指发生在浙江省钱塘江流域，由于月球和太阳的引潮力作用，使海洋水面发生的周期性涨落的潮汐现象。"八月十八潮，壮观天下无。"这是北宋大诗人苏东坡咏赞钱塘秋潮的千古名句。千百年来，钱塘江以其奇特卓绝的江潮，不知倾倒了多少游人看客。每年的农历八月十八日前后，是观潮的最佳时节。

我国历史上，最著名的涌潮有三处：山东青州涌潮、扬州广陵涛和浙江钱塘潮。

钱塘江潮形成的原因：农历八月十八日，太阳、月球、地球几乎在一条直线上，所以这天海水受到的引力最大。另外，跟钱塘江口状似喇叭形有关。钱塘江南岸赭山以东近50万亩围垦大地像半岛似的挡住江口，使钱塘江赭山至外十二工段酷似肚大口小的瓶子，潮水易进难退，杭州湾外口宽达100公里，到外十二工段仅宽几公里，江口东段河床又突然上升，滩高水浅，当大量潮水从钱塘江口涌进来时，由于江面迅速缩小，使潮水来不及均匀上升，就只好后浪推前浪，前浪跑不快，后浪追上，层层相叠。其次还跟钱塘江水下多沉沙有关，这些沉沙对潮流起阻挡和摩擦作用，使潮水前坡变陡，速度减缓，从而形成后浪赶前浪，一浪叠一浪，一浪高一浪的涌潮。浙江沿海一带夏秋季常刮东南风，风向与潮水方向大体一致，助长了潮势。

8.林景熙《蜃说》

蜃说

尝读《汉·天文志》,载"海旁蜃气象楼台"[1],初未之信。

庚寅季春[2],予避寇海滨。一日饭午,家僮走报怪事,曰:"海中忽涌数山,皆昔未尝有。父老观以为甚异。"予骇而出。会颖川主人走使邀予[3]。既至,相携登聚远楼东望。第见沧溟浩渺中[4],蠶如奇峰,联如叠巘[5],列如崒岫[6],隐见不常。移时,城郭台榭,骤变歘起[7],如众大之区,数十万家,鱼鳞相比[8],中有浮图老子之宫[9],三门嵯峨[10],钟鼓楼翼其左右,檐牙历历,极公输巧不能过。又移时,或立如人,或散若兽,或列若旌旗之饰,瓮盎之器,诡异万千。日近晡[11],冉冉漫灭。向之有者安在?而海自若也。《笔谈》纪登州"海市"事,往往类此,予因是始信。

噫嘻! 秦之阿房[12],楚之章华,魏之铜雀,陈之临春、结绮,突兀凌云者何限,远去代迁,荡为焦土,化为浮埃,是亦一蜃也。何暇蜃之异哉[13]!

注释:

[1]蜃气楼台:此指"蜃气"形成"楼台"的景象,即"海市蜃楼"。

[2]季春:春季的最后一个月,农历三月。

[3]走使:走使之人,也就是供奔走仆人。

[4]第:只。

[5]叠巘(yǎn):重重叠叠的山岭。

[6]崒(zú)岫(xiù):险峻的山峰。

[7]歘(xū):快速。

[8]鱼鳞相比:像鱼鳞一样整齐而密集地排列着。

[9]浮图:佛塔。

[10]嵯(cuó)峨(é):形容山势高峻。

[11]晡:申时,黄昏时分。

[12]阿房:与以下"章华""铜雀""临春""结绮"都是古代的台名、宫名或楼名。

[13]何暇蜃之异哉:为"何暇异蜃"的倒装,哪里顾得上对海市蜃楼感到惊讶呢? 意思是不值得惊讶。暇:空闲。

作者简介:

林景熙(1242年~1310年),宋末爱国诗人。字德阳,一作德旸,号霁山。温州平阳(今属浙江)人。(公元1271年南宋咸淳七年)由上舍生释褐成进士,历任泉州教授,礼部架阁,进阶从政郎。宋亡不仕,隐居于平阳白石巷。据新编《平阳县志·林景熙传》载:元世祖忽必烈所任江南释教总统杨琏真迦,发掘绍兴宋陵及大臣墓101所,抛弃其遗骨。时林景熙在绍兴王英孙家做客,激于爱国义愤,约乡人郑朴翁等乔装采药人前往,拾得高宗、孝宗骸骨，共装六函，葬于兰亭附近，移植皇陵冬青树作为标志，又作《冬青花》和《梦中作》四首，以记其事。林景熙这种热爱祖国、反抗民族压迫的行动，深受称赞。他教授生徒，从事著作，漫游江浙，因而名重一时，学者称"霁山先生"。著作有《白石稿》《白石樵唱》，后人编为《霁山集》。

赏析：

大气层中，光线折射，将远处的景物反映在天空、地面、海上，形成奇妙的景象，称为蜃楼、山市、海市。《梦溪笔谈》记载登州海市，《聊斋志异》记载奂山山市，都是脍炙人口的佳作，颇能写出虚幻蜃景的奇异特色。林景熙的《蜃说》则是写海市蜃楼的文章中最为人所称道的一篇。

从文章结构方面观察，《蜃说》有两个明显的层次，第一是作者描写其对于海市蜃楼景的"始疑、终信"，作者阅读《汉书·天文志》记载："海旁蜃气象楼台。"本来是抱持着"初未之信"的态度，后因在海边亲眼看见"海市蜃楼"的景象，深受感动，并以"笔谈记登州海市事"为印证，终于"予因是始信"。

在第一层中，作者运用"移时换景"的手法，将海市蜃楼的幻象，分成"饭午、移时、又移时、日近晡"等四个不同时段，依序写出，使得千变万化的幻影，如实地跃然纸上。

作者先用连动式的语法，以动作多、节奏快的方式，衬托蜃景的可骇可异；先是"家僮走报怪事"，再是"予骇而出"，三是"颖川主人走使邀予"，四是"相携登楼"；如此紧密惊慌的行为，在未写蜃景之前出现，已将蜃景神异的情况暗示给读者。具体描写蜃景的变化，则写得真中有幻，动中有静，寂处有声，并且大量运用喻词，以"如"字写蜃景，充分掌握蜃景虚幻的特质。例如描写山峰在浩渺的海面上浮现，作者不是直接描绘山峰的姿态，而是连用"如"字："矗如奇峰，联如叠巘，列如崒岣"，其他"如众大之区""或立如人，或散若兽，或列若旌旗之饰，瓮盎之器"；这一系列喻词的运用，使文中的蜃景，呈现"如幻似真，如真似幻"的灵动效果，更能显现蜃景在目的逼真感。

全部蜃景的描写，只有一百多字，但写出了山峦、城郭、台榭、人家、宫观、人兽、旌旗、器皿等诸种事物，动静互生，变幻莫测，有巨有细，或放或收，可见作者笔墨运用的精确，充分发挥其传神的写景能力。

此文结构的第二个层次，是作者以海市蜃楼的景象为基础，表达其议论与感怀，"噫嘻"一段即属之，此段虽然篇幅不长，但却是全文的精华所在。其中所援引的四个史实：秦始皇的阿房宫是"蜂房水涡""覆压三百余里"，楚灵王的章华台是"举国兴之，数年乃成"，曹操的铜雀台是"侵澈云汉""其上复道楼阁相通"，陈后主的临春阁、结绮阁是"微风暂至，香闻数里"；这些都是穷妍极丽的华贵建筑，代表统治者权倾一时的威风；然而时移势迁，朝代更迭之后，终究难逃繁华覆灭，"荡为焦土"的命运。繁华历史的烟消云散，与前文蜃景的幻化漫灭，前后照应，联系紧密，隐含作者的万千感触。

古代不乏描写海市蜃楼的好文章，但世人大都认为《蜃说》是最值得肯定的名篇，原因是它除了将蜃景描写出色外，又联想到华屋丘墟的兴亡史，因此拓展了文章的深度。

【小卡片】海市蜃楼：

平静的海面、大江江面、湖面、雪原、沙漠或戈壁等地方，偶尔会在空中或地下出现高大楼台、城郭、树木等幻景，称为海市蜃楼。我国广东澳角、山东蓬莱、浙江普陀海面上常出现这种幻景，古人归因于蛤蜊之属的蜃，吐气而成楼台城郭，因而得名。

自古以来，蜃景就为世人所关注。在西方神话中，蜃景被描绘成魔鬼的化身，是死亡和不幸的凶兆。我国古代则把蜃景看成是仙境，秦始皇、汉武帝曾率人前往蓬莱寻访仙境，还多次派人去蓬莱寻求灵丹妙药。现代科学已经对大多数蜃景作出了正确解释，认为蜃景是地球上物体反射的光经大气折射而形成的虚像，所谓蜃景就是光学幻景。

9.岑参《白雪歌送武判官归京》

白雪歌送武判官归京

北风卷地白草折，胡天八月即飞雪。
忽如一夜春风来，千树万树梨花开[1]。
散入珠帘湿罗幕[2]，狐裘不暖锦衾薄[3]。
将军角弓不得控[4]，都护铁衣冷难着[5]。
瀚海[6]阑干百丈冰，愁云惨淡万里凝。
中军置酒饮归客，胡琴琵琶与羌笛[7]。
纷纷暮雪下辕门[8]，风掣红旗冻不翻[9]。
轮台[10]东门送君去，去时雪满天山路。
山回路转不见君，雪上空留马行处。

注释：

[1]梨花：春天开放，花作白色。这里比喻雪花积在树枝上，像梨花开了一样。

[2]珠帘：以珠子穿缀成的挂帘。罗幕：丝织帐幕。这句说雪花飞进珠帘，沾湿罗幕。

[3]锦衾(qīn)薄：盖了华美的织锦被子还觉得薄。形容天气很冷。

[4]角弓：饰有兽角的弓。控：拉开。这句说因为太冷，将军都拉不开弓了。

[5]着：穿上。

[6]瀚海：大沙漠。这句说大沙漠里到处都结着很厚的冰。

[7]胡琴琵琶与羌笛：胡琴等都是当时西域地区兄弟民族的乐器。这句说在饮酒时奏起了乐曲。

[8]辕门：军营的大门，临时用车辕架成，故称。

[9]冻不翻：旗被风往一个方向吹，给人以冻住之感。

[10]轮台：唐轮台在今新疆维吾尔自治区米泉县，与汉轮台不是同一地方。

作者简介：

岑参(约715年～770年)，唐代诗人。原籍南阳(今属河南)，迁居江陵(今属湖北)。

曾祖岑文本、伯祖岑长倩、伯父岑羲都以文墨致位宰相。父岑植，仕至晋州刺史。岑参10岁左右，父亲去世，家境日趋困顿。他刻苦学习，遍读经史。20岁至长安，献书求仕无成，奔走京洛，漫游河朔。天宝三载(744年)，登进士第，授右内率府兵曹参军。及第前曾作《感旧赋》，叙述家世沦替和个人坎坷。天宝八载，充安西四镇节度使高仙芝幕府掌书记，初次出塞，满怀报国壮志，想在戎马中开拓前程，但未得意。天宝十载，回长安，与杜甫、高适等游，深受启迪。天宝十三载，又充安西北庭节度使封常清判官，再次出塞，报国立功之情更切，边塞诗名作大多成于此时。安史之乱起，岑参东归勤王，杜甫等推荐他为右补阙。由于"频上封章，指述权佞"(杜确《岑嘉州诗集序》)，乾元二年(759年)改任起居舍人。不满一月，贬谪虢州长史。后又任太子中允，虞部、库部郎中，出为嘉州刺史，因此人称"岑嘉州"。罢官后，东归不成，作《招北客文》自悼。客死成都旅舍。

赏析：

此诗当作于公元754年(唐玄宗天宝十三载)。当时西北边疆一带，战事频繁，岑参怀着到塞外建功立业的志向，两度出塞，久佐戎幕，前后在边疆军队中生活了六年，因而对鞍马风尘的征战生活与冰天雪地的塞外风光有长期的观察与体会。这一年，岑参第二次出塞，充任西安北庭节度使封常清的判官(节度使的僚属)，而武判官即其前任，诗人在轮台送他归京(唐代都城长安)而写下了此诗。

此诗是一首咏雪送人之作。杜甫在《渼陂行》诗中说："岑参兄弟皆好奇。"此诗就处处都体现出一个"奇"字。充满奇情妙思，也是此诗主要的特色(这很能反映诗人创作个性)。作者用敏锐的观察力和感受力捕捉边塞奇观，笔力矫健，有大笔挥洒(如"瀚海"二句)，有细节勾勒(如"风掣红旗冻不翻")，有真实生动的摹写，也有浪漫奇妙的想象(如"忽如"二句)，再现了边地瑰丽的自然风光，充满浓郁的边地生活气息。全诗融合着强烈的主观感受，在歌咏自然风光的同时还表现了雪中送人的真挚情谊。诗情内涵丰富，意境鲜明独特，具有极强的艺术感染力。诗的语言明朗优美，又利用换韵与场景画面交替的配合，形成跌宕生姿的节奏旋律。诗中或二句一转韵，或四句一转韵，转韵时场景必更新：开篇入声起音陡促，与风狂雪猛画面配合；继而音韵轻柔舒缓，随即出现"春暖花开"的美景；以下又转沉滞紧涩，出现军中苦寒情事；……末四句渐入徐缓，画面上出现渐行渐远的马蹄印迹，使人低回不已。全诗音情配合极佳，当得"有声画"的称誉。

10.李贺《李凭箜篌引》

李凭箜篌引[1]

吴丝蜀桐张高秋[2]，空白凝云颓不流[3]。
江娥啼竹素女愁[4]，李凭中国弹箜篌[5]。
昆山玉碎凤凰叫[6]，芙蓉泣露香兰笑[7]。
十二门前融冷光[8]，二十三丝动紫皇[9]。

女娲炼石补天处[10],石破天惊逗秋雨[11]。
梦入坤山教神妪[12],老鱼跳波瘦蛟舞[13]。
吴质不眠倚桂树[14],露脚斜飞湿寒兔[15]。

注释：

[1]李凭：当时的梨园艺人，善弹奏箜篌。杨巨源《听李凭弹箜篌》诗曰："听奏繁弦玉殿清，风传曲度禁林明。君王听乐梨园暖，翻到《云门》第几声？""花咽娇莺玉嗽泉，名高半在玉筵前。汉王欲助人间乐，从遣新声坠九天。"箜篌引：乐府旧题，属《相和歌·瑟调曲》。箜篌：古代弦乐器。又名空侯、坎侯。形状有多种。据诗中"二十三丝"，可知李凭弹的是竖箜篌。引：一种古代诗歌体裁，篇幅较长，音节、格律一般比较自由，形式有五言、七言、杂言。

[2]吴丝蜀桐：吴地之丝，蜀地之桐。此指制作箜篌的材料。张：调好弦，准备调奏。高秋：指弹奏时间。这句说在深秋天气弹奏起箜篌。

[3]空白：一作"空山"。《列子·汤问》："秦青抚节悲歌，响遏行云。"此句言山中的行云因听到李凭弹奏的箜篌声而凝定不动了。

[4]江娥：一作"湘娥"。李衎《竹谱详录》卷六："泪竹生全湘九疑山中……《述异记》云：'舜南巡，葬于苍梧，尧二女娥皇、女英泪下沾竹，文悉为之斑。'一名湘妃竹。"素女：传说中的神女。《汉书·郊祀志上》："秦帝使素女鼓五十弦瑟，帝禁不止，故破其瑟为二十五弦。"这句说乐声使江娥、素女都感动了。

[5]中国：即国之中央，意谓在京城。

[6]昆山：是产玉之地。玉碎、凤凰叫：形容乐声清亮。

[7]芙蓉泣露、香兰笑：形容乐声时而低回，时而轻快。

[8]十二门：长安城东西南北每一面各三门，共十二门，故言。这句是说清冷的乐声使人觉得长安城沉浸在寒光之中。

[9]二十三丝：《通典》卷一百四十四："竖箜篌，胡乐也，汉灵帝好之，体曲而长，二十三弦。竖抱于怀中，用两手齐奏，俗谓之擘箜篌。""紫皇"：道教称天上最尊的神为"紫皇"。这里用来指皇帝。

[10]女娲：中华上古之神，人首蛇身，为伏羲之妹，风姓。《淮南子·览冥训》和《列子·汤问》载有女娲炼五色石补天的故事。

[11]石破天惊逗秋雨：形容乐声忽然高昂激越，如石破天惊般引得天上下起了秋雨。

[12]坤山：一作"神山"。神妪（yù）：《搜神记》卷四："永嘉中，有神现兖州，自称樊道基。有妪号成夫人。夫人好音乐，能弹箜篌，闻人弦歌，辄便起舞。"所谓"神妪"，疑用此典。从这句以下写李凭在梦中将他的绝艺教给神仙，惊动了仙界。

[13]老鱼跳波：鱼随着乐声跳跃。源自《列子·汤问》："瓠巴鼓琴而鸟舞鱼跃。"

[14]吴质：即吴刚。《酉阳杂俎》卷一："旧言月中有桂，有蟾蜍。故异书言月桂高五百丈，下有一人常斫之，树创随合。人姓吴名刚，西河人，学仙有过，谪令伐树。"

[15]露脚:露珠下滴的形象说法。寒兔:指秋月,传说月中有玉兔,故称。

作者简介:

李贺(790年~816年),唐代诗人。字长吉,福昌(今河南宜阳)人。唐皇室远支,家世早已没落,生活困顿,仕途偃蹇。曾官奉礼郎。因避家讳,被迫不得应进士科考试。早岁即工诗,见知于韩愈、皇甫湜,并和沈亚之友善,死时仅二十六岁。其诗长于乐府,多表现政治上不得意的悲愤。善于熔铸词采,驰骋想象,运用神话传说,创造出新奇瑰丽的诗境,在诗史上独树一帜,严羽《沧浪诗话》称为"李长吉体"。有些作品情调阴郁低沉,语言过于雕琢。有《昌谷集》。

赏析:

李凭是梨园弟子,因善弹箜篌,名噪一时。"天子一日一回见,王侯将相立马迎",身价之高,似乎远远超过盛唐时期的著名歌手李龟年。他的精湛技艺,受到诗人们的热情赞赏。李贺此篇想象丰富,设色瑰丽,艺术感染力很强。清人方扶南把它与白居易的《琵琶行》、韩愈的《听颖师弹琴》相提并论,推许为"摹写声音至文"(见方扶南《李长吉诗集批注》卷一)。

这首诗的最大特点是想象奇特,形象鲜明,充满浪漫主义色彩。诗人致力于把自己对于箜篌声的抽象感觉、感情与思想借助联想转化成具体的物象,使之可见可感。诗歌没有对李凭的技艺作直接的评判,也没有直接描述诗人的自我感受,有的只是对于乐声及其效果的摹绘。然而纵观全篇,又无处不寄托着诗人的情思,曲折而又明朗地表达了他对乐曲的感受和评价。这就使外在的物象和内在的情思融为一体,构成可以悦目赏心的艺术境界。

11.韩愈《祭鳄鱼文》

祭鳄鱼文

维年月日[1],潮州刺史韩愈使军事衙推秦济[2],以羊一、猪一,投恶溪之潭水[3],以与鳄鱼食[4],而告之曰:

昔先王既有天下,列山泽[5],罔绳擉刃[6],以除虫蛇恶物为民害者,驱而出之四海之外。及后王德薄,不能远有,则江汉之间,尚皆弃之以与蛮、夷、楚、越[7];况潮岭海之间[8],去京师万里哉!鳄鱼之涵淹卵育于此,亦固其所。今天子嗣唐位[9],神圣慈武,四海之外,六合之内,皆抚而有之;况禹迹所揜[10],扬州之近地[11],刺史、县令之所治,出贡赋以供天地宗庙百神之祀之壤者哉?鳄鱼其不可与刺史杂处此土也。

刺史受天子命,守此土,治此民,而鳄鱼睅然不安溪潭[12],据处食民畜、熊、豕、鹿、獐,以肥其身,以种其子孙;与刺史亢拒,争为长雄[13];刺史虽驽弱[14],亦安肯为鳄鱼低首下心,伈伈睍睍[15],为民吏羞,以偷活于此邪!且承天子命以来为吏,固其势不得不与鳄鱼辨。

鳄鱼有知,其听刺史言:潮之州,大海在其南,鲸、鹏之大[16],虾、蟹之细,无不归容,以生以食,鳄鱼朝发而夕至也。今与鳄鱼约:尽三日,其率丑类南徙于海,以避天子之命吏;三日不能,至五日;五日不能,至七日;七日不能,是终不肯徙也。是不有刺史、听从其言也;不然,则是鳄鱼冥顽不灵[17],刺史虽有言,不闻不知也。夫傲天子之命吏,不听其言,不徙以避之,与冥顽不灵而为民物害者,皆可杀。刺史则选材技吏民,操强弓毒矢,以与鳄鱼从事,必尽杀乃止。其无悔!

注释:

[1]维:在。

[2]潮州:州名,治所唐时海阳县(今广东潮州市),辖境约相当于今广东省潮州、汕头、揭阳和梅州、汕尾市一部分地区(李宏新《1991:潮汕分市纪事》)。刺史:州的行政长官。军事衙推:州刺史的属官。

[3]恶溪:在潮安境内,又名鳄溪、意溪,韩江经此,合流而南。

[4]食:食物。

[5]列:同"烈"。

[6]罔:同"网"。撮(chuò):刺。

[7]蛮:古时对南方少数民族的贬称。夷:古时对东方少数民族的贬称。楚、越:泛指东南方偏远地区。

[8]岭海:岭,即越城、都宠、萌渚、骑田、大庾等五岭,地处今湘、赣、桂、粤边境。海:南海。

[9]今天子:指唐宪宗李纯。

[10]禹:大禹,传说中古代部落联盟的领袖。曾奉舜之命治理洪水,足迹遍于九州。故称九州大地为"禹迹""禹域"。撑:同"掩"。

[11]扬州:传说大禹治水以后,把天下划为九州,扬州即其一,据《尚书·禹贡》:"淮、海惟扬州。"《传》:"北据淮,南距海。"《尔雅·释地》:"江南曰扬州。"潮州古属扬州地域。

[12]睅(hàn)然:瞪起眼睛,很凶狠的样子。

[13]长(zhǎng):用作动词。

[14]弩(nú):一种用机械力量射箭的弓,泛指弓。

[15]伈(xǐn)伈:恐惧貌。睍(xiàn)睍:眯起眼睛看,喻胆怯。

[16]鹏:传说中的巨鸟,由鲲变化而成,也能在水中生活。见《庄子·逍遥游》。

[17]冥顽:愚昧无知。

作者简介:

韩愈(768年~824年),字退之,孟州河阳(今河南孟州市)人,唐代杰出的文学家,与柳宗元创导古文运动,主张"文以载道",复古崇儒,抵排异端,攘斥佛老,是唐宋八大家之一。他出身于官宦家庭,从小受儒学正统思想和文学的熏陶,并且勤学苦读,有深厚的学识基础。但三次应考进士皆落第,至第四次才考上,时年二十四岁。又因考博学宏词科失败,辗转奔走。唐德宗贞元十二年(796年)起,先后在宣武节度使董晋、徐州节度使张建封幕下任观察推官,其后在国子监任四门博士。贞元十九年(803年),升任监察御使。这一年关中大旱,韩愈向德宗上《御史台上论天旱人饥状》,被贬为阳山县令。以后又几次升迁。唐宪宗元和十四年(819年),韩愈上《论佛骨表》,反对佞佛,被贬为潮州刺史。唐穆宗长庆元年(821年)召回长安,任国子祭酒,后转兵部侍郎、吏部侍郎。后世称为"韩吏部"。死后谥号"文",故又称为"韩文公"。著有《韩昌黎集》。

赏析:

唐宪宗元和十四年(819年),韩愈因谏迎佛骨,触怒了唐宪宗,几乎被杀,幸亏裴度救援才被贬为潮州刺史。据《新唐书·韩愈传》说,韩愈刚到潮州,就听说境内的恶溪中有鳄鱼为害,把附近百姓的牲口都吃光了。于是写下了这篇《祭鳄鱼文》,劝诫鳄鱼搬迁。不久,恶溪之水西迁六十里,潮州境内永远消除了鳄鱼之患。这一传说固然不可信,但这篇文章仍不失为佳作,体现了韩愈为民除害的思想;文章虽然短小,却义正词严,跌宕有力。又,一般祭文的内容都是哀悼或祷祝,此文却实为檄文,如兴问罪之师,这也是韩愈为文的大胆之处。正如曾国藩所评:"文气似司马相如《谕巴蜀檄》,但彼以雄深胜,此以矫健胜。"

《旧唐书·韩愈传》载:"初,愈至潮阳,既视事,询吏民疾苦,皆曰:'郡西湫(深潭也)水有鳄鱼,卵而化,长数丈,食民畜产将尽,于是民贫。'居数日,愈往视之,令判官秦济炮一豕一羊,投之湫水,咒之。……咒之夕,有暴风雷起于湫中。数日,湫水尽涸,徙于旧湫西六十里。自是无鳄患。"正是这一百来字的记述,加上韩愈的《鳄鱼文》,就在"韩愈驱鳄"这件事上,千百年来引发了学人几无穷期的纷争,历来褒贬不一。褒之最高的,当推苏东坡;贬之最低的,应是王安石。

许多文人学士对韩愈驱鳄称颂备至。苏东坡在韩碑上赞扬韩愈:"约束鲛鳄如驱羊","能驯鳄鱼之暴"。明宜德年间潮州知府王源《增修韩祠之记》中称颂韩愈"存恤孤茕,逐远恶物"。清代楚州人周玉衡则在《谒韩文公祠》诗中说:"驱鳄文章非异术,化民诗礼亦丹心。"至于潮州的民众与学人则更抱赞赏与感激的态度。因此,驱鳄行动成为宋代以后潮人尊韩的一项重要内容。清乾隆间人李调元在《题韩祠诗》中写道:"官吏尚镌鹦鹉字,儿童能诵鳄鱼文。"

王安石在《送潮州吕使君》诗中告诫当时的潮州太守吕说:"不必移鳄鱼,诡怪以疑民。"后世批判审问者很多,言辞越发激烈。胡适的《白话文学史》中指出:"鳄鱼远徙六十里的神语,是韩愈自造的。"1979年,吴世昌则在《重新评价历史人物——试论韩愈其人》中评说《祭鳄鱼文》"真是中国文学史上弄虚作假、欺世盗名的一篇杰作,这样的神话实在编得拙劣可笑,无聊至极"。郭朋在《隋唐佛教》中甚至说韩愈"堂堂一代大儒、朝廷命官,竟把一种浑浑噩噩的野生动物,当成谈判的对象。要同他们进行'谈判'已经是愚不可及了,而最后那种'选材技吏民,操强弓毒矢'的劲头,简直就是古代中国的'堂·吉诃德'了!"

12.钟惺《夏梅说》

夏梅说

梅之冷,易知也,然亦有极热之候。冬春冰雪,繁花粲粲,雅俗争赴,此其极热时也。三、四、五月,累累其实,和风甘雨之所加,而梅始冷矣。花实俱往,时维朱夏[1],叶干相守,与烈日争,而梅之冷极矣。故夫看梅与咏梅者,未有于无花之时者也。

张谓《官舍早梅》诗所咏者,花之终,实之始也。咏梅而及于实,斯已难矣,况叶乎?梅至于叶,而过时久矣。廷尉董崇相官南都,在告[2],有夏梅诗,始及于叶。何者?舍叶无所谓夏梅也。予为梅感此谊,属同志者和焉,而为图卷以赠之。

夫世固有处极冷之时之地,而名实之权在焉。巧者乘间赴之,有名实之得,而又无赴热之讥,此趋梅于冬春冰雪者之人也,乃真附热者也。苟真为热之所在,虽与地之极冷,而有所必辩焉。此咏夏梅意也。

注释:

[1]朱夏:《尔雅·释天》:"夏为朱明。"故称夏季为"朱夏"。

[2]"廷尉董崇相"二句:董崇相,即董应举,福建人,时任南京大理寺丞,故沿古称谓为廷尉。廷尉:汉代为九卿之一,掌刑狱。南都:明成祖迁都北京,以南京为南都。在告:古代官员在家休假。

作者简介:

钟惺(1574年~1624年),明代著名的散文家,字伯敬,竟陵(今湖北天门)人。万历(明神宗朱翊钧的年号,1573年~1620年)进士,官做到福建提学金事。他与谭元春同为竟陵派(明代后期与公安派并称的文学流派)的创始者,文学主张基本上与公安派相同,提倡抒写性灵的作品,同时又企图以幽深峭拔的风格来矫正公安派的浮浅之弊,在反对当时前后七子的拟古主义方面起过一定的作用,但由于过度追求形式,因而使作品流于冷僻苦涩。著有《隐秀轩文集》。

赏析:

钟惺的《夏梅说》是竟陵派诗文作品中一篇新奇隽永之作,比较集中地反映了竟陵派"幽深孤峭"的风格,这是一篇谈梅论世、托物寓意的叙议小品。"说",古代文体之一。汉代以后以"说"命名的篇章论著,一般表示说明或申说事理的意思,往往带有某些杂感的性质,或写一时感触,或记一得之见,题目可大可小,行文比较自由方便。《夏梅说》是一部带有杂感性质的小品文。但它又不同于一般的以"说"命题的文章,韩愈的《马说》是以马取喻,苏轼的《日喻说》是以人取喻,周敦颐的《爱莲说》是以莲取喻,柳宗元的《捕蛇者说》是因事而发,揭示说明问题。而该文则既非以物喻人,也非以事喻理,而是从赏梅者欣赏心理的角度之不同而生发开去,以赏物的常见现象来揭示社会上层人物中的世态炎凉、趋炎附势之风。

夏梅——指夏天的梅树。夏海既无花又无果，只有枝叶，表面上没有什么可观赏的价值。作者因友人写了夏梅诗，而产生感触，画了夏梅图，并写了这篇《夏梅说》。它巧妙地从时令变化，引出赏梅、咏梅人的冷热，进而揭示人情世态的冷暖。作者以他对社会的观察、人情的体味和对世事的敏感，抓住了问题的另一面，并且以深沉的构思、独特的表达写出了这篇启人深思的小品文。此文的结构并不复杂，只分了三个层次，然而每一层次都蕴含着一条哲理，从不同的角度透视了人间的一种丑陋现象——趋炎附势。

一、对立与统一。文章抓住人们习以为常的现象，写出作者独到的感受，梅的被冷落容易了解。紧接着笔锋一转，又写它也有特别热门的季节。这样文章一开始就给人一种强烈的对比感，使读者跳到冷与热两点论的圈子中。接下来写梅由热到冷的三个阶段，"繁花粲粲"的极热时；"累累其实"的"梅始冷矣"；"叶干相守"的"梅之冷极矣"。这一叙述，既讲了"冷"与"热"的两点论，又讲了"极则反"的变化论。正如《周易》中所说"物不可以终止"，"物不可以终动"，"物不可以终难"，"物不可以终通"，"穷则变""极则反""穷上反下"。这正是现代哲学中的对立统一规律。"冷"与"热"是相对的，没有冷就无所谓热，没有热也就无所谓冷。两者既互相依存又互相排斥。但是它们并不是静止不动的，在达到一定极限时就要向其反面转化。因此，作者是在暗示人事上的变化。"三十年河东，三十年河西"，在位的时候是热，退下来就会变冷。梅花的遭际便是这样，当它繁花盛开的时候，文人雅士、世俗平民都争相观赏、咏赞，可是到了花谢果落，只剩下叶干相守的时候，就没有人来光顾了。于是作者得出结论，看梅和咏梅的人们，没有一个是在不开花的时候去的。这就是作者从正面角度所给予读者的一句含义明确的忠告。

二、个别与一般。文章的第二层既是点题、解题，又是第一层的延伸。作者从张谓的《官舍早梅》谈到董崇相的夏梅诗。张谓的诗写的是梅花已凋谢，梅子刚结成的时候。因此作者认为在许许多多咏梅的佳作绝唱中，像张谓这样提到果实的是很少见的。而能提到叶子就更没有，董崇相是头一个，作者对此充满感谢之情。为了酬谢董崇相对梅花的这份情谊——在梅受到极冷落的时候来光顾它，托付和自己志同道合的朋友，写了诗，画了夏梅图相赠。

这里就蕴含了一般与个别的道理，有两方面的含义：

一方面是花界的一般与特殊。自然界之美在于花，鲜花盛开、蝶舞蜂飞、生机盎然，使人产生一种热爱生活、向往自然的思想感情。在自然界，绝大多数植物都是春华秋实，这是它们的普遍性，虽然也有秋季开花的，也比不得梅花特殊。在严寒的冬春之际，冰天雪地，寒风袭人，百花销匿，独有梅花盛开。它那怒放的花儿，给人以欣欣向荣一片生机之感，这就是它的特殊性。正是它的这一特殊性，使得它在极冷之时反倒极热。而夏天，繁花盛开争奇斗艳，梅花却只是干叶相守，这又是它与众不同的地方。它的这一特殊性又使得它在极热的环境下，受到极其冷落的待遇。

另一方面是人界的普遍与特殊。人们常说"爱美之心人皆有之"，五彩缤纷的自然界由于它的廉价和自由，就成了人们消闲散闷的场所。同时，由于植物开花有一种外在的美，也就成了人们观赏的对象。特别是在万籁俱寂的环境下，人们看到斗雪傲霜的干枝梅，又多了一份激情，从而争相趋之。这是人之常情，因而成了人界的一种普遍性。这样，赏梅咏梅在冬春之际就是情理之中的了。但就有人要显得与众不同，即如文中提到的张谓、董崇相，便要在无花之时咏梅赞梅，这就是人的特殊性。这个特殊性，代表了事物的另一方面，这正是作者要大加赞赏的一面。因此，他真挚地要替"梅"感谢董崇相的这份情义。这一层作者既解释了之所以要写这篇《夏梅说》的来龙去脉、前因后果，又对那种淡薄名利、不与世俗同流合污，不看人眉睫、趋炎附势的正人君子，表示了由衷的赞誉。从另一个角度给了读者一句善意的劝告。

三、现象与本质。文章的第三层由叙述转入了议论。中心意思是：有的人虽然处于被冷落的环境，但仍然握有实权，那些善于钻营的人，看准了时机，趋而附之，既能攫取名利，又不会受到舆论的谴责。这是因为他善于制造假象，而把本质掩盖起来。表面上"趋梅"，实质上是"附热"；表象上是"趋同"，实质上是"附势"；表面上是"趋时"，实际上是怀有个人不可告人的目的，如此等等。对于那些善于蒙人的假象，必须有清醒的头脑，加以认真地辨别，作者最后又给读者一句由衷的劝告。

就艺术特色而言，这是一篇刻意求新的小品文。这种"新"主要体现在：

选材角度新。古往今来，咏梅诗人和咏梅作品不计其数，但这些作品中，咏梅花者有很多，咏梅叶者却十分少见。这些咏梅花的诗文，都是以梅花为题材的。而咏吟花谢实落的夏梅的人，更是只有钟惺，他通过描写夏梅来揭示封建社会中的世态炎凉和趋炎附势者。夏梅无花无果，不能引起人们的注意，然而作者却抓住了这一平常事物，将其写入文章加以赞颂，这是该文的一新。

立意角度新。一般借物抒情的文章，大多离不开以物喻人这一故技。而《夏梅说》着眼点不在咏梅上，即不是直接地以梅喻人，而是以人对梅的态度、欣赏者的审美心理来喻人对人的态度，将人之赏物的特点移及对人。作者避开现实生活中的自然现象，超凡脱俗，而发掘出了富有深刻意义的主题，托物言志，讽刺世态炎凉，揭露那些趋炎附势之徒的丑恶嘴脸，寓意十分深刻，这就不是一般的借物抒情了，这是该文的二新。

结构形式新。文章题为"夏梅"，而全篇却没有只咏"夏梅"，舍弃"冬梅""春梅"，而是由冬至春，再由春至夏，娓娓道来，写梅树的冷热变化，层次分明，前后照应，有条不紊，让人在不知不觉中进入作者的立意之中，同时又为后面分析人对不同时令梅的态度对比张本。从时令气候的冷热，谈到赏梅咏梅的冷热，再谈到人情世态的冷热，从而批判社会上常见的坏风气。这就容易引起读者的共鸣，使人们对趋炎附势之徒痛恨不已。这样的结构形式，表面上显得芜杂，实际上却很俊俏，此又一新。这"三新"可视为"幽深孤峭"的风格。

这篇文章体现了作者敏锐的视觉、犀利的笔锋和"超前意识"。作者抓住当时社会上既普通又普遍的现象，以赏梅的不同时段、不同心态作比喻，运用极富哲理的语言、批判的态度，揭露了一些人追名逐利的丑行。四百年前写的文章，所指斥的斑斑劣迹，在现代社会中，仍然可以找到它们的"寄生主"。

【小卡片】竟陵派：

明代后期文学流派。以竟陵（今湖北省天门市）人钟惺、谭元春为首，因此得名，又称竟陵体或钟谭体。代表人物是钟惺和谭元春。竟陵派认为"公安"作品俚俗、浮浅，因而倡导一种"幽深孤峭"风格加以匡救，主张文学创作应抒写"性灵"，反对拟古之风。但他们所宣扬的"性灵"和公安派不同，所谓"性灵"是指学习古人诗词中的"精神"，这种"古人精神"，不过是"幽情单绪"和"孤行静寄"。所倡导的"幽深孤峭"风格，指文风求新求奇，不同凡响，刻意追求字意深奥，由此形成竟陵派创作特点：刻意雕琢字句，求新求奇，语言佶屈，形成艰涩隐晦的风格。

竟陵派与公安派一样在明后期反拟古文风中有进步作用，对晚明及以后小品文大量产生有一定促进之功。然而他们的作品题材狭窄，语言艰涩，又束缚其创作的发展。值得指出的是，由于竟陵派的出现是为矫正公安派的俚俗粗浅之弊，所以很容易让人造成竟陵与公安对立的误解。其实，竟陵与公安的相同之处还是占多数的。竟陵与公安的最大区别在于他们对反对前后七子所采取的路径不同，出发点与目的还是一致的。竟陵派的追随者有蔡复一、张泽、华淑等。这些人大都发展竟陵派生涩之弊端，往往略下一二助语，自称"空灵"，使竟陵派文风走向极端。

单元阅读链接：

1.吴文英《双双燕·小桃谢后》

2.虞世南《蝉》

3.章质夫《水龙吟》

4.李贺《马诗》组诗

5.柳永《望海潮》

6.蒲松龄《山市》

7.韩愈《听颖师弹琴》

8.白居易《琵琶行》

9.李商隐《锦瑟》

10.韩愈《毛颖传》

单元技能训练：

1.南宋词人吴文英的《双双燕·小桃谢后》也是咏燕的脍炙人口之作，阅读并比较其与史达祖《双双燕·咏燕》的写作特点。

2.孔行素《至正直记》载："张炎尝赋孤雁词，有云'写不成书，只寄得、相思一点'。人皆称之曰张孤雁。"其中"写不成书，只寄得、相思一点"一句该怎么理解？

3.骆宾王的《在狱咏蝉》与虞世南的《蝉》、李商隐的《蝉》并称"咏蝉三绝"，试结合这三首诗的内容谈谈它们在写作上的特点。

4.唐代诗人李贺也有一篇写马的诗："大漠沙如雪，燕山月似钩。何当金络脑，快走踏清秋。"其与杜甫《房兵曹胡马诗》两首诗可以说是写马诗的压卷之作，虽然都是写马，但又各具气象,特色鲜明,谈谈你的理解。

5.请同学们仿照《橘颂》的写作手法,选择身边的一件事物进行描绘。

6.苏轼《水龙吟》写杨花另辟新境,想象丰富、构思独特,巧妙地把咏物和写人有机地结合在一起,"即物即人,两不能别",反复诵读,体会其妙处。

7.《观潮》第一句说:"浙江之潮,天下之伟观也。"这句话在文中有什么作用?古人又称浙江大潮"壮观天下无",这是夸张说法吗?为什么?钱塘江大潮形成的原因是什么?

8.林景熙《蜃说》一文是如何将蜃景描写与人生感慨、故国之思结合在一起的?

9.假如你随着某旅游团在沙漠地区或大海游玩,恰巧出现《蜃说》中所描述的这种景象,你该如何向游客们解释这一自然现象?

10.历来写乐曲的诗,大都利用人类五官通感的生理机能,致力于把比较难于捕捉的声音转化为比较容易感受的视觉形象,李贺《李凭箜篌引》是怎样表现"箜篌"演奏出来的优美音乐的?

11.韩愈《祭鳄鱼文》名为祭文,实为檄文,该文突出地表现了韩愈的为人和为文的鲜明个性,试结合文章进行分析。

12.钟惺的《夏梅说》是一篇谈梅论世、托物寓意的叙议小品,是竟陵派诗文作品中一篇新奇隽永之作,比较集中地反映了竟陵派"幽深孤峭"的风格,就艺术特色而言,这是一篇刻意求新的小品文。这种"新"主要体现在哪些方面?

四、人物游记篇

对青年人来说,旅行是教育的一部分;对老年人来说,旅行是阅历的一部分。

——培根(英国具有唯物主义倾向的哲学家和自然科学家)

学习导入

有人把旅行作为压力的释放,放下追逐,背上行囊,去看无尽的风景。有人把旅行作为一种学习,"读万卷书,行万里路",不断增进对自然和社会的理解和把握。也有人把旅行当作流浪,当作一种生活方式,如"桃李春风一杯酒,江湖夜雨十年灯。"还有人把旅行作为毕生的追求,大江南北,长城内外,尘满面,鬓如霜,天涯苦旅,无怨无悔。

其实,无论我们赋予旅行什么意义,都不为过,因为在一次次的行走中,每个人都会有一次次的惊奇的发现,发现一片崭新风景,发现美味的饮食,发现另类的人物,发现内心的渴望或满足……

本章节所选的范文,按照"在路上"的文化行旅为引线,以旅行中"人物"和"记游"为主要描写对象,深入不同的场景和状态,向读者展示了精彩纷呈的文化图景。在这种文化行旅中,重点展示不同地域的不同景观,特别是展示不同人物的不同境遇,不同人物对旅行对生活的体验及思考。素材的选用和处理体现了"用材不俗"的特点,其中既有距今近两千年汉代皇帝封禅的场景展现,又有明代地理学家、旅行家和文学家一生的所行所思和所想。选文尝试以文化游记为典型案例,说明在当前文化全球化背景下文化游记的重要价值,甚至古今不同的文化阐释的叙事策略和时代背景,突出了文化行旅中对"人"的关注,体现了浓厚的人文主义情怀。

学习目标

通过本单元学习,了解我国古今相承又各具特色的旅游人物和旅行记载,帮助学习者领略了解我国悠久丰富的旅游文化底蕴,特别是旅行中的人文精神,进一步激发学习者探究的兴趣和传播的动力,扩大我国传统旅游文化资源的影响和传播。

1.马第伯《封禅仪记》

封禅仪记(节选)

建武三十二年,车驾东巡狩。正月二十八日发洛阳宫,二月九日到鲁,遣守谒者郭坚伯将徒五百人治泰山道……

是朝上山,骑行。往往道峻峭,下骑,步牵马。乍步乍骑,且相半。至中观,留马。去平地二十里,南向极望无不睹。仰望天关,如从谷底仰观抗峰。其为高也,如视浮云;其峻也,石壁窅窱[1],如无道径。遥望其人,端端如杆升,或以为白石,或以为冰雪。久之,白者移过树,乃知是人也。殊不可上,四布僵卧石上,有顷复苏,亦赖赍[2]酒脯,处处有泉水,目辄为之明。

复勉强相将行,到天关,自以已至也,问道中人,言尚十余里。其道旁山胁,大者广八九尺,狭者五六尺。仰视岩石松树,郁郁苍苍,若在云中。俯视溪谷,碌碌不可见丈尺。遂至天门之下,仰视天门,辽如从穴中视天窗矣。直上七里,赖其羊肠逶迤[3],名曰环道,往往有絙索,可得而登也。两从者扶掖,前人相牵,后人见前人履底,前人见后人顶,如画重累人矣,所谓磨胸石,扪天之难也。初上此道,行十余步一休[4],稍疲,咽唇燋[5],五六步一休。牒牒[6]据顿地,不避湿暗,前有燥地,目视而两脚不随。

早食上,晡后到天门。郭使者得铜物。铜物形状如钟,又方柄有孔,莫能识也,疑封禅具也。得之者,汝南召陵人,姓杨名通。东上一里余,得木甲。木甲者,武帝时神也。东北百余步,得封所。始皇立石及阙在南方,汉武在其北。二十余步得北垂圆台,高九尺,方圆三丈所,有两阶。人不得从,上从东阶上。台上有坛,方一丈二尺所,上有方石,四维有距石,四面有阙。乡坛再拜谒,人多置钱物坛上,亦不扫除。

泰山东上七十里,至天门东南山顶,名曰日观。黄鹤去泰山二百余里,于祠所瞻黄河如常,若在山址。山南有庙,悉种柏千株,大者十五六围,相传云汉武所种。小天门有秦时五大夫松。始皇封泰山,逢疾风暴雨,赖得松树,因复其下,封为五大夫。西北有石室,坛以南有玉盘,中有玉龟。山南胁神泉,饮之极清美利人。

日入下,去行数环,日暮时颇雨,不见其道。一人居其前,先知蹈有人,乃举足随之。比至天门下,夜入定矣。

注释:

[1]窅窱:深远、深邃的样子。亦作"窈窱""杳窱"。

[2]赖:依靠,仰使。赍(jī):带着,怀抱着。

[3]逶迤:蜿蜒曲折。

[4]休:停下来休息。

[5]燋:干渴,如同火烧般。

[6]牒牒:迭迭,频频。

作者简介:

马第伯,东汉光武帝时人,他所写的《封禅仪记》是现今所能见到的最早的游记。东汉光武帝(刘秀)建武三十二年(公元56年)封禅泰山,马第伯为先行官,他在《封禅仪记》中详细记叙了封禅时的种种准备工作。

赏析:

东汉建武三十二年(56年)正月二十八日至二月二十五日,作者随从光武帝刘秀登泰山,举行封禅大典,祭祀天地,并先遣登山,探察道路,以亲身的经历和感受,真实而具体地描写了沿途所见的泰山景色,写下了这篇游记,成为中国山水旅游文学史上单篇登山游记的开山之作。从传说中"常游"泰山的黄帝,到"登泰山而小天下"的孔子,乃至秦皇汉武,都没有留下游览泰山的作品,因此它弥足珍贵。同时,它又是首创日记体游记的长篇作品,逐日记叙了光武帝刘秀率领群臣登泰山封禅的情形。可惜已大部散佚,经后人辑集,才得略见其大概。本文是日记体散文,既有时间的连续性,又有记事的完整性,从上山写到下山。上山不易下山难,又在日暮雨天,则更增加了行路的艰难。那一个挨着一个摸索前进,直到半夜才至天门山下的情形,实是古代君臣游泰山而千古难得一见的趣事。

2.孟元老《东京梦华录序》

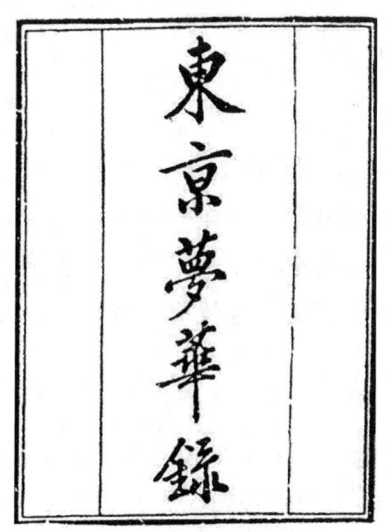

(东京梦华录)

东京梦华录序

　　仆从先人宦游南北,崇宁癸未[1]到京师,卜居于州西金梁桥西夹道之南。渐次长立,正当辇毂之下。太平日久,人物繁阜。垂髫之童,但习鼓舞;班白之老,不识干戈。时节相次,各有观赏。灯宵月夕,雪际花时,乞巧登高,教池游苑[2]。举目则青楼画阁,绣户珠帘。雕车竞驻于天街,宝马争驰于御路,金翠耀目,罗绮飘香。新声巧笑于柳陌花衢,按管调弦于茶坊酒肆。八荒争凑,万国咸通。集四海之珍奇,皆归市易;会寰区之异味,悉在庖厨。花光满路,何限春游;箫鼓喧空,几家夜宴。伎巧则惊人耳目,侈奢则长人精神。瞻天表则元夕教池,拜郊孟享[3]。频观公主下降,皇子纳妃。修造则创建明堂,冶铸则立成鼎鼐。观妓籍则府曹衙罢,内省宴回;看变化则举子唱名,武人换授。仆数十年烂赏迭游,莫知厌足。

　　一旦兵火,靖康丙午之明年,出京南来,避地江左,情绪牢落,渐入桑榆。暗想当年,节物风流,人情和美,但成怅恨。近与亲戚会面,谈及曩昔,后生往往妄生不然。仆恐浸久，论其风俗者，失于事实，诚为可惜。谨省记编次成集，庶几开卷得睹当时之盛。古人有梦游华胥之国[4]，其乐无涯者，仆今追念，回首怅然，岂非华胥之梦觉哉？目之曰《梦华录》。

然以京师之浩穰，及有未尝经从处，得之于人，不无遗阙。倘遇乡党宿德，补缀周备，不胜幸甚。此录语言鄙俚，不以文饰者，盖欲上下通晓尔，观者幸详焉。

绍兴丁卯岁除日，幽兰居士孟元老序。

注释：

[1]崇宁癸未：宋徽宗崇宁二年（1103年）。

[2]教池游苑：指金明池、琼林苑的游赏。

[3]拜郊孟享：孟，首。指到郊外拜祭天帝。

[4]梦游华胥之国：《列子·黄帝》："（黄帝）昼寝，而梦游于华胥氏之国。"后用"梦华"为追忆往事恍如梦境之意。

作者简介：

孟元老（生卒年不详），名钺，号幽兰居士，原籍不详。他跟随父亲宦游四方，崇宁二年（1103年）到汴京，在京城居住二十多年。靖康之乱后到江左避难，回忆汴京繁盛情景，著《东京梦华录》。此书生动地记录了北宋都城汴京的都市生活、风土民情、城市建筑、商业服务、勾栏瓦肆及说书、杂剧、歌舞伎艺等情景，是北宋时期乃至中国文学史上重要的笔记著作。

赏析：

序文一开始对书名"梦华"的解释采用先扬后抑的手法。"古人有梦游华胥之国，其乐无涯者"，是用扬笔，随后猛然一抑："仆今追念，回首怅然，岂非华胥之梦觉哉"，形成文势和情绪之波澜。他的心灵浸染着悲凄的色调，几乎是一步三回首、感慨系之地追思那往昔霓虹式的梦影。这种梦影随着时光的流逝、岁月的冲洗，已开始淡化成粉红色了。序文中写到这种令人痛心的情形："近与亲戚会面，谈及曩昔，后生往往妄生不然。"后代已经逐渐失去了这种回忆。作者担心，随着岁月更迭，往事如烟飘散，"论其风俗者，失于事实，诚为可惜"，于是，"谨省记编次成集，庶几开卷得睹当时之盛"。这是对《东京梦华录》写作缘起的说明，表面上属于弁言序文的一般通例，是备忘录，发挥一种认识效应，但实质上有着作者的深衷曲意。可以说，《东京梦华录》是"为了忘却的纪念"，为"故国不堪回首月明中"的亡国灭都之痛唱出了一曲凄婉的挽歌。

"序"的文体特点，规定了对全书内容的概括性特征；序文作者的写作目的和心态，规定了序文的感伤主义情绪。它不是巨室大户的炫富，而是破落户对往日锦衣玉食酸泪枉然的回忆。上述两种特征也具体规定了全文对衬型的结构框架，以靖康之难划出前后两种截然不同的境域，在文中以"一旦兵火"为语言标记，前面文辞艳丽，后面笔绪沉抑，对衬型的结构框架逼发出作者黯然神颓的感伤主义情怀。对比越强烈、越尖锐，黍离麦秀之思就越鲜明、越深刻。

一开始交代"仆从先人宦游南北,崇宁癸未到京师,卜居于州西梁桥西夹道之南","宦游"后"卜居"是一种选择,选择京师是因其地繁华所致。时间和卜居地点交代得如此清楚明白,是为了说明《东京梦华录》及其序文是以作者的亲见亲闻为基础的,增添了描述的可靠性和真实感。"渐次长立",虽说的是逐渐大了的年龄,但应与"太平日久"的时代相联系起来看,说明北宋经历了一段相当长时间的稳定繁荣期。从"正当辇毂之下"开始,文章就进入词富竞彩的描述。"太平日久,人物繁阜。垂髫之童,但习鼓舞;班白之老,不识干戈"。"垂髫"和"班白"对举,"鼓舞"与"干戈"互文,分别从两类层次的人物上说明,以"班白之老,不识干戈",说明承平日久;"垂髫之童,但习鼓舞"又暗含着"不识干戈",这些都是稳定繁荣的具体表征。前述序文具有概括性特征,作者把全书的具体内容浓缩在序文之中。因此,序文的所有描述文字都经过了高度提炼,而提炼方式表现在语言形式上,不用散化,而用骈体,基本上一个语言单位就表示出一种景象,并不具有一定的外在逻辑联系,如同七宝流苏,驳杂纷呈,统一于对汴梁胜景的描述,是全方位的光束投射,集合在一个光点上。然后,作者把笔墨推宕开去:"八荒争凑,万国咸通",转入美食享用的描述:"集四海之珍奇,皆归市易;会寰区之异味,悉在庖厨。"所有这些描述,颇有点汉代大赋遗风,从九重之尊至勾栏瓦肆,尽行罗织;社会各领域,一齐展现,似为北宋汴京的百科全书,又似张择端的《清明上河图》,只是一者是语言事实,一者以线条为媒介而已。作者铺张扬厉,河倾海溢,种种物象迸跳在笔触之间,奔赴纸面,铺排在一轴硕大的平面画卷上。

序文对全书内容作了提纲挈领的概括,所有描述各自在书中有具体体现;它不是纯然罗列现象,而是满含着沉痛情感的回顾,布满了愁云惨雾,奏出半是依恋半是挽歌的凄清曲,形成了全文概括性和情感性的结合特征。

3.班固《张骞传》

张骞传

张骞,汉中人[1]也,建元[2]中为郎。时匈奴[3]降者言匈奴破月氏[4]王,月氏遁而怨匈奴,无与共击之[5]。汉方欲事[6]灭胡,闻此言,欲通使,道必更[7]匈奴中,乃募能使者。骞以郎应募,使月氏,与堂邑氏奴甘父[8]俱出陇西。径[9]匈奴,匈奴得之,传[10]诣单于。单于曰:"月氏在吾北,汉何以得往使?吾欲使越,汉肯听我乎?"留骞十余岁,予妻,有子,然骞持汉节不失。

居匈奴西,骞因与其属亡向月氏,西走数十日至大宛。大宛闻汉之饶财,欲通不得,见骞,喜,问欲何之。骞曰:"为汉使月氏而为匈奴所闭道,今亡,唯王使人道送我。诚得至,反汉,汉之赂遗王财物不可胜言。"大宛以为然,遣骞,抵康居。康居传致大月氏。大月氏王已为胡所杀,立其夫人为王。既臣大夏而君之,地肥饶,少寇,志安乐,又自以远远汉,殊无报胡之心。骞从月氏至大夏,竟不能得月氏要领。

留岁余,还,欲从羌中归,复为匈奴所得。留岁余,单于[11]死,国内乱,骞与胡妻及堂邑父俱亡归汉,拜骞太中大夫,堂邑父为奉使君。初,骞行时百余人,去十三岁,唯二人得还。

天子既闻大宛及大夏、安息之属皆大国,多奇物,土著,颇与中国同俗,而兵弱,贵汉财物;其北则大月氏、康居之属,兵强,可以赂遗设利朝也。诚得而以义属之,则广地万里,重九译,致殊俗,威德遍于四海。乃令因蜀犍为发间使,四道并出,皆各行一二千里。

骞以校尉从大将军击匈奴,知水草处,军得以不乏,乃封骞为博望侯。是岁元朔六年也。后二年,骞为卫尉,与李广俱出右北平击匈奴。匈奴围李将军,军失亡多,而骞后期当斩,赎为庶人。

天子数问骞大夏之属。骞既失侯,因曰:"既连乌孙,自其西大夏之属皆可招来而为外臣。"天子以为然,拜骞为中郎将,将三百人,马各二匹,牛羊以万数,资金市帛直数千巨万,多持节[12]副使,道可便遣之旁国。

骞还,拜为大行。岁余,骞卒。后岁余,其所遣副使通大夏之属者皆颇与其人俱来,于是西北国始通于汉矣。(节选自《汉书》,有删改)

注释:

[1]汉中:汉代郡名,郡治在南郑(今陕西汉中市南郑县)。

[2]建元:汉武帝(刘彻)的第一个年号。

[3]匈奴:我国古代北方的民族。

[4]月氏(zhī):原住敦煌、祁连山一代,汉文帝时被匈奴单于击败西走,到达今阿姆河流域(今塔吉克斯坦和阿富汗境内以北一带)建立王朝,称大月氏。

[5]无与共击之:没有人帮助他们(大月氏)一起攻打匈奴。

[6]事:从事。

[7]更:经过。

[8]堂邑氏奴甘父:堂邑氏的奴仆名叫甘父的。

[9]径:途径。动作动词。"取道"的意思。

[10]传:传车,古代在驿站上设有马车,用来传递公文等,这里是名词用作状语,"用传车送"的意思。

[11]单于:匈奴对君主的称呼。这里指军臣单于。

[12]持节:汉朝给予使臣的一种出使凭证,用竹做竿,上面饰以羽或毛。

作者简介:

班固(32年~92年),东汉官吏、史学家、文学家。史学家班彪之子,字孟坚,汉族,扶风安陵人(今陕西咸阳东北)。除兰台令史,迁为郎,典校秘书,潜心二十余年,修成《汉书》,当世重之,迁玄武司马,撰《白虎通德论》,征匈奴为中护军,兵败受牵连,死狱中,善辞赋,有《两都赋》等。

作品简析:

本文记载了我国古代杰出的探险家、旅行家与外交家张骞两次出使西域的情况,为我们研究西汉初年的民族问题以及中外关系问题,提供了珍贵的资料。

张骞出使西域是我国和世界历史上的一件大事。汉武帝时期,中国各民族的团结得到进一步加强,但我国北方的匈奴贵族经常进行破坏骚扰,张骞第一次出使西域的直接目的就是要联合大月氏夹击匈奴。虽然联合的目没有达到,但这次出使却促成了西北边境少数民族和中央王朝的联系,加强了各民族之间的友好团结,有利于汉王朝彻底打垮匈奴贵族武装集团,巩固统一的多民族国家。

张骞出使西域,对后来形成的"丝绸之路"起了开创的作用,发展了我国和中亚、西亚许多国家的友好关系,促进了东西方经济文化的交流。这说明在两千多年以前,中国人民就为世界人民的团结合作做出了积极的贡献。

4.钱谦益《徐霞客传》

(徐霞客)

徐霞客传

徐霞客者,名弘祖,江阴梧塍里人也。高祖经,与唐寅同举,除名。寅尝以倪云林画卷偿博进[1]三千,手迹犹在其家。霞客生里社,奇情郁然,玄[2]对山水,力耕奉母。践更[3]繇役,戚戚如笼鸟之触隅,每思飏去。年三十,母遣之出游。每岁三时[4]出游,秋冬觐省,以为常。东南佳山水,如东西洞庭、阳羡、京口、金陵、吴兴、武林、浙西径山、天目、浙东五泄、四明、天台、雁宕、南海落迦,皆几案衣带间物耳。有再三至,有数至,无仅一至者。

其行也,从一奴或一僧、一杖、一襆被,不治装,不裹粮;能忍饥数日,能遇食即饱,能徒步走数百里,凌绝壁,冒丛箐,扳援下上,悬度绠汲[5],捷如青猿,健如黄犊;以鎣岩为床席,以溪涧为饮沐,以山魅、木客、王孙、獶父[6]为伴侣,儽儽粥粥[7],口不能道;时与之论山经,辨水脉,搜讨形胜,则划然心开。居平未尝錾帨[8]为古文辞[8],行游约数百里,就破壁枯树,燃松拾穗,走笔为记,如甲乙之簿,如丹青之画,虽才笔之士,无以加也。

已而游黄山、白岳、九华、匡庐[9];入闽。登武夷,泛九鲤湖[10];入楚,谒玄岳[11];北游齐、鲁、燕、冀、嵩、洛;上华山,下青柯枰[12],心动趣归,则其母正属疾,啮指[13]相望也。

母丧服阕,益放志远游。访黄石斋[14]于闽,穷闽山之胜,皆非闽人所知。登罗浮,谒曹溪,归而追及石斋于云阳。往复万里,如步武耳。繇终南背走峨眉,从野人采药,栖宿岩穴中，八日不火食，抵峨眉，属奢酋[15]阻兵，乃返。只身戴釜，访恒山于塞外，尽历九边[16]厄塞。归，过余山中，剧谈四游四极，九州九府[17]，经纬分合，历历如指掌。谓昔人志星官舆地[18]，多承袭傅会；江河二经[19]，山川两戒[20]，自纪载来，多囿于中国一隅。欲为昆仑海外之游，穷流沙而后返。小舟如叶，大雨淋湿，要之登陆，不肯，曰："譬如涧泉暴注，撞击肩背，良足快耳！"

丙子[21]九月，辞家西迈。僧静闻愿登鸡足礼迦叶[22]，请从焉。遇盗於湘江，静闻被创病死，函其骨，负之以行。泛洞庭，上衡岳，穷七十二峰。再登峨眉，北抵岷山，极于松潘。又南过大渡河，至黎、雅[23]，登瓦屋、晒经诸山[24]。复寻金沙江，极于氂牛徼外[25]。由金沙南泛澜沧，由澜沧北寻盘江[26]，大约在西南诸夷境，而贵竹[27]、滇南之观亦几尽矣。过丽江，憩点苍[28]、鸡足。

霞客还滇南，足不良行，修《鸡足山志》，三月而毕。丽江木太守饩糇粮[29]，具笋舆以归。病甚，语问疾者曰："张骞凿空[30]，未睹昆仑；唐玄奘、元耶律楚材[31]衔人主之命，乃得西游。吾以老布衣，孤筇双屦，穷河沙，上昆仑，历西域，题名绝国，与三人而为四，死不恨矣。"

霞客不欲以张骞诸人自命，以玄冲拟之，并为三清[32]之奇士，殆庶几乎？霞客纪游之书，高可隐几。余属其从兄仲昭雠勘而艳情之，当为古今游记之最。霞客死时年五十有六。西游归以庚辰六月，卒以辛巳正月，葬江阴之马湾[33]。亦履丁云。（有删减）

注释：

[1]博进：赌博所输的钱。《汉书·陈遵传》："官尊禄厚，可以偿博进矣。"颜师古注："进者，会礼之财也，谓博所赌也。"

[2]玄：默。

[3]践更：受钱代人服徭役。

[4]三时：指春、夏、秋三季。

[5]悬度绠汲：以悬索度山谷，攀绳登山，如绠之汲水。

[6]木客：传说中的山中怪兽，形体似人，爪长如鸟，巢于高树。王孙：猴子的别称。玃(jué)父：马猴。

[7]儚(méng)儚：昏昧的样子。粥(yù)粥：谦卑的样子。

[8]鞶帨(pán shuì)：大带与佩巾，比喻华丽的藻饰。扬雄《法言·寡见》："今之学者，非独为之华藻也，又从而绣其鞶帨。"故以鞶帨为雕章凿句。

[9]白岳：山名，在安徽休宁县西四十里。九华：安徽九华山。匡庐：即庐山。

[10]九鲤湖：在福建仙游县东北，相传有何姓兄弟九人炼丹于此，后各骑一鲤仙去，故称。

[11]玄岳：武当山之别名。

[12]青柯坪：在华山谷口内约十公里处。

[13]啮指：《搜神记》载：曾子从仲尼在楚万里而心动，辞归问母，母曰："思尔啮指。"后

用以表达母亲对儿子的渴念。

[14]黄石斋:黄道明,明福建漳浦人。天启(明熹宗年号,1621年～1627年)进士,崇祯时官至少詹事,南明弘光朝任礼部尚书,后于福建拥立唐王,拜武英殿大学士,战败被俘至南京,不屈死。

[15]奢酋:奢崇明。本苗族,世居四川永宁,为宣抚司。明嘉宗时募川兵援辽,崇明等遂反,进围成都,国号大梁,后由朱燮元平定其乱。

[16]九边:明代北方的九处要镇,即包括辽东、宣府、大同、延绥、宁夏、甘肃、蓟州、山西、固原。

[17]四游:《太平御览》卷三六引纬书《尚书考灵异(曜)》:"地有四游,冬至地上,北而西三万里;夏至地下,南至东复三万里;春秋分,则其中矣。"四极:四方极远之地。《尔雅·释地》:"东至于泰远,西至于邠国,南至于濮铅,北至于祝栗,谓之四极。"按泰远至祝栗皆为古代传说中极远处国名。九州:《尔雅·释地》列举冀、豫、雍、荆、扬、兖、徐、幽、营等州为九州。九州州名,《尚书·禹贡》《周礼·夏官·职方氏》《吕氏春秋·有览始》《汉书·地理志》与《尔雅·释地》各书说法不一。后用以泛指中国。九府:谓九方的宝藏和特产。《尔雅·释地》列举东方、东南、南方、西南、西方、西北、北方、东北及中央出产之美者,是为九府。

[18]星官:星宿天象的总称,指天文。舆地:地理。

[19]江河二经:长江、黄河两条干流。徐霞客《溯江纪源》:"江、河为南北二经流,以其特达于海也。"

[20]两戒:唐代一行和尚提出的我国地理现象特征。北戒相当于今青海、陕北、山西、河北、辽宁一线;南戒相当于四川、陕南、河南、湖北、湖南、江西、福建一线。

[21]丙子:1636年(崇祯九年)。

[22]鸡足:山名,在云南宾川西北。迦叶:摩诃迦叶,华言饮光胜尊。本事外道,后归佛教,释迦死后,传正法眼藏,为佛教长老。尝持僧伽梨衣入鸡足山。

[23]黎、雅:黎州(今四川汉源)、雅州(今四川雅安)。

[24]瓦屋:山名,在四川荣经县东南。晒经:山名,在四川越西县东北,山有广口,相传唐玄奘曾晒经于此,故名。

[25]牦牛徼外:出产牦牛的边远地区。

[26]盘江:有南盘江、北盘江,均发源于云南沾益。徐霞客著有《盘江考》。

[27]贵竹:即贵筑,县名,其地今入贵阳市。

[28]点苍:山名,一名大理山,在今云南大理白族自治州中部。

[29]木太守:明云南丽江府知府。洪武十六年,以木德为知府。木德从征有功,子孙世袭此职。偫(zhì):储备。糇(hou)粮:干粮。

[30]张骞:汉武帝时人,封博望侯,首先为汉沟通西域诸国。凿空:开通道路。

[31]耶律楚材:字晋卿,辽皇族,初仕金,后为元重臣,曾随元太祖出征西域。

[32]三清:道家以为人天两界之外,别有三清,即玉清、太清、上清,为神仙居住之地。

[33]庚辰:1640年(明崇祯十三年)。辛巳:1641年(崇祯十四年)。陈函辉《徐霞客墓志铭》:"霞客生于万历丙戌(十四年,1586),卒于崇祯辛巳,年五十有六,以壬午(崇祯十五年,1642)春三月初九日,卜葬于马湾之新阡。"

作者简介:

钱谦益(1582年~1664年),明末清初文学家。常熟人。字受之,号牧斋,又自称牧翁、尚湖、蒙叟、绛云老人、虞山老民、聚沙居士、敬他老人、东涧遗老等。1610年(明万历三十八年)中进士。1645年(清顺治二年)迎降,授宫礼部侍郎管秘书院事,充修明史副总裁。次年称病归里。后因江阴黄毓祺反清案牵连入狱。出狱后居家,筑绛云楼以藏书检校著述,秘密进行反清斗争。他曾是明代东林党魁,清流领袖,南明时却依附马士英、阮大铖,后又事清,丧失大节,为士林所诟病。事后,他又支持和参与反清活动,与明遗民如黄宗羲、阎尔梅等密切往还,忏悔自赎,取得世人的谅解。一生博览群书,精于史学,诗文创作在当时负有盛名。所著有《初学集》《有学集》《投笔集》等。辑有《列朝诗集》。

赏析:

徐霞客(徐宏祖)是明代杰出的地理学家、旅行家,陈函辉《徐霞客墓志铭》:"霞客生于万历丙戌十四年(1586年),卒于崇祯辛巳,年五十有六,以壬午崇祯十五年(1642年)春三月初九日,卜葬于马湾之新阡。"这篇文章为后人留存了徐霞客的动人事迹。作为一篇传记文,文章并未对徐霞客的一生作详细的描述,而是抓住最能体现传主性格与成就,也最能打动作者心灵的事件来写。从文章所写看,徐霞客是一个性喜山水、善游山水、争奇逐胜、重视亲情友情、富于科学探究精神的人。作者在文章的最后一段,借王玄冲比拟徐霞客,对徐霞客的价值予以评价,见识高超。

5.李白《春夜宴从弟桃花园序》

春夜宴从弟桃花园[1]序

夫天地者,万物之逆旅[2]也;光阴者,百代之过客[3]也。而浮生若梦[4],为欢几何?古人秉烛夜游[5],良有以[6]也。况阳春召我以烟景[7],大块假我以文章[8]。会桃花之芳园,序天伦[9]之乐事。群季[10]俊秀,皆为惠连[11];吾人咏歌[12],独惭康乐[13]。幽赏未已,高谈转清[14]。开琼筵以坐花[15],飞羽觞而醉月[16]。不有佳咏,何伸雅怀?如诗不成,罚依金谷酒数[17]。

注释:

[1]从(cóng,旧读 zòng)弟:堂弟。从:堂房亲属。桃花园:疑在安陆兆山桃花岩。

[2]逆旅:客舍。迎客止歇,所以客舍称逆旅。逆:迎接。旅:客。

[3]过客:过往的客人。李白《拟古十二首》其九:"生者为过客。"

[4]浮生若梦:死生之差异,就好像梦与醒之不同,纷纭变化,不可究诘。

[5]秉烛夜游:谓及时行乐。秉:执。《古诗十九首》其十五:"昼短苦夜长,何不秉烛

游。"曹丕《与吴质书》："少壮真当努力，年一过往，何可攀援！古人思秉烛夜游，良有以也。"

　　[6]有以：有原因。这里是说人生有限，应夜以继日地游乐。以：因由，道理。

　　[7]阳春：和煦的春光。召：召唤，引申为吸引。烟景：春天气候温润，景色似含烟雾。

　　[8]大块：大地，大自然。假：借，这里是提供、赐予的意思。文章：这里指绚丽的文采。古代以青与赤相配合为文，赤与白相配合为章。

　　[9]序：通"叙"，叙说。天伦：指父子、兄弟等亲属关系。这里专指兄弟。

　　[10]群季：诸弟。兄弟长幼之序，曰伯（孟）、仲、叔、季，故以季代称弟。季：年少者的称呼。这里泛指弟弟。

　　[11]惠连：谢惠连，南朝诗人，早慧。这里以惠连来称赞诸弟的文才。

　　[12]咏歌：吟诗。

　　[13]康乐：南朝刘宋时山水诗人谢灵运，袭封康乐公，世称"谢康乐"。

　　[14]"幽赏"二句：谓一边欣赏着幽静的美景，一边谈论着清雅的话题。

　　[15]琼筵（yán）：华美的宴席。坐花：坐在花丛中。

　　[16]羽觞（shāng）：古代一种酒器，做鸟雀状，有头尾羽翼。醉月：醉倒在月光下。

　　[17]金谷酒数：是说如果宴会中的某人写不出诗来，就要按照古代金谷园的规矩罚酒三觞。金谷：园名，晋石崇于金谷涧（在今河南洛阳西北）中所筑，他常在这里宴请宾客。其《金谷诗序》："遂各赋诗，以叙中怀，或不能者，罚酒三斗。"后泛指宴会上罚酒三杯的常例。

创作背景：

　　唐玄宗开元十五年（727年），二十七岁的作者"仗剑去国，辞亲远游"来到安陆。《春夜宴从弟桃花园序》约于开元二十一年（733年）前后作于安陆，作者与堂弟们在春夜宴饮赋诗，并为之作此序文。

赏析：

　　全文以议论开头，回答了"何时"，这固然是对的。但更重要的，还在于回答了另一个要素："为何"。因为"浮生若梦，为欢几何"，所以要及时行乐，连夜间都不肯放过。作者在行文上的巧妙之处，就表现在他不去说明自己为什么要"夜"宴，只说明"古人秉烛夜游"的原因，而自己"夜"宴的原因，已和盘托出，无烦词费。

　　"会桃花之芳园"以下是全文的主体，兼包六个要素，而着重写"如何"。"会桃花之芳园"，不是为了钱财，而是为了"序天伦之乐事"。这一句，既与"为欢几何"里的"欢"字相照应，又赋予它以特定的具体内容。这是"序天伦之乐事"的"欢"。南朝诗人谢灵运的族弟谢惠连工诗文，善书画，作者便说"群季俊秀，皆为惠连"。以谢惠连比他的几位从弟，不用说就以谢灵运自比了。人物如此俊秀，谈吐自然不凡。接下去的"幽赏未已，高谈转清"，虽似双线并行，实则前宾后主。"赏"的对象那么优美，所以"赏"是"幽赏"；"谈"的内容那么欢乐，所以"谈"是"高谈"。在这里，美景烘托乐事，幽贯助长高谈，从而把欢乐的激情

"开琼筵以坐花,飞羽觞而醉月"两句,集中写"春夜宴桃花园",这是那欢乐的浪潮激起的洪峰。"月"乃"春夜"之月,"花"乃"桃李"之花。兄弟相会,花月交辉,幽赏高谈,其乐无穷,于是继之以开筵饮宴。"飞羽觞"一句,李白从"羽"字着想,生动地用了个"飞"字,就把兄弟们痛饮狂欢的场景表现得淋漓尽致。痛饮固然可以表现狂欢,但光痛饮,就不够"雅"。他们都是诗人,痛饮不足以尽兴,就要作诗。于是以"不有佳咏,何伸雅怀"等句结束了全篇。

文章展示了春夜欢叙的情景,其中交织着热爱生活的豪情逸兴,与"浮生若梦"、及时行乐的感喟,这种感情矛盾的激荡,正是作者文章开阖排宕的底因。全文仅一百一十九字,由感喟人生之短促,急转入盛会之良辰美景,更发为醉月咏诗之逸兴,起结飘忽,波澜起伏,传达出深长的情韵。句式短长自由,骈中行散,显示了唐代骈文向散文过渡的迹象。

6.鲍照《登大雷岸与妹书》

登大雷[1]岸与妹书

吾自发寒雨,全行日少,加秋潦[2]浩汗,山溪猥[3]至,渡汜无边,险径游历,栈石星饭,结荷水宿,旅客贫辛,波路壮阔,始以今日食时,仅及大雷。涂登千里,日逾十晨,严霜惨节,悲风断肌,去亲为客,如何如何!

向因涉顿,凭观川陆;迺神清渚,流睇[4]方曛[5];东顾五州[6]之隔,西眺九派[7]之分;窥地门之绝景,望天际之孤云。长图大念,隐心者久矣。

南则积山万状,负气争高,含霞饮景,参差代雄,凌跨长陇,前后相属,带天有匝,横地无穷;东则砥原远隰[8],亡端靡[9]际,寒蓬夕卷,古树云平,旋风四起,思鸟群归,静听无闻,极视不见。北则陂[10]池潜演[11],湖脉通连,苎蒿[12]攸积,菰[13]芦所繁,栖波之鸟,水化之虫,智吞愚,强捕小,号噪惊聒[14],纷乎其中;西则回江永指,长波天合,滔滔何穷,漫漫安竭?创古迄今,舳舻相接。思尽波涛,悲满潭壑。烟归八表[15],终为野尘[16]。而是注集,长写不测,修灵[17]浩荡,知其何故哉?

西南望庐山,又特惊异。基压江潮,峰与辰汉相接。上常积云霞,雕锦缛。若华夕曜[18],岩泽气通,传明散彩,赫似绛天。左右青霭,表里紫霄。从岭而上,气尽金光,半山以下,纯为黛色。信可以神居帝郊,镇控湘汉者也。

若潨[19]洞所积,溪壑所射,鼓怒之所豗[20]击,涌澓[21]之所宕涤,则上穷荻浦[22],下至狶洲[23];南薄燕爪,北极雷淀,削长埤[24]短,可数百里。其中腾波触天,高浪灌日,吞吐百川,写泄万壑。轻烟不流,华鼎振涾[25]。弱草朱靡,洪涟陇蹙。散涣长惊,电透箭疾。穿溢[26]崩聚,坻[27]飞岭复。回沫冠山,奔涛空谷。磁石[28]为之摧碎,碕岸为之鳘落[29]。仰视大火[30],俯听波声、愁魄胁息,心惊慓矣!

至于繁化殊育,诡质怪章,则有江鹅、海鸭、鱼鲛、水虎之类,豚首、象鼻、芒须、针尾之族,石蟹、土蚌、燕箕、雀蛤之俦,折甲、曲牙、逆鳞、返舌之属。掩沙涨,被草渚,浴雨排风,吹涝弄翮。

夕景欲沈,晓雾将合,孤鹤寒啸,游鸿远吟,樵苏一叹,舟子再泣。诚足悲忧,不可说也。风吹雷飙,夜戒前路。下弦内外[31],望达所届。

寒暑难适,汝专自慎,夙夜戒护,勿我为念。恐欲知之,聊书所睹。临涂草蹙[32],辞意不周。

注释:

[1]大雷:地名。在今安徽省望江县。晋置大雷戍,刘裕讨卢循,自雷池进军大雷,即此。其源叫大雷水,自今湖北黄梅县界东流,经安徽宿松县至望江县东南,积而成雷池。

[2]潦(lǎo):路上的雨水,积水。

[3]狠:众,多。

[4]流睇(dì):随意浏览。

[5]曛(xūn):黄昏。

[6]五州:地名,因长江中有五洲相接,故称。

[7]九派:此处指作者赴任目的地江州。

[8]隰(xí):低湿之地。

[9]靡:无。

[10]陂(bēi):池塘。

[11]潜演:水流暗通。

[12]苎(zhù)蒿:两种草本植物。

[13]菰(gū):一种水生草。

[14]聒(guō):吵闹。

[15]八表:八方之外,指极远的地方。

[16]野尘:天地间的游气、尘埃。《庄子·逍遥游》:"野马也,尘埃也,生物之以息相吹也。"

[17]修灵:河神,此代指河流。

[18]若华:若木之花。神话说若木长在日落处,青叶红花。此代指霞光。曜(yào):照耀。

[19]潨(cóng):小水流入大水。

[20]鼓怒:湖水振荡奔腾。豗(huī):水流相击。

[21]澓(fú):同"洑",回旋的水流。

[22]荻(dí)浦:长满荻草的水边。

[23]豨(xī)洲:野猪出没的荒洲。

[24]埤(pí):补。

[25]华鼎振涾(tà):形容彭蠡湖(今鄱阳湖)如华丽的鼎中之水在振荡沸溢一样。

渚:水沸溢。

[26]穹(qióng)溘(kè):大浪。《尔雅》:"穹,大也。"《玉篇》:"溘,水也。"

[27]坻(chí):水中的小块陆地。一解作岸。

[28]碪(zhēn)石:捣衣石。

[29]鲞(jī)落:碎末飞落。

[30]大火:星宿名,即心宿。《尔雅·释天》:"大火谓之大辰。"郭璞注:"大火,心也,在中最明,故时候主焉。"

[31]下弦:旧历每月二十三日前后。这时只能看见月球东边的半圆,这种月相称下弦。弦以月相如弓而得名。内外:犹言"前后""左右"。

[32]草蹙(cù):犹言仓猝。

作者简介：

鲍照(414年~466年),南朝宋文学家,后人将其与谢灵运、颜延之并称为元嘉三大家。字明远,东海(今山东郯城北)人。出身贫寒,曾做过临川王刘义庆的国侍郎,以后又做过几任县令,最后担任临海王刘子顼的前军参军,因此后世称之为"鲍参军"。明帝泰始二年(466)江州刺史晋安王刘子勋称帝,刘子顼起兵响应,后刘子顼兵败,被赐死,鲍照亦被乱兵杀害。今存《鲍参军集》。

赏析：

作者首先叙述了离家远游,备尝旅途艰辛的情形,文章中似乎看不出鲍照对到江西上任的旅程感到丝毫的愉悦,"寒雨""严霜""悲风"使整个气氛感染了一丝清冷。旅途的艰辛,更增加了他对亲人的思念。

接下来作者以凝练的文字总写大雷岸地形。作者虽出身低微,处处受到压制,但却有宏图之志。可以说刘义庆对他的欣赏使他得到了一次施展壮志的机会。赴任途中,望眼川陆,一腔久藏于心的壮志豪情不免喷涌而出。作者从南、东、北、西四个方向分别描写了途中所见的高山、平原、湖泽、江河。他用拟人化手法写出了崇山峻岭怒起竞胜、雄壮飞动的气势;用白描手法对比写出了暮色来临时秋野的静谧、肃杀与湖泽的喧嚣、繁茂,"静听无闻,极视不见"突出的是原野的宁静,"号噪惊聒,纷乎其中"突出的是湖泽的嘈杂,"寒蓬夕卷,古树云平"突出了秋野的萧条空疏,"苫蒿攸积,菰芦所繁"突出的是湖泽的繁盛茂密。面对奔腾向西的大江,络绎不绝的舟船,作者不禁有了感叹。"思尽波涛,悲满潭壑"写出了他处处受制于人的处境,"烟归八表,终为野尘"写出了对士族门阀制度的不满、蔑视、反抗。

在对景物作了全方位的关照之下,作者又把视线聚焦于庐山。他写出庐山在烟云夕照的变幻中气象万千、雄伟壮丽,接着写洞壑驰骋,大江恣肆,排山倒海,瞬息万变之势,这种惊心动魄的壮观景象,不由感到"愁魄胁息,心惊慓矣"。

在淋漓尽致地描写了惊涛骇浪之后,作者突然把笔锋一转,悠然地描写起水中的草木虫鱼,这些奇禽异兽出没于沙丘草洲之间,栉风沐雨,悠然自得,为整幅汹涌澎湃的水景图增添了一番优雅闲逸的情趣。最后，作者通过"夕景""晓雾""孤鹤""游鸿""樵苏""舟子"等意象，渲染了一幅萧疏的画面，并托眼前的孤鹤游鸿给妹妹寄出无限情思，表达了对妹妹的关爱。

这是一篇色彩瑰丽、写景如绘的骈文家书。作者运用生动的笔触、夸张的语言，描写他登大雷岸远眺四方时所见的景物，高山大川，风云鱼鸟，都被他绘声绘色地表现出来，成为一幅风格雄伟奇崛，而又秀美幽洁的图画。同时作者也写了自己离家远客的旅思和路上劳顿的情形，感情与景物交融，使文章充满了抒情气息。

单元阅读链接：

1.秦良杰.中国文化区域旅游文学作品选.清华大学出版社，2014.

2.张胜难，王丽琴.旅游文学.南京大学出版社，2018.

3.李洪波，韩荔华.旅游文学作品欣赏（第2版）.旅游教育出版社，2015.

4.沈祖祥.旅游文化学.福建人民出版社，2012.

5.王生瑞.旅游记.作家出版社，2015.

6.范晔.后汉书.中华书局，2012.

7.纪云裳.苏东坡传记.江苏凤凰文艺出版社，2020.

8.晋旅.山西故事.山西人民出版社，2015.

9.吴兴勇.中国古代旅行家传——玄奘.湖南大学出版社，2019.

10.李长之.李白传.百花文艺出版社，2003.

单元技能训练：

1.请你根据马第伯《封禅仪记》课文主要内容，绘制作者游览泰山的路线图和各景点的主要特点。

2.请你搜集整理至少五首关于描写东岳泰山的古诗词或古文，并比较分析它们的各自内容和特色。

3.中国人常说"三山五岳"，请你向你周围的同学说明"三山五岳"分别是哪些山岳，并选择其中一个，重点介绍其历史人文和地质自然景观。

4.孟元老《东京梦华录序》的"东京"是指哪里，该城市的历史文化特色有哪些，请选择其中的主要内容作重点介绍。

5.请你课后找到《东京梦华录》这本书，尝试阅读一遍，并概况介绍这本书的主要内容和你自己的读后感想。

6.请你搜集张择端名画《清明上河图》，仔细观察其绘画表现的主要内容，尝试将该画的内容与《东京梦华录》所写的内容进行比较，看看它们之间的异同。

7.搜集材料，整理关于汉代历史学家班固的生平经历，谈谈他创作《汉书》的背景和经过。

8.请根据《张骞传》的主要内容，向周围的同学介绍张骞主要的人生经历，并重点谈一谈你对他出使西域，促进中原文化与西域文化交流沟通主要贡献的认识。

9.请小组合作,尝试整理并绘制出中国古代"丝绸之路"的主要线路走向和经过的重要城市节点,并谈谈对中国古代"丝绸之路"及当今时代"一带一路"经济带对沟通中西经济文化交流作用的认识。

10.请结合钱谦益《徐霞客传》所述内容,全班同学小组协作给旅行家、地理学家徐霞客编制个人简历或个人年谱,并在班级进行展示和交流。

11.1616年~1618年,徐霞客先后两次游览黄山,并写下两篇著名的《游黄山日记》,日记中第一次提出"登黄山,天下无山,观止矣"的著名论断。请你找到徐霞客的这两篇日记认真阅读,在全班组织开展一次以介绍黄山风景为主题的导游词比赛。

12.请搜集《徐霞客传》的作者钱谦益的生平资料,了解并讲述钱谦益与柳如是的爱情故事,并谈谈爱国情怀与文人风骨之间的关系。

13.请阅读李长之撰写的《李白传》,了解大诗人李白的生平经历和思想特点,并请你借鉴其写法,给自己写个不超过300字的小传。

14.请比较曹操《短歌行》与李白《春夜宴从弟桃花园序》在思想内容上的异同,并说一说自己对这两首诗的理解。

15.《登大雷岸与妹书》中的"大雷",在今安徽省望江县。现代成语中有"不敢越雷池一步",请你查阅有关资料,了解这个故事的主要梗概,并向周围人进行介绍。

16.请分小组合作,搜集整理与安徽望江或者你学校所在地有关的谚语故事或历史典故,并以班级故事会的形式进行交流展示。

17.本章节主要介绍了名人传记和游记,你最感兴趣的内容是哪一篇?为什么?

18.你曾经或打算阅读哪些人的传记?阅读完这些传记后,个人有何收获和感想?请你说一说,写一写。

19.你曾游览过祖国的哪些大好河山,请你在中国地图上分别进行标注,并就你印象最深的一次游览,尝试写一篇游记。

五、民俗风情篇

要想结为夫妻,先去旅行一次。

——钱钟书(中国现代作家,文学研究家)

学习导入

那些神秘、遥远而不可知的地方,总能让我们心向往之,期冀满怀,幻想着那山一程水一程的美妙。行走在传统、古旧、别样的乡土之中,人们仿佛做了一次身心的时空穿越,感受彼岸的万种风情,时光不再流转,一切都静谧地保持着原始的样子。对于美丽的向往,对于传说的痴迷,对于淳朴的欣赏,对于古老的追忆汇成了那一种难以抗拒的诱惑。这就是在我国丰富的人文旅游资源中,民俗占有非常重要地位的主要原因。民俗旅游之所以受到人们的青睐,主要在于它的异样性。

"十里不同风,百里不同俗。"在我国辽阔的地域里,经过悠久的历史演变,形成了多种多样的民俗风情。民俗,即民间风俗,是一个国家或民族中的广大民众所创造、享用和传承的生活文化。作为世界文明古国之一,我国有着丰富而优秀的古籍文献,关于"民俗"和"风俗",很早就以单个的词语出现在古代文献中。《周礼》载:"俗者,习也。上所化曰风,下所习曰俗。"《礼记·缁衣》载:"故君民者,章好以示民俗,慎恶以御民之淫,则民不惑矣。"虽然严格地说,这与后来的"民俗"和"风俗"尚有较大的差距,但我们依稀可见民俗的最初定位。而文学作为民俗文化的一种艺术表征、民俗现象的一种载体,它蕴含着丰富多彩的民俗文化内容,诸如信仰民俗、婚姻民俗、服饰民俗、岁时节令民俗、游艺娱乐民俗等,它在一定程度上反映了当时人们的生活方式、历史传统、思想信念、审美趣味以及价值观念。许多风俗也因为旅游文学的渲染,而使其色彩倍加迷人。

学习目标

通过本单元学习,了解我国斑斓多彩的民俗风情,以及民俗风情作品概况,加深对我国传统文化的认识,感受乡土文化的独特魅力,增强热爱自然、热爱生活的思想感情。

1.汪曾祺《胡同文化》

胡同文化

  北京城像一块大豆腐,四方四正。城里有大街,有胡同。大街、胡同都是正南正北,正东正西。北京人的方位意识极强。过去拉洋车的,逢转弯处都高叫一声"东去!""西去!"以防碰着行人。老两口睡觉,老太太嫌老头子挤着她了,说"你往南边去一点"。这是外地少有的。街道如是斜的,就特别标明是斜街,如烟袋斜街、杨梅竹斜街。大街、胡同,把北京切成一个又一个方块。这种方正不但影响了北京人的生活,也影响了北京人的思想。

  胡同原是蒙古语,据说原意是水井,未知确否。胡同的取名,有各种来源。有的是计数的,如东单三条、东四十条。有的原是皇家储存物件的地方,如皮库胡同、惜薪司胡同(存放柴炭的地方),有的是这条胡同里曾住过一个有名的人物,如无量大人胡同、石老娘(老娘是接生婆)胡同。大雅宝胡同原名大哑巴胡同,大概胡同里曾住过一个哑巴。王皮胡同是因为有一个姓王的皮匠。王广福胡同原名王寡妇胡同。有的是某种行业集中的地方。手帕胡同大概是卖手帕的。羊肉胡同当初想必是卖羊肉的,有的胡同是像其形状的。高义伯胡同原名狗尾巴胡同。小羊宜宾胡同原名羊尾巴胡同。大概是因为这两条胡同的样子有点像羊尾巴、狗尾巴。有些胡同则不知道何所取义,如大绿纱帽胡同。

  胡同有的很宽阔,如东总布胡同、铁狮子胡同。这些胡同两边大都是"宅门",到现在房屋都还挺整齐。有些胡同很小,如耳朵眼胡同。北京到底有多少胡同?北京人说:有名的胡同三千六,没名的胡同数不清,通常提起"胡同",多指的是小胡同。

  胡同是贯通大街的网络。它距离闹市很近,打个酱油,约[1]二斤鸡蛋什么的,很方便,但又似很远。这里没有车水马龙,总是安安静静的。偶尔有剃头挑子的"唤头"(像一个大镊子,用铁棒从当中擦过,便发出嚓的一声)、磨剪子磨刀的"惊闺"(十几个铁片穿成一串,摇动作声)、算命的盲人(现在早没有了)吹的短笛的声音。这些声音不但不显得喧闹,倒显得胡同里更加安静了。

  胡同和四合院是一体。胡同两边是若干四合院连接起来的。胡同、四合院,是北京市民的居住方式,也是北京市民的文化形态。我们通常说北京的市民文化,就是指的胡同文化。胡同文化是北京文化的重要组成部分,即便不是最主要的部分。

  胡同文化是一种封闭的文化。住在胡同里的居民大都安土重迁,不大愿意搬家。有在一个胡同里一住住几十年的,甚至有住了几辈子的。胡同里的房屋大都很旧了,"地根儿"房子就不太好,旧房檩,断砖墙。下雨天常是外面大下,屋里小下。一到下大雨,总可以听到房塌的声音,那是胡同里的房子。但是他们舍不得"挪窝儿"——"破家值万贯"。

  四合院是一个盒子。北京人理想的住家是"独门独院"。北京人也很讲究"处街坊"。"远亲不如近邻"。"街坊里道"的,谁家有点事,婚丧嫁娶,都得"随"一点"份子",道个喜或道个恼,不这样就不合"礼数"。但是平常日子,过往不多,除了有的街坊是棋友,"杀"

一盘;有的是酒友,到"大酒缸"(过去山西人开的酒铺,都没有桌子,在酒缸上放一块规成圆形的厚板以代酒桌)喝两"个"(大酒缸二两一杯,叫作"一个");或是鸟友,不约而同,各晃着鸟笼,到天坛城根、玉渊潭去"会鸟"(会鸟是把鸟笼挂在一处,既可让鸟互相学叫,也互相比赛),此外,"各人自扫门前雪,休管他人瓦上霜"。

北京人易于满足,他们对生活的物质要求不高。有窝头,就知足了。大腌萝卜,就不错。小酱萝卜,那还有什么说的。臭豆腐滴几滴香油,可以待姑奶奶。虾米皮熬白菜,嘿!我认识一个在国子监[2]当过差,伺候过陆润庠、王垿等祭酒[3]的老人,他说:"哪儿也比不了北京。北京的熬白菜也比别处好吃,——五味神在北京"。五味神是什么神?我至今考查不出来。但是北京人的大白菜文化却是可以理解的。北京人每个人一辈子吃的大白菜摞起来大概有北海白塔那么高。

北京人爱瞧热闹,但是不爱管闲事。他们总是置身事外,冷眼旁观。北京是民主运动的策源地[4],"民国"以来,常有学生运动。北京人管学生运动叫作"闹学生"。学生示威游行,叫作"过学生"。与他们无关。

北京胡同文化的精义是"忍",安分守己、逆来顺受。老舍《茶馆》里的王利发说"我当了一辈子的顺民",是大部分北京市民的心态。

我的小说《八月骄阳》里写到"文化大革命",有这样一段对话:

"还有个章法没有?我可是当了一辈子安善良民,从来奉公守法。这会儿,全乱了。我这眼面前就跟'下黄土'似的,简直的,分不清东西南北了。"

"您多余操这份儿心。粮店还卖不卖棒子面?"

"卖!"

"还是的。有棒子面就行。……"

我们楼里有个小伙子,为一点事,打了开电梯的小姑娘一个嘴巴。我们都很生气,怎么可以打一个女孩子呢!我跟两个上了岁数的老北京(他们是"搬迁户",原来是住在胡同里的)说,大家应该主持正义,让小伙子当众向小姑娘认错,这二位同志说:"叫他认错?门儿也没有!忍着吧!——'穷忍着,富耐着,睡不着眯着'!""睡不着眯着"这话实在太精彩了!睡不着,别烦躁,别起急,眯着,北京人,真有你的!

北京的胡同在衰败,没落。除了少数"宅门"还在那里挺着,大部分民居的房屋都已经很残破,有的地基柱础甚至已经下沉,只有多半截还露在地面上。有些四合院门外还保存已失原形的拴马桩、上马石,记录着失去的荣华。有打不上水来的井眼、磨圆了棱角的石头棋盘,供人凭吊。西风残照,衰草离披,满目荒凉,毫无生气。

看看这些胡同的照片,不禁使人产生怀旧情绪,甚至有些伤感。但是这是无可奈何的事。在商品经济大潮的席卷之下,胡同和胡同文化总有一天会消失的。也许像西安的虾蟆陵,南京的乌衣巷,还会保留一两个名目,使人怅望低回。

再见吧,胡同。

一九九三年三月十五日(完)

注释：

[1]约(yāo)：用秤称。

[2]国子监：国子监是中国古代隋朝以后的中央官学，为中国古代教育体系中的最高学府，又称国子学或国子寺。

[3]祭酒：古时飨宴时酹酒祭神的长者，后亦以泛称年长或位尊者。又为学官名，主管国子监，相当于今天的大学校长。

[4]策源地：战争、社会运动等策动、起源的地方。

作者简介：

汪曾祺(1920年3月5日～1997年5月16日)，江苏高邮人。中国当代作家。以短篇小说和散文闻名。被视为京派作家。早年毕业于西南联大，历任中学教师、北京市文联干部、《北京文艺》编辑、北京京剧院编辑。在短篇小说创作上颇有成就。著有小说集《邂逅集》，小说《受戒》《大淖记事》，散文集《蒲桥集》，大部分作品收录在《汪曾祺全集》中。被誉为"抒情的人道主义者，中国最后一个纯粹的文人，中国最后一个士大夫"。

赏析：

这是一篇摄影作品集的序言，作者没有写成一篇关于照片的说明文字或是胡同回忆录，而是写成了一篇声情并茂的文化散文。普普通通的胡同在作者的笔下却洋溢着浓厚的文化气息，一些日常生活小事在作者看来，都是一种文化形态的表现。

胡同和四合院是北京的一大地域特色，曾经有人称古都文化为"胡同文化"和"四合院文化"，这一点也不为过。文化是一个内涵丰富、能反映生活全部的概念，它是无形的、抽象的，它依附于一个个有形的具象得以存在，如建筑、器皿、饮食、民俗风情等，这些是一个地域独特文化的载体，要想认识一个地域独特的文化，就先得打量这种文化依附的载体。"北京过去由千百万大大小小的四合院背靠背、面对面、平排并列有序地组成，为了出入方便，每排院落间必要留出通道，这就是胡同。"北京的大小胡同纵横交错，织成了荟萃万千的京城。胡同深处是无数温暖的家，由于民族传统的恋土守护意识，北京人对胡同有着不可言说的特殊感情。北京的胡同作为其古老文化的载体，具有一种永恒的魅力。

北京胡同到底有什么特点？文章的前半部分作者绘声绘色、饶有兴味地介绍了胡同的方位特点、产生、形成等，不但交代了很多的胡同知识，而且为下文阐释由胡同形成的胡同文化作了铺垫。在作者对一桩桩一件件的北京人生活细节的形象描绘中，暗含着胡同文化的深刻内涵：封闭、自足、忍耐、安分守己、逆来顺受。每一种抽象文化都依附于一个个具体的形象存在，而生活中许多我们司空见惯的事物也许都蕴含着某种深厚的地域文化，比如茶文化、酒文化、服装文化、旅游文化等，只要我们细细观察，认真体会，就会发现平淡的生活实际上常常充满着浓厚的文化气息。

从这篇文章中，我们不难看出作者对北京文化的熟悉了解之深和喜爱之情。比如，谈到胡同取名的来源如数家珍；又如，写胡同里那些熟悉的声音，似乎就响在耳旁；写北京人易于满足的生活，更是津津有味。但是随着城市建设的发展，自己所熟悉并钟爱的一切都将随着四合院、胡同的消失而消逝。作者只能抚摸着《胡同之没》里的一张张照片回忆往事,这怎能不让一个对传统文化情有独钟的老人心中生出无奈、惆怅之情!所以在文章的末尾作者不无感伤地写到"有些四合院门外还保存着已失原形的拴马桩、上马石,记录着失去的荣华……满目荒凉,毫无生气"。

稍微细心点,我们就会发现作者对胡同文化喜爱但并不迷恋,对其消亡感伤但并不悲惜。封闭保守的胡同文化在迅速发展的商品社会里,已不适应开放进取的现今时代,它的消亡是历史的必然,怀旧也好,伤感也好,无奈也好,都不能阻挡这一趋势。作者清醒地意识到这一点,所以他在表达自己的怅望低回之余,也豁达乐观地对着将逝的胡同文化道一声"再见吧,胡同"。

汪曾祺就是带着这样一种复杂的心情为正在消失的老胡同、已经枯朽的旧文化唱了一首哀而不伤的挽歌。

2.余秋雨《贵池傩》

贵池傩

一

傩[1],一个奇奇怪怪的字,许多文化程度不低的人也不认识它。它早已进入生僻字的行列,不定什么时候,还会从现代青年的知识词典中完全消失。

然而,这个字与中华民族的历史关系实在太深太远了。如果我们把目光稍稍从宫廷史官们的笔端离开,那么,山南海北的村野间都会隐隐升起这个神秘的字:傩。

傩在训诂学上的假借、转义过程,说来太烦。它的普通意义,是指人们在特定季节驱逐疫鬼的祭仪。人们埋头劳作了一年,到岁尾岁初,要抬起头来与神对对话了。要扭动一下身子,自己乐一乐,也让神乐一乐了。要把讨厌的鬼疫,狠狠地赶一赶了。对神,人们既有点谦恭畏惧,又不想失去自尊,表情颇为难做,干脆戴上面具,把人、神、巫、鬼搅成一气,在混混沌沌中歌舞呼号,简直分不清是对上天的祈求,还是对上天的强迫。反正,肃穆的朝拜气氛是不存在的,涌现出来的是一股蛮赫的精神狂潮:鬼,去你的吧!神,你看着办吧!

汉代,一次傩祭是牵动朝野上下的全民性活动,主持者和演出者数以百计,皇帝、大臣、一品至六品的官员都要观看,市井百姓也允许参加。

宋代,一次这样的活动已有千人以上参加,观看时的气氛则是山呼海动。

明代,傩戏演出时竟出现过万余人齐声呐喊的场面。

……

若要触摸中华民族的精神史,哪能置傩于不顾呢?

法国现代学者乔治·杜梅吉尔(Georges Dume'zil)提出过印欧古代文明的三元(tri-partie)结构模式,以古代印度、欧洲神话中不约而同地存在着主神、战神、民事神作为印证。

他认为这种三元结构在中国不存在,这似乎成了不可动摇的结论。但是如果我们略为关注一下傩神世界,很快就发现那里有宫廷傩、军傩、乡人傩,分别与主神、战神、民事神隐隐对应着。傩,潜伏着中国古代社会最基本的几个文明侧面。

时间已流逝到 20 世纪 80 年代,傩事究竟如何了呢?平心而论,几年前刚听到目前国内许多地方还保留着完好的傩仪活动时,我是大吃一惊的。我有心把它当作一件自己应该关注的事来对待,好好花点功夫。

1987 年 2 月,春节刚过,我挤上非常拥挤的长途汽车,向安徽贵池山区出发。据说,那里傩事挺盛。

二

从上海走向傩,毕竟有漫长的距离。田野在车窗外层层卷去,很快就卷出了它的本色。水泥围墙、电线杆确实不少,但它们仿佛竖得有点冷清;只要是农民自造的新屋,便立即浑身土艳,与大地抱在一起,亲亲热热。兀地横过一条柏油路,让人眼睛一亮,但四周一看,它又不太合群。包围着它的是延绵不绝的土墙、泥丘、浊沟、小摊、店招。当日的标语已经刷去,新贴上去的对联勾连着一个世纪前的记忆。路边有几个竹棚干着"打气补胎"的行当,不知怎么却写成了"打胎补气"。

汽车一站站停去,乘客在不断更替。终于,到九华山进香的妇女成了车中的主体。她们高声谈论,却不敢多看窗外。窗外,步行去九华山的人们慢慢地走着,他们远比坐车者虔诚。

这块灰黄的土地,怎么这样固执呢?固执得如此不合时宜。它慢条斯理地承受过一次次现代风暴,又依然款款地展露着自己苍老野拙的面容。坟丘在一圈圈增加,纸幡飘飘,野烧隐隐;下一代闯荡一阵、焦躁一阵,很快又雕满木讷的皱纹。路边墙上画着外国电影的海报,而我耳边,已响起傩祭的鼓声……

这鼓声使我回想起 30 多年前。一天,家乡的道士正躲在一处作法事。乐声悦耳,礼仪彬彬,头戴方帽的道士在为一位客死异地的乡人招魂。他报着亡灵返归的沿途地名,祈求这些地方的冥官放其通行。突然,道士身后涌出一群人,是小学的校长带着一批学生。他们麻利地没收了全部招魂用具,厉声勒令道士到村公所听训。

围观的村民被这个场面镇住了,那天傍晚吃晚饭的时候,几乎一切有小学生的家庭都发生了两代间的争论。父亲拍着筷子追打孩子,孩子流着眼泪逃出门外,三五成群地躲在草垛后面,想着课本上的英雄,记着老师的嘱咐,饿着肚子对抗迷信。月亮上来了,夜风正紧,孩子们抬头看看,抱紧双肩,心中比夜空还要明净:老师说了,这是月球,正围着地球在转;风,空气对流而成。

我实在搞不清是一段什么样的历史,使我小学的同学们,今天重又陷入宗教性的精神困顿。

我只知道一个事实:今天要去看的贵池傩仪傩戏,之所以保存得比较完好,却要归功于一位小学校长。

也是小学校长!

我静下心来,闭目细想,把我们的小学校长与他合成一体。我仿佛看见,这位老人在捉了许多次道士、讲了无数遍自然、地理、历史课之后,终于皱着眉头品味起身边的土地。接连的灾祸,犟韧的风俗,使他重新去捧读一本本史籍。熬过许多不眠之夜,他慢吞吞地从语文讲义后抽出几张白纸,走出门外,开始记录农民的田歌、俗谚,最后,犹豫再三,他敲响了早已改行的道士家的木门。

但是,我相信这位校长,他绝不会出尔反尔,再去动员道士张罗招魂的典仪。他坐在道士身边听了又听,选了又选,然后走进政府机关大门,对惊讶万分的干部们申述一条条的理由,要求保存傩文明。这种申述十分艰难,直到来自国外的文化考察者的来访,直到国内著名学者也来挨家挨户地打听,他的理由才被大体澄清。

于是,我也终于听到了有关傩的公开音讯。

三

单调的皮筒鼓响起来了。

山村不大,村民们全朝鼓声涌去,那是一个陈旧的祠堂。灰褐色的梁柱上新贴着驱疫祈福的条幅,正面有一高台,傩戏演出已经开场。

开始是傩舞,一小段一小段的。这是在请诸方神灵,请来的神也是人扮的,戴着面具,踏着锣鼓声舞蹈一回,算是给这个村结下了交情。神灵中有观音、魁星、财神、判官,也有关公。村民们在台下一一辨认妥当,觉得一年中该指靠的几位都来了,心中便觉安定。于是再来一段《打赤鸟》,赤鸟象征着天灾;又来一段《关公斩妖》,妖魔有着极广泛的含义。其中有一个妖魔被追,竟逃下台来,冲出祠堂,观看的村民哄然起身,也一起冲出祠堂紧追不舍。一直追到村口,那里早有人燃起野烧,点响一串鞭炮,终于把妖魔逐出村外。村民们抚掌而笑,又闹哄哄地涌回祠堂,继续观看。

如此来回折腾一番,演出舞台已延伸为整个村子,所有的村民都已裹卷其间,仿佛整个村子都在齐心协力地集体驱妖。火光在月色下闪动,鞭炮一次次蹿向夜空,确也气势夺人。在村民们心间,小小的舞台只点了一下由头,全部祭仪铺展得很大。他们在祭天地、日月、山川、祖宗,空间限度和时间限度都极其广阔,祠堂的围墙形同虚设。

接下来是演几段大戏。有的注重舞,有的注重唱。舞姿笨拙而简陋,让人想到远古。由于头戴面具,唱出的声音低哑不清,也像几百年前传来。有一重头唱段,由傩班的领班亲自完成。这是一位瘦小的老者,竟毫不化装,也无面具,只穿今日农民的寻常衣衫,在浑身披挂的演员们中间安稳坐下,戴上老花眼镜,一手拿一只新式保暖杯,一手翻开一个绵纸唱本,咿咿呀呀唱将起来。全台演员依据他的唱词而动作,极似木偶。这种演法,粗陋之极,也自由之极。既会让现代戏剧家嘲笑,也会让现代戏剧家惊讶。

平心而论,演出极不好看。许多研究者写论文盛赞其艺术高超,我只能对之抱歉。演者全非专业,平日皆是农民、工匠,荒疏长久,匆促登台,腿脚生硬,也只能如此了。演者中有不少年轻人,应是近年刚刚着手。估计是在国内外考察者来过之后,才走进傩仪队伍中来的。本来血气方刚、手脚灵便的他们，来学这般稚拙动作，看来更是牵强。就年龄论，他们应是我小学同学的儿子一辈。

演至半夜，休息一阵，演者们到祠堂边的小屋中吃"腰台"。"腰台"亦即夜宵，是村民对他们的犒赏。屋中摆开三桌，每桌中间置一圆底锅，锅内全是白花花的肥肉片，厚厚一层油腻浮在上面。再也没有其他菜肴，围着圆锅的是十只瓷酒杯，一小坛自酿烧酒已经开盖。

据说，吃完"腰台"，他们要演到天亮。从日落演到日出，谓之"两头红"，颇为吉利。

我已浑身发困，陪不下去了，约着几位同行者，离开了村子。住地离这里很远，我们要走一程长长的山路。走着走着，我越来越疑惑：刚才经历的，太像一个梦。

四

翻过一个山岙[2]，我们突然被一排火光围困。

又惊又惧，只得走近前去。拦径者一律山民打扮，举着松明火把，照着一条纸扎的龙。见到了我们，也不打招呼，只是大幅度地舞动起来，使我们不解其意，不知所措。舞完一段，才有一位站出，用难懂的土音大声说道："听说外来的客人到那个村子看傩去了，我们村也有，为什么不去？我们在这里等候多时！"

我们惶恐万分，只得柔声解释，说现在已是深更半夜，身体困乏，不能再去。

山民认真地打量着我们，最后终于提出条件，要我们站在这里，再看他们好好舞一回。

那好吧，我们静心观看。在这漆黑的深夜，在这阒无人迹的山坳间，看着火把的翻滚，看着举火把的壮健的手和满脸亮闪闪的汗珠，倒实在是一番雄健的美景，我们由衷地鼓起掌来。掌声方落，舞蹈也停，也不道再见，那火把，那纸龙，全都迤逦而去，顷刻消失在群兽般的山林中。

更像是梦，唯有鼻子还能嗅到刚刚燃过的松香味，信其为真。

我实在被这些梦困扰了。直到今天，仍然解脱不得。山村，一个个山村，重新延续起傩祭傩戏，这该算是一件什么样的事端？真诚倒也罢了，谁也改变不了民众真诚的作为；但那些戴着面具的青年农民，显然已不会真诚。文化，文化！难道为了文化学者们的考察兴趣，就让他们长久地如此跳腾？我的校长，您是不是把您的这一事业，稍稍做得太大了一点？

或许，也真是我们民族的自我复归和自我确认？那么，几百年的踉跄路程，竟都消失得无影无踪？

我们，相对于我们的祖先，总要摆脱一些什么吧？或许，我们过去摆脱得过于鲁莽，在这里才找到了摆脱的起点？要是这样，我们还要走一段多么可怕的长程。

傩祭傩戏中，确有许多东西，可以让我们追索属于我们的古老灵魂。但是，这种追索的代价，是否过于沉重？

前不久接到美国夏威夷大学的一封来信，说他们的刊物将发表我考察傩的一篇论文。我有点高兴，但又像做错了什么。我如此热情地向国外学术界报告着中国傩的种种特征，但在心底却又矛盾地珍藏着童年时的那个月夜，躲在草垛后面，用明净的心对着明净的天，痴想着月球的旋转和风的形成。

我的校长！真想再找到您，吐一吐我满心的疑问。

注释：

[1]傩（nuó）：许慎《说文解字》："傩，行人节也，从人，难声。"古人驱逐疫鬼，祓除不祥的迷信仪式，是原始的巫舞之一。傩源于原始社会的逐疫，甲骨文中即有室内驱赶疫鬼的卜辞。《论语·乡党》已有"乡人傩"的记载。到了汉代，宫迁每年举行"大傩"仪式。贵池的逐疫活动也称作"傩"，当是沿袭了中原的古代傩文化传统。贵池地处长江以南，古代为吴越和荆楚之地，所以，贵池傩又具有自己鲜明的地域文化特色，它是中原文化与越、楚文化长期交融的产物。

贵池傩绝大多数属于民间傩，即孔子所称的"乡人傩"。它是以宗族、社为单位，以傩事为载体，以请神敬祖、驱邪纳福为目的，以戴面具表演为特征，含夹着诸多文化要素的一种古老民间民俗文化。

[2]岙（ào）：浙江、福建等沿海一带称山间平地（多用于地名）。

作者简介：

余秋雨，1946年生，浙江余姚人。当代著名散文家，文化学者，艺术理论家，文化史学家。毕业于上海戏剧学院戏剧文学系。历任上海戏剧学院院长、教授，上海戏剧家协会副主席。1962年开始发表作品。1991年加入中国作家协会。在海内外出版过史论专著多部，曾被授予"国家级突出贡献专家""上海市十大高教精英"等荣誉称号。近年来在教学和学术研究之余所著散文集《文化苦旅》先后获上海市文学艺术优秀成果奖、台湾联合报读书最佳书奖、上海市出版一等奖等。余秋雨的艺术理论著作——《戏剧理论史稿》，在出版后次年即获全国首届戏剧理论著作奖，十年后获文化部全国优秀教材一等奖；《戏剧审美心理学》荣获上海市哲学社会科学著作奖。因《行者无疆》获得2002年度我国台湾白金作家奖。

赏析：

这是一篇探讨中华民族精神史的文化散文。本文通过对贵池山区傩舞、傩戏的情况介绍，展露了我国历史上曾经盛行过的一种文化风俗，呈现了中国古代社会的一个文明侧面，并警示我们要沿着科学的道路开创新世界。

全文有四个部分。

第一部分写傩的含义及傩在中国古代文明史上的影响和地位。文章一开首就揭开了傩的神秘面纱，傩是驱逐疫鬼的祭仪。中间历举汉、宋、明三个朝代的傩祭盛事，说明傩在中华民族精神史上曾产生过巨大影响。其后推出印欧古代文明的三元结构模式，指明内中的"主神、战神、民事神"在中国傩神世界中一应俱全。

第二部分主要写不同时期的两位校长对傩事采取的不同态度。先叙写奔赴贵池的途中，见到一些新旧事物交织在一起的不协调现象，看似闲笔，实则并非闲笔，作者是有意点明不少宗教信徒在现代生活中非常踊跃。然后笔锋一转，联想起20世纪50年代一位小学校长指使学生冲击法事的难忘一幕,表现出当时师生对道场活动的对峙情绪。谁知,在30年之后,另一位校长竟会主动走进政府机关,要求保存傩文明。这位老校长申述的理由及其合理性,作者没有明说,留待读者自己去思考。

第三部分具体写傩戏的演出情形。开始的傩舞已算热闹非凡,后面的傩戏更是气势夺人。这里的村民在傩事中心底虔诚,情绪高涨。作者感觉到"这种演法粗陋之极,也自由之极"。同时,作者又敏感地注意到,参加傩仪的青年初学者,动作稚拙,十分牵强。时至半夜,作者自觉"浑身发困",归途上怀疑自己刚才经历的是一场梦——一个复旧的梦。

第四部分写村村有傩事和一天来的感受。回去路上又被一群山民拦截,非要作者看他们的傩舞不可。紧接着,自然转入议论,这是本部分的重点。如此兴师动众,如此持久不息,如此狂热跳腾,若非亲目所睹是难以想象的,傩事可以让人追索古老的灵魂,但这种追索的代价实在过于沉重。篇末以童年时的美好回忆作结,怀念起那第一位小学校长。这个结尾意味深长。

《贵池傩》淋漓尽致地再现了傩事的场景,使人们真切地窥探到了一种古老的文化现象,形象地了解到了古代文明史上的一个重要侧面。然而,我们也发现,作者并不是在做一般性的遗风介绍。文章运用联想、对比、盲文结合的写法,以崭新的视角来审视傩事,提醒我们不能沉湎于复旧之梦,需要塑中华民族崇尚科学、进取发展的新形象。

3.洪昇《寒食》

寒食

七度逢寒食,何曾扫墓田。他乡长儿女,故国隔山川。
明月飞乌鹊[1],空山叫杜鹃[2]。高堂添白发,朝夕泪如泉。

注释:

[1]乌鹊:比喻客子无所依托。

[2]杜鹃:《史书·蜀王本纪》中,望帝禅位后化为杜鹃鸟,至春则啼,滴血则为杜鹃花,其声声啼叫是对亲人的呼唤,常用以形容哀痛之极;另相传是望帝杜宇死后的化身,他的灵魂变为一只杜鹃鸟。每年春季,杜鹃鸟飞来唤醒老百姓"快快布谷!快快布谷!"啼得流出了血,染红了漫山的杜鹃花。这便有了成语"子规啼血"。

作者简介:

洪昇(1645年~1704年),清代戏曲作家、诗人。字昉思,号稗畦,又号稗村、南屏樵者。汉族,钱塘(今浙江杭州市)人。生于世宦之家,康熙七年(1668年)北京国子监肄业,二十年均科举不第,白衣终身。代表作《长生殿》历经十年,三易其稿,于康熙二十七年(1688年)问世后引起社会轰动。次年因在孝懿皇后忌日演出《长生殿》,而被劾下狱,革去国子监监国,后离开北京返乡。晚年归钱塘,生活穷困潦倒。康熙四十三年,曹寅在南京排演全本《长生殿》,洪昇应邀前去观赏,事后在返回杭州途中,于乌镇醉酒后失足落水而死。洪昇与孔尚任并称"南洪北孔"。

赏析：

寒食节以其独特深厚的文化意蕴和美学价值，使唐宋以来诗人们留下了许多优美的诗篇。

王维从贬所回长安，在《寒食汜上作》中写下了凄婉的诗句："广武城边逢暮春，汶阳归客泪沾巾。落花寂寂啼归鸟，杨柳青青渡水人。"孟云卿的《寒食》："二月江南花满枝，他乡寒食远堪悲。贫居往往无烟火，不独明朝为子推。"韦应物的《寒食寄京城诸弟》写出了寒食春光里对兄弟们的思念，情意绵长："雨中禁火空斋冷，江上流莺独坐听。把酒看花想诸弟，杜陵寒食草青青。"韦庄则以轻松的笔调，写出了春天的清新："满街杨柳绿丝烟，画出清明二月天。好是隔帘花树动，女郎撩乱送秋千。"写寒食，最具影响力的当数韩翃。他的《寒食》诗"春城无处不飞花，寒食东风御柳斜。日暮汉宫传蜡烛，轻烟散入五侯家"，借汉喻唐，以古讽今，言近而旨远。

宋人的寒食诗多写得苍凉。王禹偁《寒食》诗："今年寒食在商山，山里风光亦可怜。稚子就花拈蛱蝶，人家依树系秋千。郊原晓绿初经雨，巷陌春阴乍禁烟。副使官闲莫惆怅，酒钱犹有撰碑钱。"写出了自己被贬作团练副使后的幽怨。陆游的《寒食》写三峡风光，另辟蹊径："峡云烘日欲成霞，瀼水成纹浅见沙。又向蛮方作寒食，强持卮酒对梨花。物如巢燕年年客，心羡游僧处处家。赖有春风能领略，一生相伴遍天涯。"表达了自己在失意中寻求解脱的心境。

寒食清明的风俗是扫墓。白居易《寒食野望吟》就写了寒食扫墓的凄凉："乌啼鹊噪昏乔木，清明寒食谁家哭。风吹旷野纸钱飞，古墓垒垒春草绿。棠梨花映白杨树，尽是死生别离处。冥冥重泉哭不闻，萧萧暮雨人归去。"

清朝戏曲大家洪昇，则在寒食这一天，想到了家乡与亲人，想到了自己读书、仕途一事无成，内心十分愤慨。1674年的一天，他远离家乡，外出求学，力求谋得一官半职来报答父老兄弟。但直到1680年寒食节的时候，七年时间过去了，他还是两手空空。有感于此，洪昇觉得有愧于家人，从而写下此诗。而一年前，父亲洪起鲛被人诬陷，遭送边疆去戍守，次年才获准回家乡杭州。现实生活的种种坎坷，令洪昇感慨不已，伤怀不尽。

作者此时远离故土奔赴京师。在熙熙攘攘的社会洪流中，洪昇并未跻身于官场，虽然他胸怀大志，希望能够济世图强。诗歌里，他的心情十分悲凉，觉得愧对祖先。再加上长久没有返回故乡而且路途遥远，思乡之情溢于言表。他感到自己就是无枝可依的月夜乌鹊，又好像啼血的杜鹃在空山里鸣叫。人处困境自然更容易思念家乡，思念父母。想到读书数年仍然无所成就，伤怀之情，哀怨之感，油然而生。

诗歌整体上充满了愧疚自责的心情，这包括对死者祖辈不敬，对生者父亲不孝。作者本身就是以孝敬、孝顺、孝心为最高敬老标准的学者，他被迫寄居京城，却又无法施展才华，心中的悔恨无法言说。这种笔法，令人联想邈远无际。

4.王羲之《兰亭集序》

兰亭集序

永和[1]九年,岁在癸丑,暮春[2]之初,会于会稽山阴[3]之兰亭,修禊[4]事也。群贤[5]毕[6]至,少长[7]咸[8]集。此地有崇山峻岭[9],茂林修竹[10],又有清流激湍[11],映带[12]左右,引以为流觞曲水[13],列坐其次[14]。虽无丝竹管弦之盛[15],一觞一咏[16],亦足以畅叙幽情[17]。

是日也[18],天朗气清,惠风[19]和畅。仰观宇宙之大,俯察品类之盛[20],所以[21]游目骋[22]怀,足以极[23]视听之娱,信[24]可乐也。

夫人之相与,俯仰一世[25]。或取诸[26]怀抱,晤言[27]一室之内;或因寄所托,放浪形骸之外[28]。虽趣舍万殊[29],静躁[30]不同,当其欣于所遇,暂得于己,快然自足[31],不知老之将至[32];及其所之既倦[33],情随事迁[34],感慨系之[35]矣。向[36]之所欣,俯仰之间,已为陈迹[37],犹不能不以之兴怀[38],况修短随化[39],终期[40]于尽!古人云:"死生亦大矣。"[41]岂不痛哉!

每览昔人兴感之由,若合一契[42],未尝不临文嗟悼[43],不能喻[44]之于怀。固知一死生为虚诞,齐彭殇为妄作[45]。后之视今,亦犹今之视昔,悲夫!故列叙时人[46],录其所述[47],虽世殊事异[48],所以兴怀,其致一也[49]。后之览者[50],亦将有感于斯文[51]。

注释:

[1]永和:晋穆帝年号,345年~356年,上巳节,王羲之与谢安、孙绰、支遁等名士共四十一人在兰亭集会,举行禊礼,饮酒赋诗,事后将作品结为一集,由王羲之写了这篇序总述其事。

[2]暮春:春季的末一个月。

[3]会稽:郡名,包括今浙江西部、江苏东南部一带地方。山阴:今浙江绍兴。

[4]修禊:这次聚会是为了举行禊礼。古代习俗,于阴历三月上旬的巳日(魏以后定为三月三日),人们群聚于水滨嬉戏洗濯,以祓除不祥和求福。实际上这是古人的一种游春活动。

[5]群贤:指谢安等名流。

[6]毕:全部。

[7]少长:指不同年龄的社会名流。如王羲之的儿子王凝之、王徽之是少;谢安、王羲之是长。少长:形容词作名词。

[8]咸:都。

[9]崇山峻岭:高峻的山岭。

[10]修竹:高高的竹子。

[11]激湍:流势很急的水。

[12]映带:映衬、围绕。

[13]流觞曲水:用漆制的酒杯盛酒,放入弯曲的水道中任其漂流,杯停在某人面前,某人就引杯饮酒。这是古人一种劝酒取乐的方式。流:使动用法。

[14]列坐其次:列坐在曲水之旁。列坐:排列而坐。次:旁边,水边。

[15]丝竹管弦之盛:演奏音乐的盛况。盛:盛大。

[16]一觞一咏:喝点酒,作点诗。

[17]幽情:幽深内藏的感情。

[18]是日也:这一天。

[19]惠风:和风。

[20]品类之盛:万物的繁多。品类:指自然界的万物。

[21]所以:用来。

[22]骋:奔驰,敞开。

[23]极:穷尽。

[24]信:实在。

[25]夫人之相与,俯仰一世:人与人相交往,很快便度过一生。夫:引起下文的助词。相与:相处、相交往。俯仰:一俯一仰之间,表示时间的短暂。

[26]取诸:从……中取得。

[27]晤言:坦诚交谈。《晋书·王羲之传》《全晋文》均作"悟言"("悟"通"晤"),指心领神会的妙悟之言。亦通。一说,对面交谈。

[28]因寄所托,放浪形骸之外:就着自己所爱好的事物,寄托自己的情怀,不受约束,放纵无羁的生活。因:依、随着。寄:寄托。所托:所爱好的事物。放浪:放纵、无拘束。形骸:身体、形体。

[29]趣舍万殊:各有各的爱好。趣:趋向,取向。舍:舍弃。万殊:千差万别。

[30]静躁:安静与躁动。

[31]快然自足:感到高兴和满足。

[32]不知老之将至:不知道衰老将要到来。语出《论语·述而》:"其为人也,发愤忘食,乐以忘忧,不知老之将至云尔。"

[33]所之既倦:(对于)所喜爱或得到的事物已经厌倦。之:往、到达。

[34]情随事迁:感情随着事物的变化而变化。

[35]感慨系之:感慨随着产生。系:附着。

[36]向:过去、以前。

[37]陈迹:旧迹。

[38]以之兴怀:因它而引起心中的感触。以:因。之:指"向之所欣……以为陈迹"。兴:发生、引起。

[39]修短随化:寿命长短听凭造化。化:自然。

[40]期:至、及。

[41]死生亦大矣:死生毕竟是件大事啊。语出《庄子·德充符》。判断句。

[42]契:符契,古代的一种信物。在符契上刻上字,剖而为二,各执一半,作为凭证。

[43]临文嗟悼:读古人文章时叹息哀伤。临:面对。

[44]喻:明白。

[45]固知一死生为虚诞,齐彭殇为妄作:本来知道把死和生等同起来的说法是不真实的,把长寿和短命等同起来的说法是妄造的。固:本来、当然。一:把……看作一样。齐:把……看作相等,都用作动词。虚诞:虚妄荒诞的话。殇:未成年死去的人。妄作:妄造、胡说。一生死,齐彭殇,都是庄子的看法。

[46]列叙时人:一个一个记下当时与会的人。

[47]录其所述:录下他们作的诗。

[48]虽世殊事异:纵使时代变了,事情不同了。虽,纵使。

[49]其致一也:人们的思想情趣是一样的。

[50]后之览者:后世的读者。

[51]斯文:这次集会的诗文。

作者简介:

王羲之(303年～361年,另作321年～379年),字逸少。原籍琅琊人(今属山东临沂),后徙居山阴(今浙江绍兴)。官至右军将军,会稽内史,故世称王右军、王会稽。他出身于两晋的名门望族。

赏析:

《兰亭集序》是一篇宴集序。文中记述了王羲之在永和九年三月三日参加宴集的情况。永和九年(干支记年为癸丑年),即公元353年暮春,为举行禊事之礼(古代的一种风俗,人们聚集于水旁,借清水洗濯,寄托着消除灾祸之意,后代变为游春节日),王羲之与谢安、孙绰等"少长群贤"共计四十一人在会稽郡山阴县(今浙江绍兴)的兰亭聚会。大家一觞一咏、载笑载言、饮酒赋诗……最终,将所写诗篇结集成册,名之《兰亭集》,由王羲之为之作序,即《兰亭集序》。

全文共四段。前两段写聚会的场面,以写景叙事为主;后两段写由宴集而生发的感想,重在议论抒情。从艺术氛围来看,前两段"濯濯如春日柳"温和明丽;后两段则隐隐透露着深贯肌骨的寒意,悲远怆然,令人感到如被冰雪。一段"信可乐也"的欢悦旋律戛然而止,代之以"死生亦大矣"的沉痛咏叹。表面上似乎不可理喻,而深究一番便会领悟到:前后两部分并不割裂,而是密切关联的。正因为有前文的"乐"才有后文的"痛",有前文的"喜"才有后文的"哀"。这"哀""乐"之间的联系正凸显出王羲之等魏晋时人对人生的自觉、对生命的执着。

前两段文字展示了暮春时节、山水掩映之下,一群志趣投合,少长融洽的文人雅士共聚一亭,饮酒赋诗、悠游行乐的景象。文章中的景物描写只是白描式的概括性描述,而在有限的两段文字中，对"人的活动"的描写却贯穿始终。从第一段的"群贤毕至，少长咸集""引以为流觞曲水，列坐其次。虽无丝竹管弦之盛，一觞一咏，亦足以畅叙幽情"，到第二段的"仰观宇宙之大，俯察品类之盛，所以游目骋怀，足以极视听之娱，信可乐也"，足见作者是以兰亭宴集这一赏心乐事为文章前两段的主体，景致描写则是必要的衬托与装饰。作者所关注的是人事而非自然，是主观感受而非客观外物。这正是魏晋崇尚人的内在精神气质、格调风度的关注和表现的具体诠释。

前两段对人的活动的描摹，突出一个"乐"字。有人际和谐之乐的"群贤毕至，少长咸集"；有畅所欲言、倾诉衷肠之乐的"一觞一咏，亦足以畅叙幽情"；有释放感官，思接千里，神游万物之乐的"仰观宇宙之大，俯察品类之盛"，"游目骋怀，足以极视听之娱"。这一切的"乐"又恰与时光的华年、山水的芳容融为一体，这可遇而不可求的难得际遇怎不叫人发出"信可乐也"的由衷感喟呢？

然而任何事物都是相对的。有天佐其时、地利其便、人事和谐的生之乐，就会有时不我待、物是人非、人事代谢的死之痛，更何况是身处动荡多变的政局之中、权力斗争的杀伐之间，时常与死亡、无常谋面的魏晋时人呢？他们往往更容易将生与死、乐与哀敏感地联系起来。

文章的后两段即抒写了由乐而哀而痛的情怀。"当其欣于所遇，暂得于己，快然自足，不知老之将至"、"向之所欣，俯仰之间，已为陈迹，犹不能不以之兴怀，况修短随化，终期于尽！古人云：'死生亦大矣。'岂不痛哉！"作者由眼前的"乐"想到了快乐易逝、人生苦短以及生老病死的必然。正如其所述，人生存于世间，当遇到快乐的事情时，都容易沉醉其中，在浑然忘我之时却不知时光之舟已载着自己一步步地走向衰老，甚至死亡。那曾经的快乐只留给人一点点感慨罢了。而"修短随化，终期于尽"，人的寿命长短全凭冥冥之中的造化所掌控，非人力所能企及，然而最终无论年老还是年少，寿长抑或寿短，世间万物都难逃一死……可以想见，作者正享受着生之快乐的时候，忽然意识到衰老和死亡的临近和不可回避，怎能不哀随乐生、悲从中来，吟讴"死生亦大矣"的古训而发出"岂不痛哉"的嗟悼呢？

看清"一死生为虚诞，齐彭殇为妄作"的人生真相固然令作者伤感，然而这种惨烈的清醒却激发了其对生命不朽、心灵安宁的更为坚定执着的追求。《兰亭集序》的结尾"故列叙时人，录其所述，虽世殊事异，所以兴怀，其致一也。后之览者，亦将有感于斯文"，就是意味深长的一笔。虽然人生易老、终期于尽，但俯仰一世还是可以留下一些痕迹以告慰自己、勉励后人的。"后之览者，亦将有感于斯文"，便足矣。

《兰亭集序》中由乐而哀的情感变化；对生之乐、死之痛的凝视与深思以及最终"以文传与后世"的做法，都折射出那个时代人生观、世界观的共同特征。（徐瑾·王羲之《兰亭集序》赏析，文学教育，2008.10.）

5.黄裳《喜迁莺》

喜迁莺

梅霖[1]初歇。乍绛蕊海榴,争开时节。角黍[2]包金,香蒲[3]切玉,是处玳筵[4]罗列。斗巧[5]尽输少年,玉腕彩丝双结[6]。舣彩舫[7],看龙舟两两[8],波心齐发。

奇绝。难画处,激起浪花,飞作湖间雪。画鼓喧雷[9],红旗闪电,夺罢锦标方彻[10]。望中水天日暮,犹见朱帘高揭[11]。归棹晚,载荷花十里,一钩[12]新月。

注释:

[1]梅霖:梅雨。

[2]角黍:粽子,因以芦叶裹成角状,故名。晋周处《风土记》:"仲夏端午,烹鹜角黍。"

[3]香蒲:草名,可供食用。金、玉:极言其精致、珍贵。

[4]玳筵:以玳瑁装饰坐具的宴席。这几句写宴会之盛。

[5]斗巧:比赛技巧。南朝·梁·宗懔《荆楚岁时记》载:"五月五日,四民并踏百草,又有斗百草之戏。"

[6]玉腕:雪白的手腕,指代女子。彩丝双结:把彩丝联结在手腕上。《荆楚岁时记》:"以五彩丝系臂,名曰辟兵,令人不病瘟。"此两句意谓青年男女用五彩丝缠了手臂在一起斗草游戏。

[7]舣彩舫:把彩船停靠在岸边,舣船拢岸。

[8]两两:一双双,一对对。

[9]喧雷:喧响声如雷。

[10]方彻:才完结。

[11]高揭:高高掀起,指日暮仍有人观竞渡。

[12]钩:形容新月如钩。

作者简介:

黄裳(1044年~1130年),字勉仲,延平(今福建南平)人。神宗元丰五年(1082年)进士第一。历官端明殿学士、礼部尚书。卒赠少傅。著有《演山先生文集》《演山词》。其词语言明艳,如春水碧玉,让人心醉。《喜迁莺》正体现了词人语言的明艳风格,读来使人感到畅快淋漓,心醉不已。

赏析:

端午(农历五月初五),我国民间传统节日。本名"端五"。《太平御览》卷三十一引《风土记》:"仲夏端午。端者,初也"。亦名"端午""重五""重午"。民间有端午吃粽子、赛龙舟、吊屈原等风俗。

此词上阕先写端午自然风光,此时梅雨刚刚停歇,正是深红色的石榴花争开的时节。作者在这样美好的时令里,继而描绘了端午的宴会盛大的场面,人们竞相"玳筵罗列",快乐地尝角黍、品香蒲,青年男女用五彩丝缠了手臂在一起玩着斗草的游戏。而竞龙舟是端午宴中最盛大的习俗,此时湖上的彩船已经靠拢在岸边,而参加竞技的龙舟一双双一对对地在湖心处争先恐后地划出了起点。

词的下阕更状写了难以描绘的竞渡场面。船桨激起的湖水飞溅起来如同白雪一样,岸边绘着彩纹的鼓发出震耳欲聋的喧响,声震如雷,挥舞着、飘扬着的红旗如同一道道的闪电映入人眼,人们都激动兴奋地等着争夺锦标。众人在岸边观看端午竞渡,直至日暮仍有人在观竞渡。归去时,作者荡舟在广阔的莲花花海中,远远的天边升起了一钩弯弯的初五新月。

黄裳的这首词描绘了一幅端午风俗图,图中有飨宴、斗草之戏、龙舟竞渡……有点有面,有叙有议,声与色齐作,景与情交融。音节嘹亮,造语清圆,色泽艳丽,感情欢快。写出了人们欢度佳节的畅快与欢愉,展现了一幅生动活泼的节庆场景。

6.张岱《西湖七月半》

西湖七月半

西湖七月半,一无可看,止可看看七月半之人[1]。看七月半之人,以五类看之[2]。其一,楼船箫鼓[3],峨冠盛筵[4],灯火优傒[5],声光相乱,名为看月而实不见月者,看之[6]。其一,亦船亦楼,名娃闺秀[7],携及童娈[8],笑啼杂之,环坐露台[9],左右盼望[10],身在月下而实不看月者,看之。其一,亦船亦声歌,名妓闲僧,浅斟低唱[11],弱管轻丝[12],竹肉相发[13],亦在月下,亦看月而欲人看其看月者,看之。其一,不舟不车[14],不衫不帻,酒醉饭饱,呼群三五[15],跻入人丛[16],昭庆、断桥[17],嚣[18]呼嘈杂,装假醉,唱无腔曲[19],月亦看,看月者亦看,不看月者亦看,而实无一看者,看之。其一,小船轻幌[20],净几暖炉,茶铛旋煮[21],素瓷静递[22],好友佳人,邀月同坐,或匿影[23]树下,或逃嚣里湖[24],看月而人不见其看月之态,亦不作意[25]看月者,看之。

杭人[26]游湖,巳出酉归[27],避月如仇。是夕好名[28],逐队争出,多犒门军酒钱[29]。轿夫擎燎[30],列俟岸上[31]。一入舟,速舟子急放断桥[32],赶入胜会。以故二鼓[33]以前,人声鼓吹[34],如沸如撼[35],如魇如呓[36],如聋如哑[37]。大船小船一齐凑岸,一无所见,止见篙击篙[38],舟触舟,肩摩[39]肩,面看面而已。少刻兴尽,官府席散,皂隶喝道去[40]。轿夫叫,船上人怖以关门[41],灯笼火把如列星[42],一一簇拥而去。岸上人亦逐队赶门,渐稀渐薄,顷刻散尽矣。

吾辈始舣舟近岸[43],断桥石磴[44]始凉,席其上[45],呼客纵饮[46]。此时月如镜新磨[47],山复整妆,湖复颒面[48],向[49]之浅斟低唱者出,匿影树下者亦出。吾辈往通声气[50],拉与同坐。韵友[51]来,名妓至,杯箸安[52],竹肉发。月色苍凉,东方将白,客方散去。吾辈纵舟[53],酣睡于十里荷花之中,香气拍人[54],清梦甚惬[55]。

注释：

[1]"止可看"句：谓只可看那些来看七月半景致的人。止：同"只"。

[2]以五类看之：把看七月半的人分作五类来看。

[3]楼船：指考究的有楼的大船。箫鼓：指吹打音乐。

[4]峨冠：头戴高冠，指士大夫。盛筵：摆着丰盛的酒筵。

[5]优傒(xī)：优伶和仆役。

[6]看之：谓要看这一类人。下四类叙述末尾的"看之"同。

[7]娃：美女。闺秀：有才德的女子。

[8]童娈(luán)：容貌美好的家童。

[9]露台：船上露天的平台。

[10]盼望：都是看的意思。

[11]浅斟：慢慢地喝酒。低唱：轻声地吟哦。

[12]弱管轻丝：谓轻柔的管弦音乐。

[13]竹肉：指管乐和歌喉。

[14]"不舟"二句：不坐船，不乘车；不穿长衫，不戴头巾，指放荡随便。帻(zé)：头巾。

[15]呼群三五：呼唤朋友，三五成群。

[16]跻(jī)：通"挤"。

[17]昭庆：寺名。断桥：西湖白堤的桥名。

[18]嚣：呼叫。

[19]无腔曲：没有腔调的歌曲，形容唱得乱七八糟。

[20]幌(huǎng)：窗幔。

[21]铛(chēng)：温茶、酒的器具。旋(xuàn)：随时，随即。

[22]素瓷静递：雅洁的瓷杯无声地传递。

[23]匿(nì)影：藏身。

[24]逃嚣：躲避喧闹。里湖：西湖的白堤以北部分。

[25]作意：故意，作出某种姿态。

[26]杭人：杭州人。

[27]巳(sì)：巳时，约为上午九时至十一时。酉：酉时，约为下午五时至七时。

[28]是夕好名：七月十五这天夜晚，人们喜欢这个名目。名：指"中元节"的名目，等于说"名堂"。

[29]犒(kào)：用酒食或财物慰劳。门军：守城门的军士。

[30]擎(qíng)：举。燎(liào)：火把。

[31]列俟(sì)：排着队等候。

[32]速：催促。舟子：船夫。放：开船。

[33]二鼓：二更，约为夜里十一点左右。

[34]鼓吹：指鼓、钲、箫、笳等打击乐器、管弦乐器奏出的乐曲。

[35]如沸如撼：像水沸腾，像物体震撼，形容喧嚷。

[36]魇（yǎn）：梦中惊叫。呓：说梦话。这句指在喧嚷中种种怪声。

[37]如聋如哑：指喧闹中震耳欲聋，自己说话别人听不见。

[38]篙：用竹竿或杉木做成的撑船的工具。

[39]摩：碰，触。

[40]皂隶：衙门的差役。喝道：官员出行，衙役在前边吆喝开道。

[41]怖以关门：用关城门恐吓。

[42]列星：分布在天空的星星。

[43]舣（yǐ）：通"移"，移动船使船停靠岸边。浙江沿海一带船上用语颇为讲究，凡事以吉利为上，移（有迁移之嫌，船上以船为家）船上不可说王（亡谐音），陈（沉谐音）说王为黄，陈为沈，如今上海、浙江沿海一带袭用。

[44]磴（dèng）：石头台阶。

[45]席其上：在石磴上摆设酒筵。

[46]纵饮：尽情喝。

[47]镜新磨：刚磨制成的镜子。古代以铜为镜，磨制而成。

[48]颒（huì）面：洗脸。

[49]向：方才，先前。

[50]往通声气：过去打招呼。

[51]韵友：风雅的朋友，诗友。

[52]箸（zhù）：筷子。安：放好。

[53]纵舟：放开船。

[54]拍：扑。

[55]惬（qiè）：快意。

作者简介：

张岱（1597年～1689年），明末清初文学家。字宗子、石公，又名维城，别号蝶庵居士，晚号六休居士，号陶庵，浙江山阴（今绍兴）人，汉族，寓居杭州。出生仕宦世家，少为富贵公子，精于茶艺鉴赏，明亡后不仕，隐居著述，卓有成就，和王思任、祁彪佳，并称晚明"三才子"。文笔清新，时杂诙谐，作品多写山水景物、日常琐事，不少作品表现其明亡后的怀旧感伤情绪。张岱最擅长散文，以小品文著称，文笔流丽清新。著有《琅嬛文集》《陶庵梦忆》《西湖梦寻》《三不朽图赞》《夜航船》等绝代文学名著，堪称晚明小品的集大成者。又有《石匮书》，现存《石匮书后集》，记载明朝末年崇祯年间（1628年～1644年）及南明王朝的史事。

赏析：

本文描述了明末杭州人七月半中元节游西湖的盛况，以简练的文笔，重现了当时的西湖景色和世风民情。并通过对各类游客看月情态的描摹刻画，嘲讽达官显贵附庸风雅的丑态和市井百姓赶凑热闹的俗气，标榜文人雅士清高拔俗的情趣。褒贬不尽妥当，但立意颇为别致。

作为"看月者"的张岱，并没有从一开始就看月，而是细细地看起了其他看月的人。第一种人是名门贵族，由一群仆人、歌伎伺候着，坐在月下，看的却是灯影中的歌舞和嬉笑。第二种人是名娃闺秀，把自己的所谓美丽与优雅秀在露台上，只顾谈笑，却忘了头顶的月。第三种人是僧人、名妓，和着曲声看月，却也期待着别人的注目。第四种人是衣冠不整的醉汉，来回乱闯，大呼小叫，他们看所有的景，所有的人，也什么都不看。第五种人是一群共坐的友人，煮些小茶，饮些小酒，他们坐在隐匿之处，看月，而不愿被人看。对于这种种社会人士，张岱并没有用一言一词加以讽刺或感慨，却以自己的兴致与情趣逐一反驳了五种"七月半之人"。

"吾辈始舣舟近岸，断桥石磴始凉，席其上，呼客纵饮。"张岱真正开始赏月，是在一切喧闹散尽之后。"向之浅斟低唱者出，匿影树下者亦出。吾辈往通声气，拉与同坐。"张岱首先选择的是第五种人，这明显带有他自身的兴致意向，即一种略显孤傲的高洁与清静。这类人是张岱欣赏的挚友，或者说，是张岱自己的一面镜子。与这样的友人在一起，即是与他自己在一起。之后，在前四种人中出现过的身影或场景也纷至沓来，"韵友来，名妓至，杯箸安，竹肉发"。值得注意的是，张岱对第五种人的大体上的肯定，并不代表对前四种场面的完全摈弃，在嘲讽世俗的同时，也明显流露出一种近俗倾向。他依旧选择了前四种场面中符合自身意趣的部分，如清雅的歌声、恬淡的小酌，他并不是高高在上的所谓君子，而是怀着一颗能够欣赏名妓弹唱的心，似乎是很容易就融入尘世中。但是实际上，他在这样闲适不羁的表象下显露出的是一个特立独行的人格，以温柔为表，以孤傲为里。在一群"韵友"当中，他看似闲散随意，却让一切的景物都符合了他的气息。就像是周围的景致，"月如镜新磨，山复整妆，湖复颒面"，在成群的所谓"看月人"走后，张岱才开始赏月。为了自己所寻求的氛围，他可以慢慢等待，直到"人去楼空"，才能够满足渴望的境界。这也是他与他所肯定的第五种人最不相同的地方。第五种人虽然可以邀为座上客，可以算是意趣相投，但总还是相差那么一点点，而这"一点点"，便是等候，以及在等候中观察的过程。如果说第五种人是纯粹的"隐"，那么张岱就是能够在"隐"与"见"中来去自由的人，在玩味世态之后，他依旧能够一尘不染。

张岱写七月半的西湖，可谓是尽兴而又无情。谓之尽兴，是因为从场面上来看，张岱笔下的昔日杭州市井活泼而充满张力。先有"一入舟，速舟子急放断桥，赶入胜会"，后有"人声鼓吹，如沸如撼，如魇如呓，如聋如哑"，再有"大船小船一齐凑岸，一无所见，止见篙击篙，舟触舟，肩摩肩，面看面而已"，如此沸腾热烈的场面描写有序而真实，仿佛一幅属于西湖的《清明上河图》，虽没有肉眼可见的图画，形象却可以在脑海中栩栩如生。而另一方面谓之无情，则是因为张岱自己并没有将感情投入笔下的繁华，相反地，却以一种冷眼相观的态度审视眼前的世界。无论是写"是夕好名，逐队争出，多犒门军酒钱。轿夫擎燎，列俟岸上"，还是写"少刻兴尽，官府席散，皂隶喝道去"，或是写"轿夫叫，船上人，怖以关门，灯笼火把如列星，一一簇拥而去"，张岱都是一个彻底的旁观者。他以冷静的态度面对身前身后的喧嚣，不带任何欣喜或愤慨的感情。如果硬要说这种无情中多少带有一些感情的话，那么这种感情应该是一种不以为然的嘲讽。对于西湖看月的景象，张岱不声不响地加以描述，他是一个坐在整个世界之外的看客，对于整个世界，他是一个热心的讲述者，却也是一个漠然的参与者，他自身的意趣把世态炎凉隔绝在千里之外。

7.舒婷《惠安女子》

惠安女子

野火在远方，远方
在你琥珀色的眼睛里

以古老部落的银饰
约束柔软的腰肢
幸福虽不可预期，但少女的梦
蒲公英一般徐徐落在海面上
啊，浪花无边无际

天生不爱倾诉苦难
并非苦难已经永远绝迹
当洞箫和琵琶在晚照中
唤醒普遍的忧伤
你把头巾一角轻轻咬在嘴里

这样优美地站在海天之间
令人忽略了：你的裸足
所踩过的碱滩和礁石

于是，在封面和插图中
你成为风景，成为传奇

作者简介：

舒婷，原名龚佩瑜，1952年出生，祖籍福建泉州。当代女诗人，朦胧诗派的代表作家之一，与北岛、顾城齐名。1979年开始发表诗歌作品。1980年到福建省文联工作，从事专业写作。著有诗集《双桅船》、《会唱歌的鸢尾花》、《始祖鸟》，散文集《心烟》、《秋天的情绪》、

《硬骨凌霄》、《露珠里的"诗想"》、《舒婷文集》(3卷)、《真水无香》等。

赏析:

《惠安女子》是舒婷实现女性书写的代表性作品,它集中表达了作者对惠安女子优秀品质的赞美及对她们苦难人生的关怀。惠安女子是我国福建省惠安县沿海几个村镇汉民族妇女群体,那儿的男子长年漂泊在海上,"留守"几乎是所有惠安女子的现实处境。但长期以来她们一直默默隐忍了生活的苦涩,以勤劳、温良、孝顺呼应着传统文化期待。舒婷通过她独特的女性情感体验贴近这些女子,这首诗是唱给她们的一首悲悯的歌。

"野火在远方,远方/在你琥珀色的眼睛里",诗的第一段诗人用"远方野火""琥珀色的眼睛"这两个意象让女性与历史对话,展示了惠安女子与古老民族女性的意蕴叠加。给人以历史沧桑之美感,与尾句"风景""传奇"互相对照、映衬。

第二节首先描绘了惠安女子独特的外形服饰,但诗人随即将笔触轻轻一提,转向了惠安女子对幸福的追寻。从"古老部落"到"约束柔软的腰肢",昭示着女性成为"风景",成为"传奇"之中是她们悲苦的命运,可叹的人生,"幸福虽不可预期,但少女的梦/蒲公英一般徐徐落在海面上/啊,浪花无边无际"——现实中的女性与历史中的女性一样,在少女丰富多彩的梦中殒没了自己的希望,"历史"连梦也没有给女性多少慰藉与甜蜜。她们如此悉心打扮,站立在海边,无数次希望的破灭也并没有动摇她们的信心。正因如此,她们在对外在服饰追求中的悲剧意味更凸显了出来。

诗的第三段,是一幅意味浓郁的动人风景。与上段的"蒲公英"、"波动的浪花"形成对应,动静结合,协调统一。第三小节是诗人对惠安女子坚忍个性的刻画。"洞箫""琵琶""晚照"等意象为惠安女子的忧伤增添了古韵,使这份忧伤有了历史的纵深感。"天生不爱倾诉苦难/并非苦难已经永远绝迹"这是女性(惠安女子为代表)在历史不正常的惯性下所体现的无奈与绝望。而"晚照""唤醒普遍的忧伤"时,惠安女性表现了她们一惯的面对或者说承受方式——"把头巾一角轻轻咬在嘴里"。一个"咬"字写出了一种动感,包含了惠安女子对所有不幸的饮吞和她们的自制。正是这样的凄美与"头巾"一起让女性在历史中落下了"传奇"的色彩。这种畸形的审美情趣,让惠安女子在世人的眼中被漠视了苦难本身。

同时诗人也从这一角度提醒读者的思索。女性的命运并没有"历史的终结"。女性的地位转移任重而道远。诗人企图揭开"惠安女子"的"头巾"让人们真正看到美丽掩盖下历史性的创伤,女子的悲苦,也显示出诗人强烈的女性意识。

8.史小溪《陕北八月天》

陕北八月天

八月,陕北金灿灿的收获季节到了。

朋友,你知道么,如果说陕北最美丽最明媚的季节是农家四月山丹丹花开的时候,那么,我告诉你吧,陕北,最美丽最富饶的季节是农家八月天。

当节气进入八月的时令，博大慈祥的黄土高原便摇曳着，鼓荡着，喧哗着，向你袒露出丰满、迷人的秋色。

唯有这个季节，高原才暂时隐去了她荒凉贫瘠的本色，向人们宽厚而无私地奉献出果实和收获。

现在，面向八月的高原，糜谷是黄灿灿的，高粱是红彤彤的，荞麦是粉楚楚的，棉花是白生生的，绿豆荚是黑玖玖的，白菜是绿莹莹的，玉蜀黍亮开自己金黄的肤色，烤烟袒露出它青油油的胸脯……五彩斑斓的秋色错落有致地塞满沟沟壑壑，山山洼洼，川川畔畔。轻风刮过，山洼沟壑的庄稼间，散发出甜蜜气味，川野河谷，像少女的黄裙子灼灼燃烧。

田野上最后几株迟放的向日葵也黄澄澄的，吸引着几只翩翩起舞的黄蝴蝶，充满黄色的芳香。宁静温馨的小径边，孩子们推着自己那用高粱秸穿南瓜折叠而成的独轮车，尽是这样的小车，吱吱呀呀，黄皮子大南瓜旋转，旋转，徐徐地伸展，呵，许久未见到这样的情景了，它令人想起法国象征派诗人凡尔·哈仑笔下的风轮……

八月的馨风掀动川野和山梁的糜海、谷浪、红高粱。那些豆荚、黍稷荡漾着，它们锥形的筒状的寻状的纺锤状的哈姆雷特一样的穗子摇晃着，它们宽阔的窄厚的狭长的针形的线状的叶片碰撞着，不断飒飒作响。不到陕北，你是领略不到这种五谷杂粮丰收的气势和景象的。呵，这时你温习陕北那些形容庄稼大丰收的家谚吧："荞三麦四豆八颗"，"好了刀把齐，不好端挖起。"是的，当你抚摸一爪结三粒的饱满荞麦，当你剥开一荚作颗的滚圆豆粒，当你挥镰割着又粗又壮、刀把子般齐刷刷的金谷，你想到农家为这丰收所付出的辛勤劳动么？"三伏鸡刨出，强似立秋细搂锄"。"七遍棉花八遍花，九遍老麻子实屹爪"。实屹爪，是果实累累的陕北土语，而这累累果实，需要农家九番精耕细锄呵！于是，高原赭黄色的土地上，高原三伏莽烈而粗野的太阳下，一群高原的子孙，蘸着心血、汗滴，调配着丰秋最初的色彩……

俗话说：秋风糜子寒露谷，霜降之前刨红薯。进入这些八月的农家节气，紧张的收割便开始了。

这时候，长天辽远高爽，蓝格瓦瓦的。蓝天下的金山碧野，到处可见赤脚裸膀的农人，他们挥镰开割，任八月的艳阳浴着他们黧黑的脊梁……

偶尔，那高一声低一声的古老的信天游就顺着山洼飘过来：

崖畔上开花崖畔上红，

受苦人盼望过好光景。

打碗碗花就地开，

我把你的白脸脸转过来。

——山野八月袅袅回应的山歌呀，浑厚而悠长！

信天游，也叫顺天游，酸曲儿，是陕北广泛流传的山歌，赶脚的人吆上牲口唱，妇女在家里纺线线、纳鞋底唱，农人们用它来消除疲劳，石匠用它来驱逐寂寞。它是农人发泄自己情绪，寄托自己美好感情的歌声呵。

也许,隔着河你就会听到这样的回答:

哥哥你人穷志不穷,

小妹子最爱这号人。

一根干草十二节,

谁卖良心吐黑血。

……

表白得纯真,甜美,大胆,热辣辣的。

但多数的时候,你会听到——陕北人,直率而坦白!当那种狂热的生命精髓在他们的内心跃动着,他们甚至会唱出更粗野酸甜的歌。自古以来,陕北就有"人凭衣衫马凭鞍,好婆姨凭的男子汉"的说法。所以,一个男子大胆追求一个女子,或一个女子热烈爱着一个男子,不会当成是什么丢人现眼的事的。

你就敛声屏气听吧。果然,那远山上又传来拦羊老汉酸溜溜、惆怅怅、羡慕而又妒意的歌声:

年轻的看见年轻的好,

白胡子老汉灰烧烧。

呵,唱吧!面对稔熟丰获,面对疲劳辛苦,怎不悠然自得唱几声呢!——太累了!自银灰色的黎明,他们持续不懈地开始劳动。露珠被他们高挽的裤腿碰落了,他们常常发出低沉的喘息。午晌时,饿了,一家人就蹲在地头,围着饭罐,草草野食一下,便又开割了。整个田野都感觉到一种喧嘈和骚动,各样庄稼都要赶着往回收获。

渐渐,一片片庄稼割倒了,一簇簇火炬般燃烧的红高粱簇起来了,一行行金黄闪光的糜谷拥起来了,一轮轮玫瑰色的荞麦轮廓出现了……长于摄影的同志,如果这时你将镜头对准山上山下,那将会是一幅怎样的景象呀:平川道,拖拉机飞驰,在忙着往回运送玉米棒子、葵花盘子。农民或者套起牛车,车轮轧轧的,牛哞哞的,缓缓拉着谷物。而山洼,沟壑,苍茫模糊的暮色中,农人们背着、担着比自身大几倍的沉重的庄稼捆,正在路上蹒跚挪动……

八月的大地,该多么富有感情、色彩和诗意呵……

丰收的秋天,也给果园带来一片绚烂的景象。红香蕉亮红鲜艳,黄元帅澄黄粲然,大鸭梨熟透了,逍遥着,在缀弯的枝头闪耀青光。葡萄晶莹透明,绿绿的,紫紫的,嘟嘟噜噜垂挂下来,叶子已蔚为一片醉人的深红。

但更惹人注目的,却是一望无际的、满山遍野的枣林。

陕北枣林,年代悠久而气势宏大,窑畔,崖畔,村口,路旁,院落,每个村庄都密密层层围着一片枣林,每家每户都有属于自己的一片枣林。八月仲秋,枣子就全熟红了。黄绿绿的叶簇中,闪耀着圆的、长的、珍珠玛瑙一样红艳艳的大红枣儿。金风自由洒脱,红枣儿在空中战栗着摇来摆去,不时"崩——嗒"落下几颗来。这里打枣,须得待枣子熟透溚过了才开始。那几天,村里欢天喜地,谁家打枣,邻里邻居都提着筐子篮子来帮着拣。男男女女,老老少少都可以赶去吃。打枣人摇动枣树,或用一根长杆子敲着枣枝,那枣子顿时像红雨似的哗哗啦啦洒落下来,轻轻击在拣枣人的头上脸上背上,斑斑驳驳地立刻把地上染成一块花毯子。而嬉笑欢闹着吃枣拣枣的人的豪爽温馨的声浪抛来抛去……

伴着秋忙,禾场上的链枷声"乒乒乓乓"一天比一天骤响了。谷场上,上了年纪的老头牵着牛,拉着大碌碡[1],吆喝着,一圈一圈缓缓碾转;强劳力则排开展展扬扬的两行人马,轮起链枷,从东头往西头对打,迅疾的火烧链枷呼啸起来,打击出高原仲秋特有的乐曲!这时,明快欢悦的号子就不知不觉从他们嘴里哼出来了:

噢——

风神爷哟,快刮哟!

风神爷哟,快刮哟!

——噢嗬嗬呀嗨!

而最有意思的当数吃"献场糕"了。打谷那天,当扬簸干净的圆锥形谷堆在夕阳的斜晖中最后堆积起来,主人家就端着几大盘碟油糕、糕角上场了。这是农家祭祀五谷神的风俗。进场,先要把一个油炸的面捏金蟾塞入谷堆,然后将油糕掰成小瓣天上地下敬祭,最后把献场糕分给看热闹的娃娃们后,便把场上所有一天帮忙打谷的相好亲朋招呼回家尽兴吃喝去了。

——金蟾!金蟾折桂,五谷丰登。这二者到底有什么联系,寄托什么向往和追求呢?莫非是寓意天地人共享丰年么?!农家的心,永远是个深奥莫测、奇幻的谜!

闰月天年,八月末,灿烂的收获季节就临近尾声了,农家可以稍稍喘口气了。现在,八月的乡村傍晚,弥漫着淡淡的炊烟,一行南飞的大雁自由地嗷嗷叫着在纯净而高远的天空飞过,远处山坡上,蜜蜂在瓦蓝的炒面花间嘤嘤环绕,牧归牛脖子上的铜铃徐缓地叮当响着。农家小院这时显得格外恬闲和优美,我不妨领你到这黄土高原的村落、窑院走一遭吧。朋友呵,也许你到过许多地方,但你领略过八月黄土高原千山万壑中这些遥远山村的独特风味吗?

是的,多少人曾描摹讴歌过陕北窑洞、窑院,但我要说,对陕北窑洞真正的感悟和理解那还只有我们陕北人。我的一位年轻的陕北诗人朋友曾热情唱道:"如今我已从豁亮的月弓窗下走出,走了很远还没有走出你的深情;我想山川是高原皱脸上展开的笑容,你是望着我的背影的母亲的眼睛——啊,陕北的窑洞!"——举世瞩目的陕北窑洞,伟大的摇篮!在这里,曾一代代诞生了像那山丹丹一样灵秀俊美的女子,一代代诞生了那像黄牛犊一样结实健壮的后生,也曾诞生了古老而悠扬的信天游歌声,新世纪摧枯拉朽的人民革命运动和最辉煌灿烂的智慧思想呵!

陕北村舍院落,住得拉拉撒撒。一家一户都是土窑或石头、砖箍起的窑洞,窑檐一摆儿都用青石板压起,牛棚猪圈鸡窝就搭在窑畔或院墙外边。这时令,窑沿垴[2]畔坡洼上,已开始矗起一垛垛拱形轮廓的金色的干草堆,像一幅幅康斯泰布尔笔下的风景画。窑洞两侧,挂着一串串红辣椒,黄烟叶。门桩上,交叉风晾着束束选作种子的谷穗、糜穗子,给人新颖别致的韵味。明亮精细的窗户上,贴着红艳艳的剪纸窗花,显得和谐而自然。

主人会热情厚道地招待你的。陕北人,极看重"门风"。谁家若对客人冷淡和怠慢,立刻会遭到全村人的嘲笑和斥责:门风不好。你也要随和些,随乡入俗。你快上炕,他们会腾地端上来一筛子红枣,一簸箕南瓜子或喷香的爆玉米花,你就大口吃,吃得有股粗劲厚实劲,不然他们也会说你"生分的和城里人一样样的。"

陕北人喝烧酒,气氛热烈而又别具一格。他们喝酒要唱歌,边喝边唱,叫"唱酒曲"。

开席,要由主人先唱《请酒曲》:"有个酒曲哟唱起来,八仙桌儿当中摆,象牙筷子对撒开,银壶金盅转开来,——伊呀啊噢喂。"歌毕,传壶递饮,为宾客敬酒三巡,但哼哼唧唧、吆五唱六开始了。

一来我年轻,

二来初出门,

三来人生认不得个人,

好像那孤雁落凤群。

展不得翅,

放不开身,

叫声亲朋多担承,

担承我们年轻人初出门。

啧啧,看说得多美!浪漫而风趣,调侃而诙谐。既恭维了别人,又表现了自己,真是一箭双雕呵。

你不会唱酒曲,酒量又不大,一定有些发怵吧,不必发怵,有人会代你喝的,远道而来,大家都会担承你的。那么,你就乘兴倾听他们自由自在、无拘无束地唱的那些一支支由远古流传下来的酒曲吧:《好汉秦琼》《赵子龙》《李自成》《盖世英雄好》……在酒场上唱这些壮怀激烈的千古韵事,到底给人一种什么意味呢!呵,这些不知形成于哪年哪月的、仅仅只流传于陕北黄土地域上的酒曲呵……

陕北被誉为"腰鼓之乡",老汉后生都会打这东西,连五六岁的猴小子也会来两下。于是,脚地下,后场掌空地,立刻成了腰鼓场。四个或八个年轻后生立即挥动鼓槌,扭动着对打起来。

他们不会忘记尊贵的客人的。第一个腰鼓舞姿准是"三参拜"。接下来:"凤凰三点头""金鸡独立""青龙摆尾"……一个个独具千秋的舞姿令人眼花缭乱。那完全是一种粗犷的刚劲豪放的力的造型呵!怪不得外国人连连啧叹说走向陕北,才看到地地道道的中华民族的艺术呢!而最来劲的也许是"野马分鬃""大过堂"几招,简直绝了!伴着"叭叭咚叭咚叭"的强烈节奏,那股虎劲、那股猛劲、那股狠劲、那股狂劲、那股野劲的气势和魅力,全淋漓尽致地发泄出来了!鼓声急,槌绸飞,小伙子们腾空飞跃,胯下击鼓的一刹那,突然显得那样威武,那样雄魄!

——哦,多么舒坦、和谐、宽慰、友善的八月秋夜!普通的庄稼人,为表达自己的盛情,会在这丰收之夜兴味酣然地红火闹腾一个通宵的。

看着粗犷的腰鼓,听着自由自在的酒曲,游人呵,你尽可以领略陕北人身上所凝聚的那种古老而伟大的精神内涵,你也尽可以让你那些神奇而浪漫的想象力自由驰荡。是的,黄河流域这块远古而博大的土地啊,轩辕浩气,华夏始祖,开创江山,拓土万里,最早开拓了这片疆土呵!于是,大禹的部落,镇卧狂流,凿通了泛滥而灾难的黄河古道;偏远的黎民,斩山灭谷,修筑了气势壮阔的秦直大道。仰韶文化在这里孕育了古老悠久的信天游、粗犷的腰鼓、秧歌舞、新月形的窑洞,柔美的窗花……成熟的八月,一部神奇的书!八月完成了一幅光闪闪亮铮铮的伟大的陕北自我画像呵……

这时,也许你会突然击节惜叹:八月太快了,在陕北待得太短了。陕北八月实在具有着另一种风土,人情;另一种重托,深邃;另一种精神,智慧和哲人的思考啊!

——哦,我的红格丹丹、黄格灿灿、绿格莹莹、紫格楚楚、蓝格瓦瓦、黑格玖玖、白格生生的五彩斑斓的陕北八月天呵!我的甜格浸浸、香格盈盈、酸格溜溜、傻格蛋蛋、巧格灵灵自由自在、富足、丰饶和温暖的乡村八月天呵……

朋友,你来吧,我的陕北的八月会厚待你的……

注释:

[1]碌碡(liù zhou):石制的圆柱形农具用来轧谷物,平场地。

[2]垴(nǎo):小山头,多用于地名。

作者简介:

史小溪,1950年5月出生,陕西省延安市人。毕业于西安建筑科技大学机电系,并深造四川大学中文系。曾在汉江大巴山冶建工地生活工作十余年。资深编审,曾为《延安文学》杂志社常务副总编。中国作家协会会员,中国散文学会理事,延安市文联副主席,延安作家学会副主席。首届冰心散文奖获得者。1975年在国家级报刊发表习作。1980年以来,先后在《青年文学》《中国作家》《散文》《中华散文》《人民日报》等全国200多家报刊发表文学作品。其中散文作品十多次获国家、省级报刊一等奖,并被选入北京十月、华夏、中国青年、中国文联、人民教育、漓江、花城、作家、东方出版中心等数十家出版社的80多种散文选本。《文艺报》《中国青年报》《人民日报》《当代论坛》《黄河文学》《东方文化》《散文选刊》等60多家报刊曾发表评论介绍其散文创作的文章,被誉为"西部有代表性的散文家"。出版散文随笔集《澡雪》《西部一个男人的叙说》《纯朴的阳光》《秋风刮过田野》《高原守望者》《泊旅》《最后的歌谣》。主编出版的散文集有《中国西部散文》(上下)、《新延安文艺丛书·散文卷》等6本。

赏析:

新时期以来,陕北这个地理名词,始终被浓烈的政治色彩所笼罩着。中国革命曾在那里成为熊熊烈火,人们对于陕北的印象,往往是与革命圣地联系在一起的,陕北的延安、宝塔山、窑洞,甚至于信天游、白羊肚手巾都被赋予了一种强烈的革命色彩,被人们怀念着、向往着、敬仰着。而本文却从文学的另一面,告诉人们,那一片被延河水滋润着的土地上,蓬勃生长着的一草一木、一山一水,原来也是那样地令人神往。

文中的语言充满了干净的气息，如同一块白羊肚手巾，也许上面有着尘土和汗垢，但那是温暖的生活的气息，朴素、自在、本色。对于故土的叙说和回顾，往往是不掺杂色的，往往会导致作家作品也以本色的形式展现出来。文中的这种朴素，也证明了作者对故乡的审美价值认同，像陕北人一样，真实而实在，不作太多的修饰。写实在散文里一直占据着很重要的位置，而在地域散文里，写实却能够让我们更加透彻地对一个地方进行清晰的洞察。

文章对陕北的生活场景、自然风景、人文习俗进行了多处细部描写与展示。作品里呈现出了作品细部描写时无处不在的亲历感；呈现出了陕北高原上的人们，在那一片土地上生活的原色；呈现出了陕北人宁静、执着、本色的精神状态。而所有这些呈现，都是架构于作者多年来一直倾心、关注、融入于陕北腹地的生活经历，让作者深刻、准确地把握住陕北人对生活、对生存、对社会、对人本身等诸多意义上的地域性见解。而这些见解，只有长期的生活，甚至于世代相传的生存体验，才能够把握住这种地域意义上的人文价值取向，从而实现对于地域性思想情感的再思考，在关照一群人的内心世界的同时，再进入深层的思考。作者身为陕北人，他的身上也流淌着陕北人世代的血，生就具备理解陕北的品质，这就使得他可以在散文展示与地域心理特征之间找到一个切入点，准确地找到立足地域特色的散文述说方式。作者把他对于陕北独特的激情体现为对文字符号的选择与锤炼，使其作为一种具象，融入到了文本里去，体现在了文本的内涵与表象上，让我们在阅读他的散文的时候，甚至可以从字面上直接地感受到他对于陕北那片土地的深情与挚爱。文章已成为陕北民间的存在与思想感情的外在呈现，透过对陕北"风情"的叙说表象，可以把握其内在的文化本质。作者虽然在描写陕北地方的景物与场景，但更多的是在寻求和挖掘陕北潜在的人文精神。

同时，文中大量引用了趣味横生的陕北民歌，使得陕北的味道，不断袅袅地弥漫出来。革命意义上的陕北，正是因为它的革命色彩，天南海北的人们，以客居者的身份向我们介绍着陕北，使我们常回到那个峥嵘岁月。而作者笔下的陕北，有着一种特殊的意义，他让陕北在公众视野里，尽显原生态的本土特色，呈现出了真正的乡土味道，陕北人内心里醇厚绵长的乡土味道。

单元阅读链接：

1.王必胜.婺源看村.人民日报海外版，2005.12.06.

2.邓云乡.旧京散记.江苏文艺出版社，2006.09.

3.张恨水.绿了芭蕉.江苏文艺出版社，2006.09.

4.路遥.平凡的世界.人民文学出版社，2005.01.

5.周作人.怀旧.江苏文艺出版社，2005.09.

6.黄灵庚.楚辞章句疏证.中华书局，2007.09.

7.汤显祖.牡丹亭·冥判.人民文学出版社，1963.04.

8.沈从文.沈从文选集.湖南人民出版社，1981.12.

9.汪曾祺.汪曾祺文集小说卷·故里三陈.江苏文艺出版社，1993.01.

单元技能训练：

1.汪曾祺《胡同文化》详细介绍了胡同得名的种种因由，请列举出胡同取名的规律，并对学校所在城市的大街小巷的命名由来做一次调查，寻觅那些隐藏在大街小巷里的昔日今朝的繁华和落寞。

2.常言说一方水土养一方人，汪曾祺虽非北京人，但长期在北京生活使他的作品对北京的描写深刻而细腻，和北京本土作家老舍表现北京民众生活的作品一样突出展现了地方的特色，深度挖掘出北京民众的性格，试将《胡同文化》与《骆驼祥子》《正红旗下》等相关文章比较，试着分析两位作家对于北京民众的同而不和的感情与评价。

3.傩事首先源自于先民们对于鬼神的畏敬，后渐渐发展具备了一种文化的功能，正如对最初神话传说的流传记录，促成了《搜神记》《聊斋志异》等文学作品的产生。请描述一个家乡的祭祀风俗或者讲述一个关于敬畏鬼神的故事。

4.九华山因有九峰形似莲花而得名，位于安徽省池州市青阳县境内，为中国四大佛教名山之一。在《贵池傩》中写到大批妇女去九华山进香一事，请分析作者在此处着笔有何用意？你去过哪些佛教圣地？和同学们分享你的游历感悟。

5.你所了解的非物质文化遗产还有哪些？请以调研报告的形式对具体的某一项非遗做全面的介绍，共同探讨对于非遗项目的保护和传承问题。

6.历代以各类节令为题的诗作很多，请课后运用网络资源搜索此类诗作，并选择其中一个节令如清明、端午、重阳等，进行综合分析。

7.苏轼《东坡》诗云："雨洗东坡月色清，市人行尽野人行。"张岱《西湖七月半》的构思和立意或许受到其影响。如果由你来写游西湖，你将写些什么内容？而文中作者写了什么内容？选择了何种角度写作的？

8.上元、中元、下元分别为农历的正月十五、七月十五和十月十五，请分别说说自己家乡的三元节风俗。

9.《惠安女子》为什么运用第二人称？请具体分析原因，并思考全诗体现了舒婷怎样的创作思想？

10.在舒婷一系列的书写女性感情和女性价值的诗作中如《致橡树》《神女峰》《会唱歌的鸢尾花》中，体会舒婷诗歌在意象选用、句式表达和抒情方式等方面的特色。

11.比较北岛的诗作在表现对人的价值的肯定方面的异同，体会北岛作品风格上的叛逆、"阳刚"与愤激和舒婷诗作的清新柔婉而忧伤的女性特征。

12.《陕北八月天》中多次引用了信天游的歌曲内容，极富有地方韵味，思考作者选用信天游曲子的用途。并请试着了解信天游的演绎方式，结合着各自家乡流行的戏曲、民间小调说说当地的娱乐生活，也可以同乡聚在一起唱一唱家乡的歌。

13.一方水土养一方人，同一地域的作家创作的作品在语言风格、叙事方式等方面也会形成一种特有的风格，试着结合路遥《平凡的世界》等作品，感受陕北的山水、风物、人情。

六、随想感悟篇

旅行的目的是"看"。看就意味着增进对其他民族、文化和地方的了解与评价。

——梭伦（古代雅典政治家，立法者，诗人）

学习导入

为什么要去旅行？我们常常问自己，也问他人，但让人苦恼的是，这个问题似乎很难找到一个标准的答案。

远古蒙昧时期，先民们顶着灰的或者蓝的天空，穿过幽暗的密林，翻越大大小小的山岭，跋涉深深浅浅的河流，甚至还时常要面对野兽和疾病的侵袭。他们茹毛饮血，风餐宿露，筚路蓝缕，开启山林，生存是其最早最大的主题。

秦汉唐宋以来，礼崩乐坏，诸侯群起，朝代更迭演进。普通百姓或避战祸，或服劳役，或稼穑一隅，终老一世。由于他们难有机会接受教育，故而成为历史洪流中沉默的大多数。少数受过教育的人，才会周游列国，百家争鸣；或奋发苦读，奔赴科场；或者登堂入室，治国安民；再或者隐入山林，著书立说。在对自我日常生活的记录和诉说中，他们山重水复，迁徙奔波，却成就了华夏历史文化的绵远与灿烂。

生活在现代社会的我们，为什么选择旅行？

因为我们对别处充满向往，因为我们期望远离浮躁与喧嚣，因为我们对生活万分疲惫？我们不停地来来往往，有可能是为了逃离，有可能是为了迎接。其实这些都只是表象，问题的实质是，在变动不居的旅行中，人们才会慢慢感受、体验山水自然的博大与丰富，浑融与和谐，才会领悟风俗人情的敦厚与和善，意蕴与温暖，并最终回归至我们心灵的宁静与超越。

行走，跋涉，领略，不管为了生存还是为了超越，远方，自始至终对于我们都是一个终极的诱惑。因为，我们的未来始终在前方。

学习目标

通过本单元内容的学习，了解作家们各自的成长和生活背景，学会"知人论世"，学习掌握作家们从山水人文中欣赏体悟真善美的独特视角，发挥想象和联系，尝试把自我的情感喜恶借助某一物象或方式表达宣泄；思考探讨各篇文章字面背后反映的社会问题或思想观念。

1.《左传·晋公子重耳之亡》

晋公子重耳之亡

晋公子重耳之及于难也[1],晋人伐诸蒲城[2]。蒲城人欲战,重耳不可,曰:"保君父之命而享其生禄[3],于是乎得人[4]。有人而校[5],罪莫大焉。吾其奔也。"遂奔狄[6]。从者狐偃、赵衰、颠颉、魏武子、司空季子[7]。

狄人伐廧咎如[8],获其二女:叔隗、季隗[9],纳诸公子[10]。公子取[11]季隗,生伯鯈[12]、叔刘;以叔隗妻赵衰,生盾[13]。将适齐,谓季隗曰:"待我二十五年,不来而后嫁。"对曰:"我二十五年矣[14],又如是而嫁,则就木[15]焉。请待子[16]。"处狄十二年而行。

过卫,卫文公不礼焉。出于五鹿[17],乞食于野人,野人与之块[18]。公子怒,欲鞭之。子犯曰:"天赐也。"稽首[19],受而载之。

及齐,齐桓公妻之[20],有马二十乘[21]。公子安之[22],从者以为不可。将行,谋于桑下。蚕妾[23]在其上,以告姜氏[24]。姜氏杀之,而谓公子曰:"子有四方之志,其闻之者,吾杀之矣。"公子曰:"无之。"姜曰:"行也。怀与安[25],实败名。"公子不可。姜与子犯谋,醉而遣之。醒,以戈逐子犯[26]。

及曹,曹共公闻其骈胁[27],欲观其裸。浴,薄而观之[28]。僖负羁[29]之妻曰:"吾观晋公子之从者,皆足以相国。若以相,夫子必反其国[30]。反其国,必得志于诸侯。得志于诸侯而诛无礼,曹其首也。子盍蚤自贰焉[31]。"乃馈盘飧[32],置璧焉。公子受飧反璧[33]。

及宋,宋襄公[34]赠之以马二十乘。

及郑,郑文公[35]亦不礼焉。叔詹[36]谏曰:"臣闻天之所启,人弗及也。晋公子有三焉,天其或者将建诸!君其礼焉。男女同姓,其生不蕃[37]。晋公子,姬出也,而至于今[38],一也。离外之患,而天不靖晋国[39],殆将启之,二也。有三士足以上人而从之[40],三也。晋、郑同侪[41],其过子弟,固将礼焉,况天之所启乎?"弗听。

及楚,楚子飨之[42],曰:"公子若反晋国,则何以报不穀[43]?"对曰:"子女玉帛,则君有之,羽毛齿革[44],则君地生焉。其波及晋国者,君之余也,其何以报君?"曰:"虽然,何以报我?"对曰:"若以君之灵,得反晋国,晋楚治兵,遇于中原,其辟君三舍[45]。若不获命,其左执鞭弭、右属櫜鞬[46],以与君周旋。"子玉[47]请杀之。楚子曰:"晋公子广而俭[48],文而有礼。其从者肃而宽,忠而能力。晋侯无亲[49],外内恶之。吾闻姬姓,唐叔之后,其后衰[50]者也,其将由晋公子乎。天将兴之,谁能废之。违天必有大咎[51]。"乃送诸秦。

秦伯纳女五人[52],怀嬴[53]与焉。奉匜沃盥[54],既而挥之。怒曰:"秦、晋匹也,何以卑我!"公子惧,降服而囚[55]。他日,公享之[56]。子犯曰:"吾不如衰之文也[57]。请使衰从。"公子赋《河水》[58],公赋《六月》[59]。赵衰曰:"重耳拜赐。"公子降,拜,稽首,公降一级[60]而辞焉。衰曰:"君称所以佐天子者命重耳,重耳敢不拜[61]。"

二十四年春,王正月[62],秦伯纳之[63]。不书,不告入也。

注释:

[1]及于难:指晋太子申生之难。《左传》记载,僖公四年十二月,晋献公听从骊姬的谗言,逼迫太子申生自缢而死,其余二子重耳、夷吾也同时出奔。

[2]蒲城:晋邑,在今山西省隰县西北,是重耳的封地,重耳遇难后先逃至蒲城。

[3]保:倚仗。生禄:养生的禄邑,古代贵族从封地中取得生活资料。

[4]得人:得到下属的拥护。

[5]有人:拥有百姓。校:同"较",较量,对抗,此指抵抗晋献公的军队。

[6]狄:古代中国北方的部族,春秋时散处在各北方诸侯国之间,重耳母亲为狄人,称大戎狐姬。

[7]狐偃:字子犯,重耳的舅父;赵衰(cuī):字子馀;魏武子:名犫(chōu);司空季子:一名胥臣,字季子。他们和颠颉都是日后重耳为君时晋国的重臣。

[8]廧咎(qiáng jiù)如:狄族的支属。

[9]隗(wěi):姓,其地约在今河南安阳市西南。

[10]诸:兼词,"之于"。纳诸公子:把二女送给公子重耳。

[11]取:同"娶"。

[12]伯鯈(shū):公子与季隗所生的长子。

[13]盾:赵盾,赵衰与叔隗所生之子,后为晋国名臣。

[14]我二十五年矣:我二十五岁了。

[15]就木:进棺材。成语行将就木出于此。

[16]请待子:让我等着你。

[17]五鹿:卫地,在今河南濮阳县南。

[18]乞食:讨要食物。野人:农夫。块:土块。

[19]稽首:古代最敬之礼,跪行拜手礼,然后拱手下至于地,头亦至于地。

[20]齐桓公:齐国国君,名小白。妻之:齐桓公把宗氏女嫁给重耳为妻。

[21]二十乘:八十匹。古代一车四马为一乘。

[22]安之:安于齐国的生活。

[23]蚕妾:采桑养蚕的女奴。

[24]姜氏:齐桓公所嫁之女,齐国姜姓,故称姜氏,亦称齐姜。

[25]怀与安:贪恋享受,安于现状。

[26]以戈逐子犯:持戈追逐子犯。

[27]曹共公:曹国国君,名襄。骈胁:腋下肋骨相连长在一起。

[28]薄:走近。意思是:曹共公乘重耳洗澡时,偷偷走到近前去观看。

[29]僖负羁:曹国大夫。

[30]夫子:指重耳。反:同"返"。重耳返回晋国掌权。

[31]盍:何不。蚤:通"早"。贰:不同。你何不早些表示你与曹国的人采取的态度有所不同呢?

[32]飧(sūn):晚餐。

[33]寘(zhì):同"置",放置,将玉璧放置在晚餐中,表敬意。古代大夫不能私自和别国人来往,所以在盘中藏璧,为了不让别人知道。反:同"返"。

[34]宋襄公:宋国国君,名兹父。

[35]郑文公:郑国国君,名捷。

[36]叔詹:郑大夫,有贤名。

[37]男女同姓:古人有同姓不婚之说,认为夫妻同姓,子孙不能繁盛。蕃(fān):生息繁衍。

[38]姬出:晋公子是同为姬姓的父母所生。而至于今:却活到现在。

[39]离:同"罹",遭遇。外:出亡在外。靖:安定。

[40]三士:狐偃、赵衰和贾佗。上人:超过一般人。从:跟从。有三位堪称杰出的人才都跟着重耳。

[41]同侪(chái):同辈。晋、郑都是姬姓国,地位相等。

[42]楚子:指楚成王,名恽,楚为子爵,故称子。飧之:以酒宴款待重耳。

[43]不穀:诸侯的谦称。穀:音同"谷",善。

[44]羽毛齿革:指鸟羽、兽皮、象牙、犀革等珍贵之物。

[45]辟:"避"的古字。舍:一舍相当于三十里。三舍:九十里。

[46]鞭弭:偏义复词,只取"弭"义,指不加装饰的弓。属(zhǔ):佩,系。櫜(gāo):箭袋。鞬(jiàn):弓袋。

[47]子玉:楚国执政大臣,名得臣。

[48]广而俭:志向远大而严于律己。

[49]晋侯:指晋惠公,晋献公之子夷吾,鲁僖公十年(前650)即位。亲:亲和。

[50]后衰:最后衰落。意思是说:姬姓的诸侯国,周成王的弟弟封于唐,其子改国号曰晋,听说姬姓国中,唐叔的后代最后才会衰落。

[51]咎(jiù):大祸。

[52]秦伯:秦穆公,名任好。纳女:秦穆公送女子给重耳。秦穆公娶晋献公女伯姬为夫人,有秦晋结好之誉。

[53]怀嬴:秦穆公之女,秦国嬴姓,因其曾嫁给在秦做人质的晋惠公之子圉为妻;子圉私逃回晋后,立为怀公,故称为怀嬴。怀嬴未随怀公归晋,秦穆公遂将她嫁给了重耳。与:参与,怀嬴在五女之中。从秦方面言,重耳娶外甥女;从晋国方面言,重耳娶侄媳。晋惠公名夷吾,其母为小戎狐姬,与重耳为手足兄弟。重耳娶秦穆公女,有"秦晋结好,甥舅之亲"的美誉。

[54]奉:同"捧"。匜(yí):古人洗手用的盛水器。沃:浇水。盥(guàn):洗手。

[55]降服而囚:重耳脱去上衣,拘囚自己向怀嬴谢罪。

[56]公:秦穆公。享之:宴享,设宴款待重耳。

[57]衰:指赵衰。文:善于辞令。

[58]赋:赋《诗》,朗诵《诗经》里的篇章来表达自己的意思。春秋时期,赋诗言志是时尚。《河水》:当指《诗经·小雅·沔水》,诗中有"沔彼河水,朝宗于百"。诗言水流终归大海,如自己避难在外,终归秦国,才有了归宿。重耳借以颂扬秦国。

[59]《六月》:即《诗经·小雅·六月》,是歌颂尹吉甫辅佐周宣王北伐获胜的诗。诗中有"六月棲棲,戎车既饬",言兵车已经备好,秦穆公赋此诗暗喻重耳必能回国执政,成就霸业,以辅助周天子。

[60]公降一级:秦穆公下阶一级,表示不敢接受。

[61]君:指秦穆公。命:命令,此为教导之意。这句是说,您用尹吉甫辅佐周天子的诗篇来教导重耳,重耳怎敢不拜谢您!

[62]王:指周天子。王正月:即周历的正月,夏历十一月。

[63]秦伯:秦穆公。纳之:派兵护送重耳回国。纳:使进入。

作者简介:

本文选自《左传·僖公二十三年》与《左传·僖公二十四年》,文章记载了晋公子重耳从流亡到回国夺取政权的经过。《左传》是中国古代一部叙事详尽的编年体史书,共三十五卷,也称《春秋左氏传》,是为《春秋》做注解的一部史书,与《公羊传》《穀梁传》合称"春秋三传",相传为左丘明所著。左丘明,姓左,名丘明(一说姓丘,名明,左乃尊称;又一说复姓左丘,名明),春秋末期鲁国人。左丘明知识渊博,品德高尚。太史司马迁称其为"鲁之君子"。左丘明出身的家族世代为史官,曾与孔子一起"乘如周,观书于周史",据有鲁国以及其他封侯各国大量的史料,所以依《春秋》著成了中国古代第一部记事详细、议论精辟的编年史《左传》,和现存最早的一部国别史《国语》,成为史家的开山鼻祖。《左传》重记事,《国语》重记言。

赏析:

自晋献公迎娶丽姬,丽姬便日日受宠,不久二人诞下一子,王位继承权的纷争就自然波及到太子申生、公子重耳和夷吾身上。献公二十二年,申生遭陷害自杀,夷吾奔梁,重耳投狄。于是晋公子重耳的逃亡之路就此开始,这一年,他四十三岁。

重耳是一个深明孝义的人,在遭受迫害的时候,他的父亲晋献公派兵到蒲城去攻打他。蒲城民众想要抵抗,重耳却百般阻挠,他认为自己是倚仗君父的命令才享受到了养生的俸禄,才得到了属下人民的拥戴,可有了属下人民的拥戴,就同君父对抗起来,这是很大的罪过。重耳善待随从,知人善任,对身边的人厚待有加,而对待妻子就更加礼让,重耳在离开狄国到齐国去之前,叫妻子季隗等待他二十五年,如果他不回来便叫她改嫁,可见重耳理解妻子,并非薄情男子。

逃亡路上，重耳要练就的不仅仅是这些性格，还有更多的是忍耐。曹国曹共公趁他洗澡时，走到他身边观看重耳赤裸的身体，重耳并未因此发怒，而是隐忍下来。秦穆公要把已经嫁给晋怀公的怀嬴嫁给重耳，重耳虽不情愿，却也接受，后为顾全大局，避免秦穆公猜疑，重耳捆绑着自己，主动向怀嬴请罪。

当然，重耳性格中也有立志不坚，中途动摇、心胸狭窄、睚眦必报、虚伪奸诈、假仁假义等许多顽劣之处，这也使其形象在读者心目中更加立体，印象深刻。此外，公子重耳流亡期间所幸遇的几个女子，虽然笔墨不多，却各有特色，如季隗对爱情的坚贞，姜氏和僖负羁之妻在政治上的远见，怀嬴对个人命运的自尊自重等，都对重耳人物的刻画起到了比照和催化的作用。

2.陶渊明《归去来兮辞》

归去来兮辞
并序

余家贫，耕植不足以自给。幼稚[1]盈室，瓶[2]无储粟，生生[3]所资，未见其术[4]。亲故多劝余为长吏[5]，脱然有怀[6]，求之靡途[7]。会有四方之事[8]，诸侯[9]以惠爱为德，家叔[10]以余贫苦，遂见用于小邑。于时风波[11]未静，心惮远役。彭泽[12]去家百里，公田之利，足以为酒，故便求之。及少日，眷然有归欤之情[13]。何则？质性[14]自然，非矫厉所得；饥冻虽切，违己交病[15]。尝从人事[16]，皆口腹自役[17]；于是怅然慷慨，深愧平生之志。犹望一稔[18]，当敛裳[19]宵逝。寻程氏妹丧于武昌[20]，情在骏奔[21]，自免去职。仲秋[22]至冬，在官八十余日。因事顺心，命篇曰《归去来兮》。乙巳岁[23]十一月也。

归去来[24]兮，田园将芜胡不归？既自以心为形[25]役，奚惆怅[26]而独悲？悟已往之不谏[27]，知来者之可追[28]。实迷途其未远，觉今是而昨非。舟遥遥以轻飏[29]，风飘飘而吹衣。问征夫[30]以前路，恨晨光之熹微[31]。

乃瞻衡宇[32]，载欣载奔[33]。童仆欢迎，稚子候门。三径就荒[34]，松菊犹存。携幼入室，有酒盈樽。引壶觞以自酌，眄庭柯[35]以怡颜。倚南窗以寄傲[36]，审容膝[37]之易安。园日涉以成趣，门虽设而常关。策扶老以流憩[38]，时矫首而遐观。云无心以出岫[39]，鸟倦飞而知还。景翳翳[40]以将入，抚孤松而盘桓[41]。

归去来兮，请息交以绝游。世与我而相违，复驾言兮焉求[42]！悦亲戚之情话[43]，乐琴书以消忧。农人告余以春及，将有事于西畴[44]。或命巾车[45]，或棹[46]孤舟。既窈窕以寻壑，亦崎岖而经丘。木欣欣以向荣，泉涓涓而始流。善万物之得时，感吾生之行休。

已矣乎！寓形宇内复几时，曷不委心任去留？胡为乎遑遑[47]欲何之？富贵非吾愿，帝乡不可期[48]。怀良辰以孤往，或植杖而耘耔。登东皋以舒啸，临清流而赋诗。聊乘化以归尽，乐夫天命复奚疑！

注释：

[1]幼稚：指孩童。

[2]瓶：指盛米用的陶制容器，如甏、瓮之类。

[3]生生：犹言维持生计。前一"生"字为动词，后一"生"字为名词。

[4]术：方法。

[5]长吏：较高职位的县吏。指小官。

[6]脱然：犹言豁然。有怀：有做官的念头。

[7]靡途：没有门路。

[8]四方之事：指出使外地的事情。

[9]诸侯：指州郡长官。

[10]家叔：指陶夔，曾任太常卿。

[11]风波：指军阀混战。

[12]彭泽：县名。在今江西省湖口县东。

[13]眷然：依恋的样子。归欤之情：回去的心情。《论语·公冶长》："子在陈曰：'归与，归与！吾党之小人狂简，斐然成章，不知所以裁之。'"

[14]质性：本性。

[15]违己：违反自己本心。交病：指思想上遭受痛苦。

[16]从人事：从事于仕途中的人事交往。指做官。

[17]口腹自役：为了满足口腹的需要而驱使自己。

[18]一稔(rěn)：公田收获一次。稔：谷物成熟。

[19]敛裳：收拾行装。

[20]寻：不久。程氏妹：嫁给程家的妹妹。武昌：今湖北省鄂城县。

[21]骏奔：急着前去奔丧。

[22]仲秋：农历八月。

[23]乙巳岁：晋安帝义熙元年(405年)。

[24]来：助词，无义。

[25]心：意愿。形：指身体。

[26]惆怅：失意的样子。

[27]谏：谏正，劝止。

[28]追：挽救，补救。

[29]遥遥：飘摇放流的样子。飏(yáng)：舟慢行的样子。

[30]征夫：行人。

[31]熹(xī)微：微明，天未大亮。

[32]衡宇：简陋的房子。

[33]载(zǎi)：语助词，且；一边……一边。

[34]三径(jìng):院中小路。特指隐居之路。《三辅决录》载,西汉人"蒋羽,字元卿,舍中三径,惟羊仲、求仲从之游,皆挫廉逃名不出"。说蒋羽过着隐居生活,院子里有三条路,以便羊仲、求仲与他交住,而不再接待其他客人。就:近于。

[35]眄(miǎn):斜看,这里是"随便看"的意思。柯:树枝。

[36]寄傲:寄托傲然自得的心情。

[37]容膝(xī):只能容下双膝的小屋,极言其狭小。

[38]策:柱着。扶老:手杖。流憩(qì):游息,没有固定的地方,到处走走歇歇。

[39]岫(xiù):山穴,此处泛指山峰。

[40]景(yǐng):同"影",日光。翳翳(yì):阴暗的样子。

[41]盘桓(huán):盘旋,徘徊,留恋不去。

[42]驾言:指出游。言,助词。焉求:何所求,求什么。

[43]情话:知心话。

[44]有事:指耕种之事。畴:田地。

[45]巾车:有车帷的小车。

[46]棹:原指船桨,这里作"划"意。

[47]遑遑(huáng):不安的样子。

[48]帝乡:天帝所居,也就是所谓仙境。期:至,及。

作者简介:

陶渊明(约352年~427年),字元亮,自号"五柳先生",晚年更名"潜",卒后友人私谥"靖节征士",浔阳柴桑(今江西省九江市)人。出身于一个衰落的世家,生活在晋宋易代之际。父亲早亡,因家贫,曾做过几年的官,却因"质性自然",不愿"以心为形役",辞官归乡,过起了躬耕自足的田园生活。他自小体弱多病,曾作《五柳先生传》以自况,六十岁左右去世。深受后世文人骚客推崇,欧阳文忠公甚至认为"两晋无文章,惟《归去来兮》(即《归去来兮辞》)而已"。

赏析:

这篇《归去来兮辞》写于陶渊明辞官归田之初,但不是抒写归田后的生活实况,而是他登舟起程之前对归途及归田后的想象,让读者从中深刻体会他结束十三年仕途生活的坚决与畅快,表明了归隐田园的决心。作者纵情纵笔,感情真挚坦率,巧妙地把叙事、议论、抒情、写景有机结合,处处饱含作者强烈的感情色彩。文章以六字句为主,间以三字句、四字句、七字句和八字句,感情浓烈,语言质朴无华,淡远潇洒的田园乐趣跃然纸上,表现出作者独特的创作风格。

《归去来兮辞》是辞体抒情诗,其源头为《楚辞》。《楚辞》的境界,是热心用世的悲剧境界。《归去来兮辞》的境界,则是隐退避世的超越境界。中国传统士人受到儒家思想教育,以积极用世为人生理想。在政治极端黑暗的历史时代,士人理想无从实现,甚至生命亦无保障,这时,弃仕归隐就有了其真实意义:拒绝与黑暗势力合作,提起独立自由之精神。欧阳修说:"晋无文章,惟陶渊明《归去来兮辞》一篇而已。"宋庠说:"陶公《归来》是南北文章之绝唱。"李格非说:"《归去来兮辞》,沛然如肺腑中流出,殊不见有斧凿痕。"朱熹则说:"其词意夷旷萧散,虽托楚声,而无尤怨切蹙之病。"这些评论,从不同侧面指出了此辞在辞史和文学史上的重要意义。

3.苏轼《前赤壁赋》

前赤壁赋

壬戌之秋,七月既望[1],苏子与客泛舟游于赤壁[2]之下。清风徐来,水波不兴。举酒属[3]客,诵明月之诗,歌窈窕之章。少焉,月出于东山之上,徘徊于斗牛之间。白露横江,水光接天。纵一苇之所如,凌万顷之茫然。浩浩乎如冯虚御风,而不知其所止;飘飘乎如遗世独立,羽化而登仙。

于是饮酒乐甚,扣舷而歌之。歌曰:"桂棹兮兰桨,击空明兮溯流光[4]。渺渺兮予怀,望美人兮天一方。"客有吹洞箫者,倚歌而和之。其声呜呜然,如怨如慕,如泣如诉;余音袅袅[5],不绝如缕。舞幽壑之潜蛟,泣孤舟之嫠妇[6]。

苏子愀然[7],正襟危坐而问客曰:"何为其然也?"客曰:"月明星稀,乌鹊南飞,此非曹孟德之诗乎?西望夏口,东望武昌,山川相缪[8],郁乎苍苍,此非孟德之困于周郎者乎?方其破荆州,下江陵,顺流而东也,舳舻千里[9],旌旗蔽空,酾酒临江,横槊赋诗[10],固一世之雄也;而今安在哉!况吾与子渔樵于江渚之上,侣鱼虾而友麋鹿,驾一叶之扁舟,举匏樽[11]以相属。寄蜉蝣于天地,渺沧海之一粟。哀吾生之须臾,羡长江之无穷。挟飞仙以遨游,抱明月而长终。知不可乎骤得,托遗响于悲风。"

苏子曰:"客亦知夫水与月乎?逝者如斯,而未尝往也;盈虚者如彼,而卒莫消长也。盖将自其变者而观之,则天地曾不能以一瞬;自其不变者而观之,则物与我皆无尽也,而又何羡乎?且夫天地之间,物各有主,苟非吾之所有,虽一毫而莫取。惟江上之清风,与山间之明月,耳得之而为声,目遇之而成色,取之无禁,用之不竭。是造物者之无尽藏也,而吾与子之所共食[12]。"

客喜而笑,洗盏更酌。肴[13]核既尽,杯盘狼藉。相与枕藉[14]乎舟中,不知东方之既白。

注释:

[1]壬戌:宋神宗元丰五年(1082年)。既望:农历每月十六。

[2]赤壁:湖北黄冈赤壁,与湖北嘉鱼赤壁同被作为周瑜破80万曹军之壁战场故迹。

[3]属(zhǔ):请,让,说。

[4]桂棹(zhào)、兰桨:船桨之美称。溯(sù):周溯,逆流而上。

[5]袅袅(niǎo):细长,形容声音婉转悠长。

[6]嫠(lí)妇:寡妇。

[7]愀(qiǎo)然:不乐。

[8]缪(liǎo):连接,环绕。

[9]舳(zhú):船尾。舻(lú):船头。

[10]酾(shī):斟。槊(shuò):长矛。

[11]匏(páo)樽:用葫芦制的酒杯。

[12]食:也作"适",共同享用。

[13]肴(yáo):荤菜。

[14]枕藉:叠枕挤睡。

作者简介:

苏轼(1037年～1101年),字子瞻,又字和仲[苏轼按排行位居第二(老大夭折),故曰"仲",至于取字"和仲",则是苏洵希望儿子性格和缓,后来父亲另给他取字子瞻,则与他的名"轼"相关],号"东坡居士",世称"苏东坡"。汉族,眉州眉山(今四川眉山)人。北宋散文家、书画家、文学家、词人、政治家、诗人,是豪放派词人的主要代表之一。

赏析:

无端受屈、含冤入狱的苏轼,在"乌台诗案"结案后不久,就被贬谪为黄州团练副使,所幸的是黄州地方官吏钦慕他的为人与俊才,非但不加管束,还常常任他在管区内纵情游山观水,而情豪兴逸的苏东坡则每游一地必有诗文纪盛,《前赤壁赋》与《后赤壁赋》就是这一时期留下的不朽名篇。《前赤壁赋》通篇以景来贯穿,"风"和"月"是主景,"山"和"水"辅之,全文紧扣风、月来展开描写与议论。以风、月之景开卷,又于文中反复再现风、月形象。

《前赤壁赋》几乎蕴含着苏文的主要风格特点。宋元明清以来,不少文人纷纷指出,苏文的风格是"如潮"、是"博",也有的说是"汗漫",是"畅达",是"一泻千里、纯以气胜",这些评论确实有其道理,但也不够全面。从《前赤壁赋》来看,苏文的风格乃是一种自由豪放,恣肆雄健的阳刚之美。文中无论说理,还是叙事、抒情,都能"随物赋形"、穷形尽相,写欢快时可以羽化登仙、飘然世外;述哀伤时,又能拿蛟龙、泣嫠妇作比;而苏文的舒卷自如、活泼流畅,在《前赤壁赋》中也不难发现,如"方其破荆州,下江陵,顺流而东也,舳舻千里,旌旗蔽空,酾酒临江,横槊赋诗,固一世之雄也,而今安在哉!"行云流水,一气呵成。至于语言的精练生动、词简情真,就更是可以在文章中信手拈来,毫不费力。"徘徊于斗牛之间"的"徘徊";"渺沧海之一粟"的"渺",都是一字千钧,读来似铿锵作金石声。《前赤壁赋》一文还充分体现了苏轼散文自然本色、平易明畅的特色,那种纯真自然之美给古往今来的无数读者带来了多么难忘的艺术享受。

4.史铁生《我与地坛》

我与地坛[1]

一

地坛在我出生前四百多年就坐落在那儿了,而自从我的祖母年轻时带着我父亲来到北京,就一直住在离它不远的地方——五十多年间搬过几次家,可搬来搬去总是在它周围,而且是越搬离它越近了。我常觉得这中间有着宿命的味道:仿佛这古园就是为了等我,而历尽沧桑在那儿等待了四百多年。

它等待我出生,然后又等待我活到最狂妄的年龄上忽地残废了双腿。四百多年里,它剥蚀了古殿檐头浮夸的琉璃,淡褪了门壁上炫耀的朱红,坍圮了一段段高墙又散落了玉砌雕栏,祭坛四周的老柏树愈见苍幽,到处的野草荒藤也都茂盛得自在坦荡。这时候想必我是该来了。十五年前的一个下午,我摇着轮椅进入园中,它为一个失魂落魄的人把一切都准备好了。那时,太阳循着亘古不变的路途正越来越大,也越红。在满园弥漫的沉静光芒中,一个人更容易看到时间,并看见自己的身影。

两条腿残废后的最初几年,我找不到工作,找不到去路,忽然间几乎什么都找不到了,我就摇了轮椅总是到它那儿去,仅为着那儿是可以逃避一个世界的另一个世界。"园墙在金晃晃的空气中斜切下一溜荫凉,我把轮椅开进去,把椅背放倒,坐着或是躺着,看书或者想事,撅一权树枝左右拍打,驱赶那些和我一样不明白为什么要来这世上的小昆虫。""蜂儿如一朵小雾稳稳地停在半空;蚂蚁摇头晃脑捋着触须,猛然间想透了什么,转身疾行而去;瓢虫爬得不耐烦了,累了祈祷一回便支开翅膀,忽悠一下升空了;树干上留着一只蝉蜕,寂寞如一间空屋;露水在草叶上滚动,聚集,压弯了草叶轰然坠地摔开万道金光。""满园子都是草木竞相生长弄出的响动,窸窸窣窣片刻不息。"这都是真实的记录,园子荒芜但并不衰败。

除去几座殿堂我无法进去,除去那座祭坛我不能上去而只能从各个角度张望它,地坛的每一棵树下我都去过,差不多它的每一米草地上都有过我的车轮印。无论是什么季节,什么天气,什么时间,我都在这园子里待过。有时候待一会儿就回家,有时候就待到满地上都亮起月光。记不清都是在它的哪些角落里了,我一连几小时专心致志地想关于死的事,也以同样的耐心和方式想过我为什么要出生。这样想了好几年,最后事情终于弄明白了:一个人,出生了,这就不再是一个可以辩论的问题,而只是上帝交给他的一个事实;上帝在交给我们这件事实的时候,已经顺便保证了它的结果,所以死是一件不必急于求成的事,死是一个必然会降临的节日。这样想过之后我安心多了,眼前的一切不再那么可怕。比如你起早熬夜准备考试的时候,忽然想起有一个长长的假期在前面等待你,你会不会觉得轻松一点?并且庆幸感激这样的安排?

剩下的就是怎样活的问题了,这却不是在某一个瞬间就能完全想透的、不是一次性能够解决的事,怕是活多久就要想它多久了,就像是伴你终生的魔鬼或恋人。所以,十五年了,我还是总得到那古园里去,去它的老树下或荒草边或颓墙旁,去默坐,去呆想,去推开耳边的嘈杂理一理纷乱的思绪,去窥看自己的心魂。十五年中,这古园的形体被不能理解它的人肆意雕琢,幸好有些东西是任谁也不能改变的。譬如祭坛石门中的落日,寂静的光辉平铺的一刻,地上的每一个坎坷都被映照得灿烂;譬如在园中最为落寞的时间,一群雨燕便出来高歌,把天地都叫喊得苍凉;譬如冬天雪地上孩子的脚印,总让人猜想他们是谁,曾在哪儿做过些什么，然后又都到哪儿去了；譬如那些苍黑的古柏，你忧郁的时候它们镇静地站在那儿，你欣喜的时候它们依然镇静地站在那儿，它们没日没夜地站在那儿，从你没有出生一直站到这个世界上又没了你的时候；譬如暴雨骤临园中，激起一阵阵灼烈而清纯的草木和泥土的气味，让人想起无数个夏天的事件；譬如秋风忽至，再有一场早霜，落叶或飘摇歌舞或坦然安卧，满园中播散着熨帖而微苦的味道。味道是最说不清楚的，味道不能写只能闻，要你身临其境去闻才能明了。味道甚至是难于记忆的，只有你又闻到它你才能记起它的全部情感和意蕴。所以我常常要到那园子里去。

二

现在我才想到，当年我总是独自跑到地坛去，曾经给母亲出了一个怎样的难题。

她不是那种光会疼爱儿子而不懂得理解儿子的母亲。她知道我心里的苦闷，知道不该阻止我出去走走，知道我要是老待在家里结果会更糟，但她又担心我一个人在那荒僻的园子里整天都想些什么。我那时脾气坏到极点，经常是发了疯一样地离开家，从那园子里回来又中了魔似的什么话都不说。母亲知道有些事不宜问，便犹犹豫豫地想问而终于不敢问，因为她自己心里也没有答案。她料想我不会愿意她跟我一同去，所以她从未这样要求过，她知道得给我一点独处的时间，得有这样一段过程。她只是不知道这过程得要多久，和这过程的尽头究竟是什么。每次我要动身时，她便无言地帮我准备，帮助我上了轮椅车，看着我摇车拐出小院；这以后她会怎样，当年我不曾想过。

有一回我摇车出了小院，想起一件什么事又反身回来，看见母亲仍站在原地，还是送我走时的姿势，望着我拐出小院去的那处墙角，对我的回来竟一时没有反应。待她再次送我出门的时候，她说："出去活动活动，去地坛看看书，我说这挺好。"许多年以后我才渐渐听出，母亲这话实际上是自我安慰，是暗自的祷告，是给我的提示，是恳求与嘱咐。只是在她猝然去世之后，我才有余暇设想，当我不在家里的那些漫长的时间，她是怎样心神不定坐卧难宁，兼着痛苦与惊恐与一个母亲最低限度的祈求。现在我可以断定，以她的聪慧和坚忍，在那些空落的白天后的黑夜，在那不眠的黑夜后的白天，她思来想去最后准是对自己说："反正我不能不让他出去，未来的日子是他自己的，如果他真的要在那园子里出了什么事，这苦难也只好我来承担。"在那段日子里——那是好几年长的一段日子，我想我一定使母亲做过了最坏的准备了，但她从来没有对我说过："你为我想想。"事实上我也真的没为她想过。那时她的儿子还太年轻，还来不及为母亲想，他被命运击昏了头，一心以为自己是世上最不幸的一个，不知道儿子的不幸在母亲那儿总是要加倍的。她有一个长到二十岁上忽然截瘫了的儿子，这是她唯一的儿子；她情愿截瘫的是自己而不是儿子，可这事无法代替；她想，只要儿子能活下去哪怕自己去死呢也行，可她又确信一个人不能仅仅是活着，儿子得有一条路走向自己的幸福；而这条路呢，没有谁能保证她的儿子终于能找到。——这样一个母亲，注定是活得最苦的母亲。

摇着轮椅在园中慢慢走，又是雾罩的清晨，又是骄阳高悬的白昼，我只想着一件事：母亲已经不在了。在老柏树旁停下，在草地上在颓墙边停下，又是处处虫鸣的午后，又是鸟儿归巢的傍晚,我心里只默念着一句话:可是母亲已经不在了。把椅背放倒,躺下,似睡非睡挨到日没,坐起来,心神恍惚,呆呆地直坐到古祭坛上落满黑暗然后再渐渐浮起月光,心里才有点明白,母亲不能再来这园中找我了。

曾有过好多回,我在这园子里待得太久了,母亲就来找我。她来找我又不想让我发觉,只要见我还好好地在这园子里,她就悄悄转身回去。我看见过几次她的背影。我也看见过几回她四处张望的情景,她视力不好,端着眼镜像在寻找海上的一条船,她没看见我时我已经看见她了,待我看见她也看见我了我就不去看她,过一会儿我再抬头看她就又看见她缓缓离去的背影。我单是无法知道有多少回她没有找到我。有一回我坐在矮树丛中,树丛很密,我看见她没有找到我;她一个人在园子里走,走过我的身旁,走过我经常待的一些地方,步履茫然又急迫。我不知道她已经找了多久还要找多久,我不知道为什么我决意不喊她——但这绝不是小时候的捉迷藏,这也许是出于长大了的男孩子的倔强或羞涩?但这倔强只留给我痛悔,丝毫也没有骄傲。我真想告诫所有长大了的男孩子,千万不要跟母亲来这套倔强,羞涩就更不必,我已经懂了可我已经来不及了。

有一年,十月的风又翻动起安详的落叶,我在园中读书,听见两个散步的老人说:"没想到这园子有这么大。"我放下书,想,这么大一座园子,要在其中找到她的儿子,母亲走过了多少焦灼的路。多年来我头一次意识到,这园中不单是处处都有过我的车辙,有过我的车辙的地方也都有过母亲的脚印。

三

现在让我想想,十五年中坚持到这园子来的人都是谁呢?好像只剩了我和一对老人。

十五年前,这对老人还只能算是中年夫妇,我则货真价实还是个青年。他们总是在薄暮时分来园中散步,我不大弄得清他们是从哪边的园门进来,一般来说他们是逆时针绕着园子走。男人个子很高,肩宽腿长,走起路来目不斜视,胯以上直至脖颈挺直不动;他的妻子攀了他一条胳膊走,也不能使他的上身稍有松懈。女人个子却矮,也不算漂亮,我无端地相信她必出身于家道中衰的名门富族;她攀在丈夫胳膊上像个娇弱的孩子,她向四周观望时总含着恐惧,她轻声与丈夫谈话,见有人走近就立刻怯怯地收住话头。我有时因为他们而想起冉阿让与柯赛特[2],但这想法并不巩固,他们一望即知是老夫老妻。两个人的穿着都算得上考究,但由于时代的演进,他们的服饰又可以称为古朴了。他们和我一样,到这园子里来几乎是风雨无阻,不过他们比我守时。我什么时间都可能来,他们则一定是在暮色初临的时候。刮风时他们穿了米色风衣,下雨时他们打了黑色的雨伞,夏天他们的衬衫是白色的,裤子是黑色的或米色的,冬天他们的呢子大衣又都是黑色的,想必他们只喜欢这三种颜色。他们逆时针绕这园子一周,然后离去。他们走过我身旁时只有男人的脚步响,女人像是贴在高大的丈夫身上跟着漂移。我相信他们一定对我有印象,但是我们没有说过话,我们互相都没有想要接近的表示。十五年中,他们或许注意到一个小伙子进入了中年,我则看着一对令人羡慕的中年情侣不觉中成了两个老人。

这些人现在都不到园子里来了,园子里差不多完全换了一批新人。十五年前的旧人,现在就剩我和那对老夫老妻了。有那么一段时间,这老夫老妻中的一个也忽然不来,薄暮时分唯男人独自来散步,步态也明显迟缓了许多,我悬心了很久,怕是那女人出了什么事。幸好过了一个冬天那女人又来了,两个人仍是逆时针绕着园子走,一长一短两个身影恰似钟表的两支指针;女人的头发白了许多,但依旧攀着丈夫的胳膊走得像个孩子。"攀"这个字用得不恰当了,或许可以用"搀"吧,不知有没有兼具这两个意思的字。

四

我也没有忘记一个孩子——一个漂亮而不幸的小姑娘。

那是个礼拜日的上午。那是个晴朗而令人心碎的上午,时隔多年,我竟发现那个漂亮的小姑娘原来是个弱智的孩子。我摇着车到那几棵大栾树下去,恰又是遍地落满了小灯笼[3]的季节;当时我正为一篇小说的结尾所苦,既不知为什么要给它那样一个结尾,又不知何以忽然不想让它有那样一个结尾,于是从家里跑出来,想依靠着园中的镇静,看看是否应该把那篇小说放弃。我刚刚把车停下,就见前面不远处有几个人在戏耍一个少女,作出怪样子来吓她,又喊又笑地追逐她拦截她,少女在几棵大树间惊惶地东跑西躲,却不松手揪卷在怀里的裙裾,两条腿袒露着也似毫无察觉。我看出少女的智力是有些缺陷,却还没看出她是谁。我正要驱车上前为少女解围,就见远处飞快地骑车来了个小伙子,于是那几个戏耍少女的家伙望风而逃。小伙子把自行车支在少女近旁,怒目望着那几个四散逃窜的家伙,一声不吭喘着粗气,脸色如暴雨前的天空一样一会比一会苍白。我几乎是在心里惊叫了一声,或者是哀号。世上的事常常使上帝的居心变得可疑。小伙子向他的妹妹走去。少女松开了手,裙裾随之垂落了下来,很多很多她捡的小灯笼便洒落了一地,铺散在她的脚下。她仍然算得漂亮,但双眸迟滞没有光彩。她呆呆地望那群跑散的家伙,望着极目之处的空寂,凭她的智力绝不可能把这个世界想明白吧?大树下,破碎的阳光星星点点,风把遍地的小灯笼吹得滚动,仿佛喑哑地响着无数小铃铛。哥哥把妹妹扶上自行车后座,带着她无言地回家去了。

无言是对的。要是上帝把漂亮和弱智这两样东西都给了这个小姑娘,就只有无言和回家去是对的。

谁又能把这世界想个明白呢?世上的很多事是不堪说的。你可以抱怨上帝何以要降诸多苦难给这人间,你也可以为消灭种种苦难而奋斗,并为此享有崇高与骄傲,但只要你再多想一步你就会坠入深深的迷茫了:假如世界上没有了苦难,世界还能够存在吗?要是没有愚钝,机智还有什么光荣呢?要是没了丑陋,漂亮又怎么维系自己的幸运?要是没有了恶劣和卑下,善良与高尚又将如何界定自己又如何成为美德呢?要是没有了残疾,健全会否因其司空见惯而变得腻烦和乏味呢?我常梦想着在人间彻底消灭残疾,但可以相信,那时将由患病者代替残疾人去承担同样的苦难。如果能够把疾病也全数消灭,那么这份苦难又将由(比如说)相貌丑陋的人去承担了。就算我们连丑陋,连愚昧和卑鄙和一切我们所不喜欢的事物和行为,也都可以统统消灭掉,所有的人都一样健康、漂亮、聪慧、高尚,结果会怎样呢?怕是人间的剧目就全要收场了,一个失去差别的世界将是一条死水,是一块没有感觉没有肥力的沙漠。

看来差别永远是要有的。看来就只好接受苦难——人类的全部剧目需要它,存在的本身需要它。看来上帝又一次对了。

于是就有一个最令人绝望的结论等在这里:由谁去充任那些苦难的角色?又由谁去体现这世间的幸福、骄傲和快乐?只好听凭偶然,是没有道理好讲的。

就命运而言,休论公道。

那么,一切不幸命运的救赎之路在哪里呢?

设若智慧的悟性可以引领我们去找到救赎之路,难道所有的人都能够获得这样的智慧和悟性吗?

五

要是有些事我没说,地坛,你别以为是我忘了,我什么也没忘,但是有些事只适合收藏。不能说,也不能想,却又不能忘。它们不能变成语言,它们无法变成语言,一旦变成语言就不再是它们了。它们是一片朦胧的温馨与寂寥,是一片成熟的希望与绝望,它们的领地只有两处:心与坟墓。比如说邮票,有些是用于寄信的,有些仅仅是为了收藏。

如今我摇着车在这园子里慢慢走,常常有一种感觉,觉得我一个人跑出来已经玩得太久了。有一天我整理我的旧相册,一张十几年前我在这园子里照的照片——那个年轻人坐在轮椅上,背后是一棵老柏树,再远处就是那座古祭坛。我便到园子里去找那棵树。我按着照片上的背景很快就找到了它,按着照片上它枝干的形状找,肯定那就是它。但是它已经死了,而且在它身上缠绕着一条碗口粗的藤萝。有一天我在这园子碰见一个老太太,她说:"哟,你还在这儿呢?"她问我:"你母亲还好吗?""您是谁?""你不记得我,我可记得你。有一回你母亲来这儿找你,她问我您看没看见一个摇轮椅的孩子?……"我忽然觉得,我一个人跑到这世界上来真是玩得太久了。有一天夜晚,我独自坐在祭坛边的路灯下看书,忽然从那漆黑的祭坛里传出一阵阵唢呐声;四周都是参天古树,方形祭坛占地几百平方米空旷坦荡独对苍天,我看不见那个吹唢呐的人,唯唢呐声在星光寥寥的夜空里低吟高唱,时而悲怆时而欢快,时而缠绵时而苍凉,或许这几个词都不足以形容它,我清清醒醒地听出它响在过去、响在现在,响在未来,回旋飘转亘古不散。

必有一天,我会听见喊我回去。

那时您可以想象一个孩子,他玩累了可他还没玩够呢。心里好些新奇的念头甚至等不及到明天。也可以想象是一个老人,无可置疑地走向他的安息地,走得任劳任怨。还可以想象一对热恋中的情人,互相一次次说"我一刻也不想离开你",又互相一次次说"时间已经不早了",时间不早了可我一刻也不想离开你,一刻也不想离开你可时间毕竟是不早了。

我说不好我想不想回去。我说不好是想还是不想,还是无所谓。我说不好我是像那个孩子,还是像那个老人,还是像一个热恋中的情人。很可能是这样:我同时是他们三个。我来的时候是个孩子,他有那么多孩子气的念头所以才哭着喊着闹着要来,他一来一见到这个世界便立刻成了不要命的情人,而对一个情人来说,不管多么漫长的时光也是稍纵即逝,那时他便明白,每一步每一步,其实一步步都是走在回去的路上。当牵牛花初开的时节,葬礼的号角就已吹响。

但是太阳,它每时每刻都是夕阳也都是旭日。当它熄灭着走下山去收尽苍凉残照之际,正是它在另一面燃烧着爬上山巅布散烈烈朝辉之时。那一天,我也将沉静着走下山去,扶着我的拐杖。有一天,在某一处山洼里,势必会跑上来一个欢蹦的孩子,抱着他的玩具。

当然,那不是我。

但是,那不是我吗?

宇宙以其不息的欲望将一个歌舞炼为永恒。这欲望有怎样一个人间的姓名,大可忽略不计。(有删改)

注释:

[1]地坛:又称方泽坛,始建于明代嘉靖九年(1530年),为北京五坛中的第二大坛,坐落在安定门外东侧,与天坛遥相对应,与雍和宫、孔庙、国子监隔河相望。地坛是一座庄严肃穆、古朴幽雅的皇家坛庙,是明清两朝祭祀"皇地祇神"之场所,也是中国最大的"祭地"之坛。

[2]冉阿让、柯赛特:雨果《悲惨世界》里的主人公之一。

[3]小灯笼:指春天时,大栾树开出一簇簇细小而稠密的黄花,花落了便结出无数如同三片叶子合抱的小灯笼。

作者简介:

史铁生,1951年生于北京,2010年病逝。1967年初中毕业。1969年去陕北农村插队,21岁时,因脚疾住进医院,那一天是他的生日,从此他再没站起来。三年后双腿瘫痪转回北京。面对残疾,史铁生曾一度彷徨苦闷,甚至想到了自杀,但最后还是面对困难勇敢地活下来。他在做了7年临时工之后,转向写作。1983年发表《我的遥远的清平湾》,一举成名。主要作品有:短篇小说《我的遥远的清平湾》《命若琴弦》《老屋小记》;散文《我与地坛》《好运设计》《病隙碎笔》;中篇小说《关于詹牧师的报告文学》《中篇1或短篇4》;长篇小说《务虚笔记》《我的丁一之旅》等。本文为节选。

赏析:

史铁生是经常能给我们以惊异的那种作家。也许因为他特殊的身体状况给了他人所不及的感悟力。他总是很平静甚至很低调地写一些平实的文字,然后让你大吃一惊。这有点像有人用近乎耳语的声音,宣布与大伙性命相关的消息,并不因为其音量小而被忽视。史铁生的苦难是显而易见的,不仅因为他有一具残疾的身体,更因为他有一个健全过人的大脑。这么多年了,他在轮椅上年复一年地沉思默想,度过绝望而狂躁的青年时光,也成熟了他中年的深厚思想。一切思想必定是忧郁的,何况如史铁生这样,从第一天得知自己将永远不能再站立起来的时候起,就一刻也不能停顿地冥思苦想着的人。这时候,我们忘了,在人的生命活动中,唯沉思的时刻,才是敏锐、富有,也是最强大的时刻。只是由于肢体的完整,由于行动的灵便,由于俗务的纠缠,更由于欲望的循循善诱,沉思的机会于我们正变得越来越稀少。

史铁生当然算得上是经历过绝境了。绝境从来就是这样,要么把人彻底击垮,要么使人归于宁静。宁静是一种规格很高的品质。庄子说:人莫鉴于流水,而鉴于止水。意思是要对一个人做出判断,观其动不如视其静。自古以来,心如止水、宠辱不惊、以不变应万变等说法,都表现了对宁静心态的某种崇敬。

真正获得了宁静的人非但不是麻木的生硬的,反而是极其敏感极其温厚也是极其丰富极其坚忍的。他可能为草的凋零或者树叶的飘落而伤感,也可能替一位素不相识的弱智少女而担忧;他对已经去世的母亲怀有深深的歉疚,对一直关怀和帮助自己的朋友和亲人充满感激之情;他思考过怎样生也思考过怎样死,说到生的时候,他有那么多山重水复的烦恼和柳暗花明的喜悦;讲到死的时候他事无巨细,从心态、方式到装裹和墓地,全都娓娓道来更谈笑风生……

我们从史铁生看得到一个人内心无一日止息的起伏,同时也在这个人内心的起伏中解读了宁静。(节选自《燕赵晚报》)

5.王小波《一只特立独行的猪》

一只特立独行的猪

插队的时候,我喂过猪,也放过牛。假如没有人来管,这两种动物也完全知道该怎样生活。它们会自由自在地闲逛,饥则食渴则饮,春天来临时还要谈谈爱情;这样一来,它们的生活层次很低,完全乏善可陈。人来了以后,给它们的生活做出了安排:每一头牛和每一口猪的生活都有了主题。就它们中的大多数而言,这种生活主题是很悲惨的:前者的主题是干活,后者的主题是长肉。我不认为这有什么可抱怨的,因为我当时的生活也不见得丰富了多少,除了八个样板戏,也没有什么消遣。有极少数的猪和牛,它们的生活另有安排。以猪为例,种猪和母猪除了吃,还有别的事可干。就我所见,它们对这些安排也不大喜欢。种猪的任务是交配,换言之,我们的政策准许它当个花花公子。但是疲惫的种猪往往摆出一种肉猪(肉猪是阉过的)才有的正人君子架势,死活不肯跳到母猪背上去。母猪的任务是生崽儿,但有些母猪却要把猪崽儿吃掉。总的来说,人的安排使猪痛苦不堪。但它们还是接受了:猪总是猪啊。

对生活做种种设置是人特有的品性。不光是设置动物,也设置自己。我们知道,在古希腊有个斯巴达,那里的生活被设置得了无生趣,其目的就是要使男人成为亡命战士,使女人成为生育机器,前者像些斗鸡,后者像些母猪。这两类动物是很特别的,但我以为,它们肯定不喜欢自己的生活。但不喜欢又能怎么样?人也好,动物也罢,都很难改变自己的命运。

以下谈到的一只猪有些与众不同。我喂猪时,它已经有四五岁了,从名分上说,它是肉猪,但长得又黑又瘦,两眼炯炯有光。这家伙像山羊一样敏捷,一米高的猪栏一跳就过;它还能跳上猪圈的房顶,这一点又像是猫——所以它总是到处游逛,根本就不在圈里待着。所有喂过猪的知青都把它当宠儿来对待,它也是我的宠儿——因为它只对知青好,容许他们走到三米之内,要是别的人,它早就跑了。它是公的,原本该劁掉。不过你去试试看,哪怕你把劁猪刀藏在身后,它也能嗅出来,朝你瞪大眼睛,噢噢地吼起来。我总是用细米糠熬的粥喂它,等它吃够了以后,才把糠兑到野草里喂别的猪。其他猪看了嫉妒,一起嚷起来。这时候整个猪场一片鬼哭狼嚎,但我和它都不在乎。吃饱了以后,它就跳上房顶去晒太阳,或者模仿各种声音。它会学汽车响、拖拉机响,学得都很像;有时整天不见踪影,我估计它到附近的村寨里找母猪去了。我们这里也有母猪,都关在圈里,被过度的生育搞得走了形,又脏又臭,它对它们不感兴趣;村寨里的母猪好看一些。它有很多精彩的事迹,但我喂猪的时间短,知道得有限,索性就不写了。总而言之,所有喂过猪的知青都喜欢它,喜欢它特立独行的派头儿,还说它活得潇洒。但老乡们就不这么浪漫,他们说,这猪不正经。领导则痛恨它,这一点以后还要谈到。我对它则不只是喜欢——我尊敬它,常常不顾自己虚长十几岁这一现实,把它叫作"猪兄"。如前所述,这位猪兄会模仿各种声音。我想它也学过人说话,但没有学会——假如学会了,我们就可以做倾心之谈。但这不能怪它。人和猪的音色差得太远了。

后来,猪兄学会了汽笛叫,这个本领给它招来了麻烦。我们那里有座糖厂,中午要鸣一次汽笛,让工人换班。我们队下地干活时,听见这次汽笛响就收工回来。我的猪兄每天上午十点钟总要跳到房上学汽笛,地里的人听见它叫就回来——这可比糖厂鸣笛早了一个半小时。坦白地说,这不能全怪猪兄,它毕竟不是锅炉,叫起来和汽笛还有些区别,但老乡们却硬说听不出来。领导上因此开了一个会,把它定成了破坏春耕的坏分子,要对它采取专政手段——会议的精神我已经知道了,但我不为它担忧——因为假如专政是指绳索和杀猪刀的话,那是一点门都没有的。以前的领导也不是没试过,一百人也逮不住它。狗也没用:猪兄跑起来像颗鱼雷,能把狗撞出一丈开外。谁知这回是动了真格的,指导员带了二十几个人,手拿五四式手枪;副指导员带了十几人,手持看青的火枪,分两路在猪场外的空地上兜捕它。这就使我陷入了内心的矛盾:按我和它的交情,我该舞起两把杀猪刀冲出去,和它并肩战斗,但我又觉得这样做太过惊世骇俗——它毕竟是只猪啊;还有一个理由,我不敢对抗领导,我怀疑这才是问题之所在。总之,我在一边看着。猪兄的镇定使我佩服至极:它很冷静地躲在手枪和火枪的连线之内,任凭人喊狗咬,不离那条线。这样,拿手枪的人开火就会把拿火枪的打死,反之亦然;两头同时开火,两头都会被打死。至于它,因为目标小,多半没事。就这样连兜了几个圈子,它找到了一个空子,一头撞出去了;跑得潇洒至极。以后我在甘蔗地里还见过它一次,它长出了獠牙,还认识我,但已不容我走近了。这种冷淡使我痛心,但我也赞成它对心怀叵测的人保持距离。

我已经四十岁了,除了这只猪,还没见过谁敢于如此无视对生活的设置。相反,我倒见过很多想要设置别人生活的人,还有对被设置的生活安之若素的人。因为这个缘故,我一直怀念这只特立独行的猪。

作者简介：

王小波（1952 年～1997 年），当代著名学者、作家。1952 年 5 月 13 日生于北京，1968 年去云南插队，1978 年考入中国人民大学学习商业管理。1984 年至 1988 年在美国匹兹堡大学学习，获硕士学位后回国，曾任教于北京大学和中国人民大学，后辞职专事写作。1997 年 4 月 11 日病逝于北京。代表作品有《黄金时代》《白银时代》《黑铁时代》等。被誉为中国的乔伊斯兼卡夫卡。他的唯一一部电影剧本《东宫西宫》获阿根廷国际电影节最佳编剧奖，并入围 1997 年戛纳国际电影节。王小波为人、为文都颇有特立独行的意味，其写作标榜"智慧""自然的人性爱""有趣"，别具一格，深具批判精神。师承穆旦（查良铮）。

赏析：

自古以来，中国文人有把理想比作香草美人的，有把自己比喻为莲、梅、竹、菊的，也有自喻为闲云野鹤的，但没有人自喻为猪，或把理想比作为猪。在国人的思维方式里，猪天生就是挨刀子的，猪怎么会有思维能力？王小波的这种发挥既是一种无言的象征，也是黑色幽默和反讽。"任何一个文明都该容许反讽的存在，这是一种解毒剂，可以防止人把事情干到没滋没味的程度。"或许我们可以说，特立独行是作家、文化思想家王小波的精神标杆，猪是王小波的自喻。文章用一只特立独行的猪来对比人在相同境遇下的顺从、畏缩、苟且偷生，指引出崇尚智慧与自由的光明之路。

6.余华《十八岁出门远行》

十八岁出门远行

柏油马路起伏不止，马路像是贴在海浪上。我走在这条山区公路上，我像一条船。这年我十八岁，我下巴上那几根黄色的胡须迎风飘飘，那是第一批来这里定居的胡须，所以我格外珍重它们，我在这条路上走了整整一天，已经看了很多山和很多云。所有的山所有的云，都让我联想起了熟悉的人。我就朝着它们呼唤他们的绰号，所以尽管走了一天，可我一点也不累。我就这样从早晨里穿过，现在是走进了下午的尾声，而且还看到了黄昏的头发。但是我还没走进一家旅店。

我在路上遇到不少人，可他们都不知道前面是何处，前面是否有旅店。他们都这样告诉我："你走过去看吧。"我觉得他们说得太好了，我确实是在走过去看。可是我还没走进一家旅店。我觉得自己应该为旅店操心。

我奇怪自己走了一天竟只遇到一次汽车。那时是中午，那时我刚刚想搭车，但那时仅仅只是想搭车，那时我还没为旅店操心，那时我只是觉得搭一下车非常了不起。我站在路旁朝那辆汽车挥手，我努力挥得很潇洒。可那个司机看也没看我，汽车和司机一样，也是看也没看，在我眼前一闪就过去了。我就在汽车后面拼命地追了一阵，我这样做只是为了高兴，因为那时我还没有为旅店操心。我一直追到汽车消失之后，然后我对着自己哈哈大笑，但是我马上发现笑得太厉害会影响呼吸，于是我立刻不笑。接着我就兴致勃勃地继续走路，但心里却开始后悔起来，后悔刚才没在潇洒地挥着的手里放一块大石子。

现在我真想搭车，因为黄昏就要来了，可旅店还在它妈肚子里，但是整个下午竟没再看到一辆汽车。要是现在再拦车，我想我准能拦住。我会躺到公路中央去，我敢肯定所有的汽车都会在我耳边来个急刹车。然而现在连汽车的马达声都听不到。现在我只能走过去看了，这话不错，走过去看。

公路高低起伏，那高处总在诱惑我，诱惑我没命奔上去看旅店，可每次都只看到另一个高处，中间是一个叫人沮丧的弧度。尽管这样我还是一次一次地往高处奔，次次都是没命地奔。眼下我又往高处奔去。这一次我看到了，看到的不是旅店而是汽车。汽车是朝我这个方向停着的，停在公路的低处。我看到那个司机高高翘起的屁股，屁股上有晚霞。司机的脑袋我看不见，他的脑袋正塞在车头里。那车头的盖子斜斜翘起，像是翻起的嘴唇。车厢里高高堆着箩筐，我想着箩筐里装的肯定是水果。当然最好是香蕉。我想他的驾驶室里应该也有，那么我一坐进去就可以拿起来吃了，虽然汽车将要朝我走来的方向开去，但我已经不在乎方向。我现在需要旅店，旅店没有就需要汽车，汽车就在眼前。

我兴致勃勃地跑了过去，向司机打招呼："老乡，你好。"

司机好像没有听到，仍在弄着什么。

"老乡，抽烟。"

这时他才使了使劲，将头从里面拔出来，并伸过来一只黑乎乎的手，夹住我递过去的烟。我赶紧给他点火。他将烟叼在嘴上吸了几口后，又把头塞了进去。

于是我心安理得了，他只要接过我的烟，他就得让我坐他的车。我就绕着汽车转悠起来，转悠是为了侦察箩筐的内容。可是我看不清，便去使用鼻子闻，闻到了苹果味，苹果也不错，我这样想。

不一会他修好了车，就盖上车盖跳了下来。我赶紧走上去说："老乡，我想搭车。"

不料他用黑乎乎的手推了我一把，粗暴地说："滚开。"

我气得无话可说，他却慢悠悠地打开车门钻了进去，然后发动机响了起来。我知道要是错过这次机会，将不再有机会。我知道现在应该豁出去了。于是我跑到另一侧，也拉开车门钻了进去。我准备与他在驾驶室里大打一场。我进去时首先是冲着他吼了一声："你嘴里还叼着我的烟。"这时汽车已经活动了。

然而他却笑嘻嘻地十分友好地看起我来，这让我大感不解。他问："你上哪儿？"

我说："随便上哪儿。"

他又亲切地问："想吃苹果吗？"他仍然看着我。

"那还用问。"

"到后面去拿吧。"

他把汽车开得那么快，我敢爬出驾驶室爬到后面去吗？于是我就说："算了吧。"

他说："去拿吧。"他的眼睛还在看着我。

我说:"别看了,我脸上没公路。"

他这才扭过头去看公路了。

汽车朝我来时的方向驰着,我舒服地坐在座椅上,看着窗外,和司机聊着天。现在我和他已经成为朋友了。我已经知道他是在个体贩运。这汽车是他自己的,苹果也是他的。我还听到了他口袋里面钱儿叮当响。我问他:"你到什么地方去?"

他说:"开过去看吧。"

这话简直像是我兄弟说的,这话可多亲切。我觉得自己与他更亲近了。车窗外的一切应该是我熟悉的,那些山那些云都让我联想起来了另一帮熟悉人来了,于是我又叫唤起另一批绰号来了。

现在我根本不在乎什么旅店,这汽车这司机这座椅让我心安而理得。我不知道汽车要到什么地方去,他也不知道。反正前面是什么地方对我们来说无关紧要,我们只要汽车在驰着,那就驰过去看吧。

可是这汽车抛锚了,那个时候我们已经是好得不能再好的朋友了。我把手搭在他肩上,他把手搭在我肩上。他正在把他的恋爱说给我听,正要说第一次拥抱女性的感觉时,这汽车抛锚了。汽车是在上坡时抛锚的,那个时候汽车突然不叫唤了,像死猪那样突然不动了。于是他又爬到车头上去了,又把那上嘴唇翻了起来,脑袋又塞了进去。我坐在驾驶室里,我知道他的屁股此刻肯定又高高翘起,但上嘴唇挡住了我的视线,我看不到他的屁股,可我听得到他修车的声音。

过了一会他把脑袋拔了出来,把车盖盖上。他那时的手更黑了,他把脏手在衣服上擦了又擦,然后跳到地上走了过来。

"修好了?"我问。

"完了,没法修了。"他说。

我想完了,"那怎么办呢"我问。

"等着瞧吧。"他漫不经心地说。

我仍在汽车里坐着,不知该怎么办。眼下我又想起什么旅店来了。那个时候太阳要落山了,晚霞则像蒸气似的在升腾。旅店就这样重又来到了我脑中,并且逐渐膨胀,不一会便把我的脑袋塞满了。那时铁脑袋没有了,脑袋的地方长出了一个旅店。

司机这时在公路中央做起了广播操,他从第一节做到最后一节,做得很认真。做完又绕着汽车小跑起来。司机也许是在驾驶室里待得太久,现在他需要锻炼身体了。看着他在外面活动,我在里面也坐不住,于是,打开车门也跳了下去。但我没做放手操也没小跑。我在想着旅店。

这个时候我看到坡上有五个人骑着自行车下来,每辆自行车后座上都用一根扁担绑着两只很大的箩筐,我想他们大概是附近的农民,大概是卖菜回来。看到有人下来,我心里十分高兴,便迎上去喊道:"老乡,你们好。"

那五个人骑到我跟前时跳下了车,我很高兴地迎了上去,问:"附近有旅店吗?"

他们没有回答,而是问我:"车上装的是什么?"

我说:"是苹果。"

他们五人推着自行车走到汽车旁,有两个人爬到了汽车上,接着就翻下来十筐苹果,下面三个人把筐盖掀开往他们自己的筐里倒。我一时间还不知道发生了什么,那情景让我目瞪口呆。我明白过来就冲了上去,责问:"你们要干什么?"

他们谁也没理睬我,继续倒苹果。我上去抓住其中一个人的手喊道:"有人抢苹果啦!"这时有一只拳头朝我鼻子上狠狠地揍来了,我被打出几米远。爬起来用手一摸,鼻子软塌塌地不是贴着而是挂在脸上了,鲜血像是伤心的眼泪一样流。可当我看清打我的那个身强力壮的大汉时,他们五人已经跨上自行车走了。

司机此刻正在慢慢地散步,嘴唇翻着大口喘气,他刚才大概跑累了。他好像一点也不知道刚才的事。我朝他喊:"你的苹果被抢走了!"可他根本没注意我在喊什么,仍在慢慢地散步。我真想上去揍他一拳,也让他的鼻子挂起来。我跑过去对着他的耳朵大喊:"你的苹果被抢走了。"他这才转身看了我起来,我发现他的表情越来越高兴,我发现他是在看我的鼻子。

这时候,坡上又有很多人骑着自行车下来了,每辆车后都有两只大箩筐,骑车的人里面有一些孩子。他们蜂拥而来,又立刻将汽车包围。好些人跳到汽车上面,于是装苹果的箩筐纷纷而下,苹果从一些摔破的筐中像我的鼻血一样流了出来。他们都发疯般往自己筐中装苹果。才一瞬间工夫,车上的苹果全到了地下。那时有几辆手扶拖拉机从坡上隆隆而下,拖拉机也停在汽车旁,跳下一帮大汉开始往拖拉机上装苹果,那些空了的箩筐一只一只被扔了出去。那时的苹果已经满地滚了,所有人都像蛤蟆似的蹲着捡苹果。

我是在这个时候奋不顾身扑上去的,我大声骂着:"强盗!"扑了上去。于是有无数拳脚前来迎接,我全身每个地方几乎同时挨了揍。我支撑着从地上爬起来时,几个孩子朝我击来苹果。苹果撞在脑袋上碎了,但脑袋没碎。我正要扑过去揍那些孩子,有一只脚狠狠地踢在我腰部。我想叫唤一声,可嘴巴一张却没有声音。我跌坐在地上,我再也爬不起来了,只能看着他们乱抢苹果。我开始用眼睛去寻找那司机,这家伙此刻正站在远处朝我哈哈大笑,我便知道现在自己的模样一定比刚才的鼻子更精彩了。

那个时候我连愤怒的力气都没有了。我只能用眼睛看着这些使我愤怒极顶的一切。我最愤怒的是那个司机。

坡上又下来了一些手扶拖拉机和自行车,他们也投入到这场浩劫中去。我看到地上的苹果越来越少,看着一些人离去和一些人来到。来迟的人开始在汽车上动手,我看着他们将车窗玻璃卸了下来,将轮胎卸了下来,又将木板撬了下来。轮胎被卸去后的汽车显得特别垂头丧气,它趴在地上。一些孩子则去捡那些刚才被扔出去的箩筐。我看着地上越来越干净,人也越来越少。可我那时只能看着了,因为我连愤怒的力气都没有了。我坐在地上爬不起来,我只能让目光走来走去。

现在四周空荡荡了,只有一辆手扶拖拉机还停在趴着的汽车旁。有几个人在汽车旁东瞧西望,是在看看还有什么东西可以拿走。看了一阵后才一个一个爬到拖拉机上,于是拖拉机开动了。

这时我看到那个司机也跳到拖拉机上去了,他在车斗里坐下来后还在朝我哈哈大笑。我看到他手里抱着的是我那个红色的背包。他把我的背包抢走了。背包里有我的衣服和我的钱,还有食品和书。可他把我的背包抢走了。

我看着拖拉机爬上了坡,然后就消失了,但仍能听到它的声音,可不一会连声音都没有了。四周一下子寂静下来,天也开始黑下来。我仍在地上坐着,我这时又饥又冷,可我现在什么都没有了。

我在那里坐了很久,然后才慢慢爬起来,我爬起来时很艰难,因为每动一下全身就剧烈地疼痛,但我还是爬了起来。我一拐一拐地走到汽车旁边。那汽车的模样真是惨极了,它遍体鳞伤地趴在那里,我知道自己也是遍体鳞伤了。

天色完全黑了,四周什么都没有,只有遍体鳞伤的汽车和遍体鳞伤的我。我无限悲伤地看着汽车,汽车也无限悲伤地看着我。我伸出手去抚摸了它。它浑身冰凉。那时候开始起风了,风很大,山上树叶摇动时的声音像是海涛的声音,这声音使我恐惧,使我也像汽车一样浑身冰凉。

我打开车门钻了进去,座椅没被他们撬去,这让我心里稍稍有了安慰。我就在驾驶室里躺了下来。我闻到了一股漏出来的汽油味,那气味像是我身内流出的血液的气味。外面风越来越大,但我躺在座椅上开始感到暖和一点了。我感到这汽车虽然遍体鳞伤,可它心窝还是健全的,还是暖和的。我知道自己的心窝也是暖和的。我一直在寻找旅店,没想到旅店你竟在这里。

我躺在汽车的心窝里,想起了那么一个晴朗温和的中午,那时的阳光非常美丽。我记得自己在外面高高兴兴地玩了半天,然后我回家了,在窗外看到父亲正在屋内整理一个红色的背包,我扑在窗口问:"爸爸,你要出门?"

父亲转过身来温和地说:"不,是让你出门。"

"让我出门?"

"是的,你已经十八了,你应该去认识一下外面的世界了。"

后来我就背起了那个漂亮的红背包,父亲在我脑后拍了一下,就像在马屁股上拍了一下。于是我欢快地冲出了家门,像一匹兴高采烈的马一样欢快地奔跑了起来。

1986年11月16日北京

(选自《北京文学》1987年第1期)

作者简介:

余华,当代作家,浙江海盐县人,祖籍山东高唐县。著有中短篇小说《十八岁出门远行》《鲜血梅花》《一九八六年》《四月三日事件》《世事如烟》《难逃劫数》《河边的错误》《古典爱情》《战栗》等,长篇小说《在细雨中呼喊》《活着》《许三观卖血记》《兄弟》,也写了不少散文、随笔、文论及音乐评论。余华生于浙江杭州,长于海盐。父母都是医生。1973年小学毕业,1977年中学毕业,曾在一家镇上的医院任牙医。1983年开始创作,同年进入浙江省海盐县文化馆。处女作《星星》发表在《北京文学》1984年第1期。后就读于鲁迅文学院、北京师范大学联合招收的研究生班。他是"先锋派"的代表作家,早年的小说带有很强的实验性,以极其冷酷的笔调揭示人性丑陋阴暗的角落,罪恶、暴力、死亡是他执着描写的对象,处处透着怪异奇特的气息,又有非凡的想象力,客观的叙述语言和跌宕恐怖的情节形成鲜明的对比,对生存的异化状况有着特殊的敏感,给人以震撼。然而他在20世纪90年代后创作的长篇小说与80年代中后期的中短篇有很大的不同,特别是使他享有盛誉的《活着》和《许三观卖血记》,逼近生活真实,以平实的民间姿态呈现一种淡泊而又坚毅的力量,提供了历史的另一种叙述方法。

赏析:

莫言曾把余华称作是"当代文坛上第一个清醒的说梦者",认为《十八岁出门远行》是一篇"条理清楚的仿梦小说"。的确,小说自始至终充满了种种不确定的、令人难以捉摸的情境。开头的一段描写,表现迷蒙离奇、漂浮不定的感觉,令人宛若是在梦中。而小说愈发展,则梦的成分就愈强:汽车突然地出现,后来又突然地抛锚;老乡涌上来抢苹果,"我"为保护苹果被打得满脸是血,而司机不仅对发生的一切视若不见,还对着"我"快意地大笑不止。整个过程犹如发生在梦境里一般,充满了怪诞和不可思议。小说的高明之处在于,它所描述的一切都是逻辑的,但又准确无误。它用多种可能性瓦解了故事本身的意义,让人感受到一种由悖谬的逻辑关系与清晰准确的动作构成的统一所产生的梦一样的美丽。

余华说:"人类自身的肤浅来自经验的局限和对精神本质的疏远,只有脱离常识,背弃现状世界提供的秩序和逻辑,才能自由地接近真实。"这段阐述无疑可以作为对《十八岁出门远行》的恰切注释,从中我们也不难看到西方现代文学和哲学思潮对作品的影响。荒诞派作家尤金·尤奈斯库说过:"荒谬就是没有目的……人感到迷惘。他所有的行为成为毫无意义、荒诞不经和没有用处。"余华正是用一种极而言之的"仿梦"的方式,生动地揭示了世界的荒诞无常和青年人在这种荒谬人生面前的深刻迷惘。小说中青春初旅的明朗欢快与荒诞人生的阴暗丑陋构成鲜明的反差和剧烈的碰撞,使其具有了很强的审美张力。

7.陈方《是什么让我们失去了"晃荡"的青春》

是什么让我们失去了"晃荡"的青春

《中国青年报》(2012年7月11日)

飞机上,邻座的波兰小伙儿刚刚参加完湖南卫视"汉语桥"比赛,要飞到石家庄看望他在德国结识的朋友。

这个波兰小伙儿在德国学习、工作了很多年,这次他代表德国参赛。比赛成绩不是特别好,但正好可以借机来中国和朋友一起旅行。波兰小伙儿说这次可以在中国待90天,我很好奇,"你不用工作吗?"他说他还没有固定工作,在德国打工挣点钱,然后就去周游世界；他去过许多国家，认识了很多人，旅行改变了他的人生。我问他多大了，他说已经28岁了，不过还可以再尽情晃荡几年，然后再把生活固定下来。

一个28岁的波兰小伙儿，还可以如此自由自在地晃荡青春，这着实让人艳羡。在中国，一个28岁的小伙子往往早已不再年轻，着急恋爱结婚生子，着急买房买车，着急拼事业。我们的年轻人在焦虑，如果30岁还不能出人头地，这辈子可能就"完"了。

我依旧好奇于波兰小伙儿的"晃荡"状态，在别人眼里是不是很另类，他对我的问题很惊讶，他说他生活的环境里很多年轻人都是这个状态。他问我，你难道没有出国旅行过吗？没有看过世界吗？那你年轻时都做了些什么？

和大多数中国年轻人一样，我毕业后就开始按部就班地生活。一个28岁的中国小伙儿，如果还没有一份固定工作，还没有结婚成家，还整天晃来晃去，那他一定是主流社会舆论里的另类，甚至还会被贴上"社会青年"的标签。

"主流"了，"正常"了，不能说不好，但很多中国年轻人还是渴望能拥有一段"晃荡的青春"，否则，不会一看到别人在"晃荡青春"就心生艳羡。年轻就该遵从内心的奔放和自由，就该按照内心的意愿和兴趣来生活。比如，那位波兰小伙儿对语言感兴趣，便开始学习汉语，他从不考虑这是否有助于将来谋生。而我们早在进大学前选择专业时，就必须考虑就业。

中国绝大多数年轻人一毕业就被庸常生活绑架了，一方面，传统意义上按部就班进入主流轨道的"社会习惯"主导着我们；另一方面，社会现实也剥夺了"继续晃荡"的机会。"剩男剩女"对于所承受的家庭压力还可以抗争，但一个独立的社会人必须寻得谋生饭碗。就业形势不容乐观，毕业后如果不尽快占一个"坑"，等你晃荡够了，这个"坑"早就被别人占了。社会上那些待遇较好的单位，招聘时一般都只针对应届生，往届生乃至"社会青年"是很少有机会的。找一个待遇一般甚至能勉强谋生的工作，又必须考虑到未来的养老风险。

波兰小伙儿并不完全理解中国青年的这般"纠结"，他在德国认识很多与之类似的中国年轻人，不过，那些中国年轻人之所以敢晃荡，大抵都是因为家庭条件比较优越，晃荡完青春并不影响以后的稳定生活。而这，和家庭背景一般的波兰小伙儿的晃荡，实质决然不同。

一毕业就"老"了，那是因为我们没有太多选择。你可以在内心"晃荡青春"，但不能以实际生活的姿态晃荡，你必须找一个主流的外壳来护卫你冲动的内心；如果说你想像波兰小伙儿那样以生活的姿态"晃荡青春"，那就必须付出有可能"晃荡一辈子"的代价。

如果哪一天中国年轻人可以随心所欲"晃荡青春"了，那一定是我们的创造力最自由奔放之时。

作者简介：

陈方，中国青年报记者。

赏析：

父母可以给孩子生命，可以给孩子财富，却不能给孩子人生。孩子的人生，连同他们的成就和幸福都是由他们自己去创造的。

19世纪,在丹麦。一个出身于鞋匠家庭的穷孩子,在父亲去世不久,家人便为他的前途着急,并作了安排。奶奶主张他去当文书,妈妈主张他去学裁缝或木匠,继父让他自己去选择,孩子则坚决表示要去演戏,当一名演员。疼爱孩子的奶奶和妈妈经过深思熟虑,最终决定让孩子自己去闯荡人生。这位14岁的少年独自到了哥本哈根,去拜访一位著名的舞蹈演员表示想学跳舞,却被婉言谢绝;又去拜访剧团经理,表示想当一名演员,经理嫌他太瘦,嘲笑了他。为了生计他去给木匠当徒弟,结果木匠嫌他干不了重活儿把他辞退。一心献身艺术的他又去拜访音乐学院的教授,表示要学唱歌,这次被收留下来。本想一展歌喉的他不久由于患重感冒坏了嗓子,又不得不走出音乐学院的大门。后来,皇家歌剧院发现他有写作才能便送他去一所中学读书和练习写作,结果又因为校长的指责和嘲讽,迫使他不得不离开学校。但他不屈服于命运,廉价租了一间破旧房子的阁楼,住了下来,刻苦地复习功课,终于考进了哥本哈根大学。这就是世界著名的作家——丹麦童话作家安徒生。

安徒生的成功固然来自他的天赋,来自他的执着,但也不能不说来自他的奶奶、妈妈和继父那个让他闯荡人生的最终决定。因为正是这个决定,使他更多地看到了黑暗社会中的各种人物和下层人民的疾苦,磨炼了他的才智和毅力。假如不是这样,安徒生按照奶奶和妈妈最初的想法,真的去做了文书,或者裁缝,或者木匠,恐怕很难会给人类留下《丑小鸭》、《海的女儿》、《皇帝的新装》、《卖火柴的小女孩》等伟大和宝贵的文化财富。

父母爱孩子,应当让他自己去闯荡人生,而放开眼界,在青年们闯荡世界、创造未来的过程中,社会应该为这种闯荡提供什么样的环境,是值得我们每个人深思的问题。

单元阅读链接:

1.[英]斯蒂芬·威廉斯(Stephen Wynn Williams)著,张凌云译.旅游地理学.南开大学出版社,2006.

2.王小波.沉默的大多数.上海三联书店,2008.

3.吴国清.旅游线路设计.旅游教育出版社,2006.

4.[英]J.克里斯托弗·霍洛韦著,修月祯等译.旅游营销学.旅游教育出版社,2006.

5.张广瑞.生态旅游.社会科学文献出版社,2004.

6.高峻.都市旅游:国际经验与小国实践.中国旅游出版社,2008.

7.余秋雨.文化苦旅.东方出版中心,2004.

8.沈祖祥.旅游文化概论.福建人民出版社,1999.

单元技能训练:

1.请比较分析《晋公子重耳之亡》中的几个女性形象,比较其性格的各自特点。

2.司马迁《报任安书》载:"盖西伯(文王)拘而演《周易》;仲尼厄而作《春秋》;屈原放逐,乃赋《离骚》;左丘失明,厥有《国语》;孙子膑脚,《兵法》修列;不韦迁蜀,世传《吕览》;韩非囚秦,《说难》《孤愤》;《诗》三百篇,大底圣贤发愤之所为作也。此人皆意有所郁结,不得通其道,故述往事、思来者。"请查找有关资料,翻译解释司马迁这段论述的大致意思。同时搜集整理文中提到的有关文王、仲尼、屈原、左丘明、孙子、吕不韦、韩非子等人的资料,试着介绍讲述他们的故事。

3.《五柳先生传》是陶渊明的一篇自传,请认真查阅相关资料,结合陶渊明的有关资料和本篇课文内容,以"我看陶渊明"为题进行主题讨论与交流。

4.查找资料,归纳整理我国古代田园诗的发展脉络和主要代表性人物。

5."穷则独善其身,达则兼济天下"出自《孟子》,是中国古代文人士子理想信念的真实写照,是中华优秀文化传统的重要内涵之一,激励了无数仁人志士为国为民前赴后继、建功立业。而时至今日,社会上则广泛流传着"80后是迷茫的一代""90后是绝望的一代""00后是垮掉的一代"等说法,你对此现象怎么看?为什么?

6.查阅有关资料,比较苏轼《前赤壁赋》与《后赤壁赋》在情感与艺术上的异同点。

7.苏轼是一个全能型的文化巨人,也是一个活得精彩的真心英雄,在近一千年的时空当中,感染、感动着生前身后无数人。他集诗人、思想家、政治家、画家、书法家、音乐家、医学家、发明家、美食家、农田水利家等于一身。他不是一个高高在上的神,他是一个真诚可感的活生生的人,得到了绝大多数人发自内心的喜爱。请搜集材料,以"东坡故事会"为主题讲述与苏轼有关的奇闻逸事。

8.作者在《我与地坛》中一再提到母亲和在地坛中见到的各色的人们,并深入讲述了他们看似平凡的举动对自我成长的启发和影响。回顾自己成长的历程,讲述对你影响最大的一个人或一件事。

9.关于人的生死,孔子认为"未知生,焉知死";孟子认为"生,亦我所欲也;义,亦我所欲也。二者不可得兼,舍生而取义者也";陶渊明认为"死去何所道,托体同山阿";林则徐认为"苟利国家生死以,岂因祸福避趋之?"曹雪芹则认为"可知世上万般,好便是了,了便是好。若不了,便不好;若要好,须是了";而电视剧《士兵突击》中,许三多则认为"有意义就是要好好活,好好活着就是做有意义的事";等等,请结合《我与地坛》及其作者经历,谈一谈你对生死的看法和认识。

10.仔细阅读文章,请总结《一只特立独行的猪》中"猪"的特立独行主要表现在哪些方面。作者通过对一只特立独行的猪的描写,想要表达什么思想?

11.请模仿《一只特立独行的猪》,仔细构思,尝试围绕一个主题,运用象征手法完整讲述一个故事,表达自己的思想感情。

12.关于校训,北大早期的校训是"思想自由、兼容并包",清华的校训是"自强不息、厚德载物",而清华大学内王国维纪念碑上则刻有国学大师陈寅恪的亲笔题词:"先生之著述,或有时而不章;先生之学说,或有时而可商。惟此独立之精神,自由之思想,历千万祀,与天壤而同久,共三光而永光。"独立之精神,自由之思想绝非一句空洞的口号,它是真正知识分子的内在品格,是大学精神的灵魂。请结合你所在学校的校训谈谈对这句话的理解。

13.《十八岁出门远行》中的"我"给你的感觉是怎样的?你觉得他的哪些地方值得学习,

哪些地方应该尽力避免？走过了十七八个春秋，你一定有了自己独特的生活经历与体验，请讲一讲你初次远行的经历或成长中的烦恼、快乐。

14.阅读卡夫卡荒诞小说《变形记》，比较一下与《十八岁出门远行》的异同，交流自己的心得体会，或仿写创作一篇自己的小说。

15.观看电影《阳光灿烂的日子》，写一篇"成长"主题的影评，并进行交流讨论。

16.请相同姓氏的同学相互协作，搜集相关资料，查找自己姓氏的由来，并在古往今来的名人中找到一个与自己同姓的人，讲一个关于他/她的有趣的故事。

17.有人说，中国大部分年轻人一毕业就被现实生活绑架了：按部就班进入主流轨道的工作、买房、买车、结婚、生子……你可以在内心"晃荡青春"，但不能以实际生活的姿态晃荡，你必须找一个主流的外壳来护卫你冲动的内心；如果像波兰小伙儿那样以生活的姿态"晃荡青春"，那就可能付出极大的代价。青春应不应该晃荡，如果可以晃荡，你打算怎样"晃荡"你的青春？

18.2013年5月14日，《人民日报》针对当前的青年观发表了一篇社论《莫让青春染暮气》，文章指出："似乎在一夜之间，80后一代集体变'老'了。先是怀旧。他们唱着'老男孩'，感叹消逝在记忆里穿着海魂衫皮凉鞋的夏天，怀念看过的连环画，还有那些年一起追过的女孩。再是叹老。一群在父母看来还是小孩儿的80后，在比自己更小的小孩儿面前大叹'老了''心好累，感觉不会再爱了'……"是什么让本该朝气蓬勃的年轻一代变得暮气沉沉？自己身上有没有暮气？请联系自身就此现象展开讨论交流，或依此为主题写一篇文章进行探讨。

19.观看电影《刮痧》，探讨中西方文化之间的差异。

附　录

中国古代名联楹联

1.阮元《杭州西湖平湖秋月联》

杭州西湖平湖秋月联

海水朝朝朝朝朝朝朝落，浮云长长长长长长长消

赏析：

这是一副利用汉字一字多音、一字多义的谐音特点而写成的对联。上联的朝字，既可读成当作早晨讲的朝，也可读成百官上朝朝见君王的朝；下联的长字，既可读成长进的长，也可读成长短的长。断句用谐音替代，应读为：海水潮，朝朝潮，朝潮朝落；浮云涨，长长涨，长涨长消。这副对联是作者站在孟姜女庙前，远眺大海中所谓的孟姜女坟岩石，看到那茫茫大海，想起那潮落的景况；看到那湛蓝高天，想到浮云变幻，常长常消的气势，既有生动的海天景物描写，又抒发了对孟姜女的怀念！

2.杨慎《昆明西山华亭寺联》

昆明西山华亭寺[1]联

一水抱西城，烟霭有无，柱杖僧归苍茫外
群峰朝阁下，雨晴浓淡，倚栏人在画图中

赏析：

此联描绘滇池西山美景，用秀美清丽而富于色彩感的词语，写出了山寺的环境、气氛、情调，诵之觉有一种静气荡漾，若有若无，似天上宫阙。上下联俨如两幅工笔山水画。上联写在华亭寺居高远望之景：滇池环抱昆明城西，薄烟淡霭，似有似无；寺僧拄着手杖，踩着云彩，从云雾苍茫的外面归来。下联写的也是立在西山眺望四周的情景：群峰朝拜于华亭寺的楼阁之下，云雾缭绕，时雨时晴，朦胧中看到倚在游廊栏杆的美人，犹如在图画中一样。此联用平常而仅有的几个字却使人产生丰富的联想，读此对联，闭目遐想：绿水环

抱，烟霭缭绕，群峰苍崖栉比，禅院楼阁遍布……都历历在目，真有身在图画中之感。

3.刘凤浩《济南大明湖小沧浪园联》

济南大明湖小沧浪园联

四面荷花三面柳　一城山色半城湖

赏析：

山东济南——美名曰"泉城"，七十二名泉美誉天下，脍炙人口，而众泉汇聚的大明湖成为济南繁华城中的一颗璀璨的明珠，使无数的文人墨客留下了不朽的诗章。这其中最有名的，当数刘凤浩的描述。

4.李振钧《安庆大观楼联》

安庆大观楼联

秋色满东南，自赤壁以来，与客泛舟无此乐
大江流日夜，问青莲而后，举杯邀月更何人

赏析：

上联"秋色满东南"截取自宋米芾《垂虹亭》诗句"垂虹秋色满东南"，切合安庆的地理位置，"与客泛舟"出自苏轼《前赤壁赋》"壬戌之秋，七月既望，苏子与客泛舟游于赤壁之下"，苏轼在赋中说"于是饮酒乐甚"，而作者说"自赤壁以来，与客泛舟无此乐"。下联"大江流日夜"集自宋郑梦协《八声甘州》词句"大江流日夜，客心愁、不禁晚来风"，切合大观亭的具体地理环境，"举杯邀月"化自李白《月下独酌》诗"举杯邀明月，对影成三人（李白号青莲居士）"。

5.黄琴士《采石太白楼联》

采石太白楼联

侍金銮，谪夜郎，他心中有何得失穷通。但随遇而安，说什么仙，说什么狂，说什么文章声价。上下数千年，只有楚屈原、汉曼倩、晋陶渊明，能仿佛一人胸次。

踞危矶，俯长江，这眼前更觉天地空阔。试凭栏远眺，不可无诗，不可无酒，不可无奇谈快论。流连四五日，岂惟牛渚月、白苎浮云、青山烟雨，都收来百尺楼头。

赏析：

太白楼在安徽马鞍山市采石矶，为纪念李白而修建。楼始建于唐代元和年间，今存三楼为清光绪年间建筑。该联共118字，是太白楼楹联中最长的一副。上联说李白生平既曾有侍奉玄宗于金銮殿的显赫，又有被远谪夜郎的酸辛，但他生性磊落豁达，何尝对个人得失耿耿于怀？数千年间，只有他能集战国时屈原的忠愤、汉代东方朔的狂傲、晋代陶渊明的旷达于一身。

下联则由回忆李白转入自己在太白楼所见的景致与感怀。登临绝壁临江、千古一秀的采石矶，俯视脚下浩荡东流的长江水，顿时觉得江天浩渺，天地空阔。在此处凭栏远眺，怎么能无诗，怎么能无酒，又怎么能无李太白那样的高谈阔论，一抒胸中怀抱？在此高楼上就该盘桓个四五日，不仅仅要饱览牛渚明月、白苎浮云、青山烟雨，更要缅怀李太白之绝世才情与坎坷身世。

全联之妙就在于有历史，有现实；有景物，有情感。情景交融，胸襟开阔；诗情画意，一气呵成，感人至深。

6.松江女史《杭州岳飞墓联》

杭州岳飞墓联

青山有幸埋忠骨　　白铁无辜铸佞臣

赏析：

对联的上联，岳飞是南宋初抗击金兵的主要将领，但被秦桧、张俊等人以"莫须有"罪名诬陷为反叛朝廷，陷害至死。岳飞遇害前在供状上写下"天日昭昭，天日昭昭"八个大字。岳飞遇害后，狱卒隗顺冒着生命危险，背负岳飞遗体，越过城墙，草草地葬于九曲丛祠旁。21年后宋孝宗下令给岳飞昭雪，并以五百贯高价悬赏求索岳飞遗体，用隆重的仪式迁葬于栖霞岭下。下联，在岳飞墓前那4个铸铁跪像，表达出历代人们对诬陷残害岳飞父子的秦桧等人的愤恨。忠与奸、善与恶，在这里产生了最形象、最强烈的对比，表达出忠贞的爱国英雄永远受到人民的尊敬，而奸佞小人永远受到人民唾骂的真理。

7.佚名《颐和园谐趣园涵远堂联》

颐和园谐趣园涵远堂联

西岭烟霞生袖底　　东洲云海落樽前

赏析：

本联写景瑰丽，烟霞灿烂，云海苍茫，如诗如画。远景近景收放自如，动静相生，活脱脱地描绘出这位高居庙堂的皇帝在举手投足之间，独揽胜景的潇洒风度。

此联描绘了该堂的视野开阔：西山诸峰缭绕的烟霞似在袖底升起；乐海瀛洲茫茫的云雾落到了酒杯之前。"西岭""东洲"，都用夸张和想象的表现手法，将苍茫的烟霞云海犹如玩物般地置于袖底、樽前，突出此堂所涵之远。联语情景交融，气势磅礴。上下联中一"西"一"东"，一"生"一"落"，一"底"一"前"，虚实相应，想象天外，显得意境空灵超脱。

8.佚名《浙江天台山方广寺联》

浙江天台山方广寺联

风声水声虫声鸟声梵呗声,总合三百六十击钟鼓声,无声不寂
月色山色草色树色云霞色,更兼四万八千丈峰峦色,有色皆空

赏析:

曾有人评论这副对联极"画工"之微、尽"化工"之神,自然之美、哲理之玄,具在醇厚之韵味中。诚不为过也。作者像个高明的画家,再现了大自然的神奇之美:峰峦、云霞、树、草、山、月,林林总总,色色入目;又像个高明的音乐家,谱出了天地间神妙之曲:风、水、虫、鸟、梵呗、钟鼓,万万千千,声声入耳。有声有色,可谓赏心悦目。上联一连用了七个"声"字,使人耳无暇听;下联一连用了七个"色"字,使人目不暇接。总而言之,此联写尽了自然之美。更可叹的是,联语在句尾巧妙地一转,好像是一个神奇的魔术师,只用魔杖一指,千万个声音突然不闻、万千种景色突然不见,使人恍若梦中醒来,有所惊讶,有所发现,进而有所深思,这里又写出了佛理之玄。

9.李渔《庐山绝顶联》

庐山绝顶联

足下起祥云,到此处应带几分仙气
眼前无俗障,坐定后宜生一点禅心

赏析:

上联写山势之高,风光之美:山顶云雾缭绕,有足踏祥云,飘飘欲仙之感。下联写游人的感受:此处寺院林立,使人俗尽消,油然而生清静安寂之心。"俗障",谓人世间各种困难和障碍。作者一生著作,追求通俗,善于通俗,以"仙气"对"禅心",是《笠翁对韵》"仙翁对释伴"对仗要求的实践。

10.薛时雨《南京秦淮河水阁联》

南京秦淮河水阁联

六朝金粉,十里笙歌,裙屐昔年游。最难忘北国豪情,西园雅集。
九曲清波,一帘梦影,楼台依旧好。且消受东山丝竹,南部烟花。

简介:

此联联语构思不凡,融情、景、人为一体,景随情移,情以人传。上联以"金粉""笙歌"渲染秦淮河的繁华景象,勾起旧游的豪情雅致,写自己往昔的秦淮之游和对北国、西园(苏

州阊门外的著名园林)的追念。

下联面对"楼台依旧好"的情景,有感于"清波""风月"而生发联想,耳畔丝竹,眼前春色,享受这如诗般的美景,倒觉得心旷神怡。联语中上下联分别以"最难忘""且消受"为三字领,使得语言清新雅丽,节奏和谐,酣畅可诵。

11.陶澍《上海豫园得月楼联》

上海豫园得月楼联

楼高但任云飞过　池小能将月送来

赏析:

本联对仗工整,切其楼名,内含哲理。楼高但并不自恃高大,池小却能包容虚空,富有诗意,耐人回味。它阐明了"尺有所短,寸有所长"的道理。其实和"虚心竹有低头叶,傲骨梅无仰面花"有异曲同工之妙。就联文而言,出彩之处恰恰在"高""小"这两个形容词上,上下俯仰,高低比照,静中有动,动静结合,使人流连忘返。

12.常明《成都杜甫草堂前厅堂联》

成都杜甫草堂前厅堂联

水竹傍幽居,想溪外微吟,密藻圆沙依草阁
楼台开丽景,结花间小队,野梅官柳满春城

赏析:

唐宝应元年(762年),杜甫的好友严武(时任成都府尹)寄诗劝他放弃田园生活,重新致仕,诗人作《奉酬严公寄题野亭之作》一诗,因受到统治集团排斥,无心再做官为由,婉拒了严武。诗中有"懒性从来水竹居"句,上联"水竹傍幽居"则化用杜句,意指诗人当年幽居于幽静的水环竹掩之地。上联追忆当年杜甫在草堂的创作与生活。下联则言撰联者眼前所见的草堂景色以及人们来此瞻拜的情景。

13.徐渭《绍兴青藤书屋联》

绍兴青藤书屋联(一)

雨醒诗梦来蕉叶　风载书声出藕花

绍兴青藤书屋联(二)

一池金玉如如化　满眼青黄色色真

绍兴青藤书屋联(三)

两间东倒西歪屋　　一个南腔北调人

绍兴青藤书屋联(四)

未必玄关别名教　　须知书户孕江山

赏析:

作者二十岁成诸生,屡试不中,恨科场多弊,怀才不遇,这些对联中既有作者勤于读书和写作的形象写照,也有撰联以自嘲的失落,还有展现高雅的情趣和非凡的抱负的意趣。

阅读链接:

1.章樾,钟任.中国名胜对联.山西教育出版社,2000.

2.洪尚之选注.历代山水名胜楹联选.浙江摄影出版社,2000.

3.李文郑,杨灿.精彩对联.中州古籍出版社,2001.

参考文献

[1]石洪斌.旅游文学[M].北京:北京大学出版社,2012.

[2]章尚正.旅游文学[M].福州:福建人民出版社,2006.

[3]卫晓波.旅游文学作品欣赏[M].北京:高等教育出版社,2003.

[4]黄墨谷等.中国历代游记选[M].北京:中华书局,1988.

[5]方大卫,程宏亮.旅游文学[M].合肥:安徽大学出版社,2010.

[6]王惠,匡健等.旅游文学欣赏[M].北京:清华大学出版社,2018.

[7]逯宝峰,陈静.旅游文学鉴赏[M].北京:中国科学技术出版社,2009.

[8]吉凤娟.旅游文学(第2版)[M].北京:北京大学出版社,2018.

[9]冯乃康.古代旅游文学作品选读[M].北京:旅游教育出版社,2002.

[10]秦良杰.中国文化区域旅游文学作品选[M].北京:清华大学出版社,2014.

[11]张胜难,王丽琴.旅游文学[M].南京:南京大学出版社,2018.

[12]李洪波,韩荔华.旅游文学作品欣赏(第2版)[M].北京:旅游教育出版社,2015.

[13]黄卓才,邢维.旅游文学写作教程(第2版)[M].广州:中山大学出版社,2019.

[14]杜红,赵志磊.旅游文学[M].北京:北京工业大学出版社,2005.

[15]曹济平,韩龙瑶等.旅游文学[M].南京:东南大学出版社,2007.

[16]金颖若.中国旅游文学作品选[M].北京:蓝天出版社,2001.

[17]郭预衡.中国古代文学作品选[M].上海:上海古籍出版社,2010.